# 日本語人生百景

エッセイの名言

中村明

青土社

日本語人生百景　目次

# 日本語人生百景

エッセイの名言

# 1　幾千万代の記憶　小泉八雲

一八五〇年にギリシアで生まれたイギリス人、ラフカディオ・ハーンは、明治中期に来日し、松江の女性と結婚して、みずから小泉八雲と名のった。小説『怪談』がよく読まれているが、日本の風土や精神文化にのめりこんで海外に紹介したことでも知られる。

『草雲雀《くさひばり》』という随筆に、「彼は日のうちは睡るか瞑想するかして居る」という箇所が出てくる。ここの「彼」は人間ではなく、虫である。草雲雀という名の、蚊ほどの大きさのこおろぎをさしている。餌を食う時間を除き、ほとんどじっとしているのを、「瞑想」に見立てて人間並みに扱った表現である。

明るい間はそんなふうにじっとしているが、日が暮れると、「無限小な霊が眼ざめ」、フィリリリという麗しい「美妙な霊的な音楽」を奏でる。そうして、闇が深くなるにつれて、ますます美しい音となり、「家中がその仙楽に震動するかと思えるまでに高まり」、時には思いも及ばぬ「微かな極わみの糸の如き声音に細まる」。そうして、夜もすがら歌いつづけ、「寺の鐘が明けの時刻を告げる」ころにようやく鳴きやむという。それは、この世で習い覚えたはずはなく、代々、その魂が相手を求めて夜ごと「小山の露けき草陰から、高音を響かせた時の、幾千万代の生涯の深い朧《おぼろげ》気な記憶」による回顧の恋慕なのだと、なかば空想的な、壮大なスケールの思索を展開するのである。

# 2　背後の影を顧みる

森鷗外

一八六二年に今の島根県津和野で生を享《う》けた森林太郎は、陸軍の軍医を務めるかたわら、文学活動においては鷗外と号し、詩や小説の創作、翻訳の厖大《ぼうだい》な業績を残し、明治期の文壇で指導的役割を果たした。『於母影《おもかげ》』『即興詩人』『諸国物語』などの翻訳のほか、小説『舞姫』『雁』『百物語』『阿部一族』『山椒大夫』『高瀬舟』、史伝『渋江抽斎』『伊沢蘭軒』など幅広い作品を残した。

随筆『私が十四五歳の時』は「過去の生活は食ってしまった飯のようなものである」という比喩的な一文で始まる。食った飯が消化して「生きた汁」になって、これから先の生活の土台となるように、「過去の生活は現在の生活の本」になるのだが、体が丈夫で暮らしている者は、食ってしまった飯のことなど考えているひまはない。何事もなく生活していると、そんな過去のことなど頭に浮かばない。たしかに、それが現実である。

ずばり『坪内逍遥君』と宛てた随筆もある。かつての論争相手に、今の率直な気持ちを伝える一文だ。世の中に「没理想論争」と称される論争で、逍遥が「記実」すなわち、事実だけを述べ、「褒貶《ほうへん》」すなわち、褒めたり貶したりという評価は避けるのが望ましいと主張したのに対し、神でもないかぎり、そんなことは不可能だ、いくら公平に書いたつもりでも、人間ならどこかに主観が入ってしまうと異を唱えたのだろう。おそらく逍遥は、書き手としての態度を主張したのだろうから、完全に実行することは人間には不可能だという反論は、正反対の主張にすぎず、真っ向から対立する意見にはなっていない。いささか大人げなかったかと、今になって気になったのかもしれない。短いこのエッセイには、逍遥を思いやる温かい気持ちがあふれているように感じられる。

「能について」と題するわずか一行だけの文章もある。南北朝時代から室町時代にかけて発達し、江戸中期に様式の定まった能楽、この簡素な伝統的舞台芸術には金春・金剛・宝生・観世・喜多という流派があるが、いずれにしても、「能は極端まで様式化したる人間の行為である」という鷗外のこの簡潔きわまる一文に、本質はすべて集約されるだろう。

『なかじきり』と題する随筆は、「老は漸《ようや》く身に迫って来る」という一文だけの段落で始まり、次の行に「前途に希望の光が薄らぐと共に、自ら背後の影を顧みるは人の常情である」と続く。「なかじきり」というのは、通常、部屋の中の仕切り、または、箱などの入れ物の内部の仕切りをさすが、ここでは空間ではなく時間的な仕切りをイメージしているだろう。人生全体の仕切りは誕生と死亡ということになるはずだから、「なかじきり」は一生のうちのちょっとした区切りをさすのだろう。老いを感じる年齢にさしかかって、過ぎ去った日々を思い返し、人生をしみじみと嚙みしめている感じが伝わってくる。

## 3　縁側に一眠り　夏目漱石

一八六七年に今の東京都新宿区喜久井町に生まれた夏目金之助は、旧制松山中学、熊本の旧制五高、東京帝大で教員をしたあと、朝日新聞社で漱石という筆名を用いて創作活動に専念し、『吾輩は猫である』『坊っちゃん』『草枕』から『三四郎』『それから』『門』『こころ』『道草』などの小説を発表、『明暗』の新聞連載の途中で死去した。

まずは漱石の人柄を知るために、学習院で行った講演の内容を文章化した『私の個人主義』という評論的エッセイに軽くふれておこう。話の枕として『坊っちゃん』にふれ、当時の松山中学に文学士は一人しかいなかったので、当然「赤シャツ」のモデルは自分ということになると述べている。「甚だ有難い仕合せ」とおどけてみせたところからも冗談とわかる。世間のしくみを揶揄したはずなのに、その当時は「山嵐」は誰、「うらなり」は誰、「野だいこ」は誰と穿鑿《せんさく》する読者が多かったから極端な例をあげたのだろう。

本題は、身勝手な行動を慎むようにというところにある。「自分の幸福のために自分の個性を発展して行くと同時に、其自由を他にも与えなければ済まん」、そういう「公平の眼を具し、正義の観念を有つ」人間に育ってほしいというのだ。学習院を出てやがて権力を行使する側に立つはずの若者に、その折の心構えを説いているのである。

次に、ここでは、晩年に、生きてきた自分を他人のように遠く振りかえる自伝的な随筆『硝子戸の中《うち》』から、いくつかのシーンをとりあげることにする。

「不愉快に充ちた人生をとぼとぼ辿りつつある私は、自分の何時か一度到着しなければならない死という境地」について、いつも「生より楽なもの」と信じ、時には「人間として達し得る最上至高の状態」と思うことさえあるという。

ありのままの昔を思い出そうとすると、よく半鐘のすぐ下にあった小さな一膳飯屋が浮かんできて、「縄暖簾《のれん》の隙間からあたたかそうな煮〆《にしめ》の香《におい》が烟《けむり》と共に往来へ流れ出して、それが夕暮の靄《もや》に融け込んで行く」趣などを忘れることができないともある。

そして、フィナーレとして壮大な風景を用意する。「私自身は今其不快の上に跨《また》がって、一般の人類をひろく見渡しながら微笑している」、「今迄詰らない事を書いた自分をも、同じ眼で見渡して、恰《あたか》もそれが他人であったかの感を抱きつつ、矢張り微笑しているのである」と一度結んだらしい。たしかに事柄としてはここで結んでも不自然ではない。だが、これではいかにも観念的で、いささか弁解がましい感じも残る。

ともあれ漱石は、そのあとに「鶯が庭で時々鳴く。春風が折々思い出したように九花蘭《きゅうからん》の葉を揺《うご》かす。猫がどこかで嚙まれた米嚙《こめかみ》を日に曝《さら》して、あたたかそうに眠っている」と書いて、鶯、春風、猫と、庭に点景を散らし、「家も心もひっそりとしたうちに、私は硝子戸を開け放って、静かな春の光のなかで、恍惚《うっとり》と此《この》稿を書き終るのである」と情緒ゆたかに結んだようだ。

ところが、そのあとまた手を入れ、「そうした後で、私は一寸肱を曲げて、此縁側に一眠り眠る積《つもり》である」という一行を追加する。思い出を綴った随筆はそこで終わっても、それを書いた人間はそれからもまだ生きていく。そんな人のけはいをちらりとのぞかせてペンを擱く。一編の終わりを一度ぎゅっと締めて、その手をふわっと緩めて作品をふくらます。帝国ホテルでインタビューした折に、吉行淳之介はそんな結びを心がけていると語った。漱石が最後に書き足した「一寸肱を曲げて」以下の一文は、まさにそんな働きをしているように思われる。

# 4　真っ白な豪気な歯で臑骨をガリガリ

幸田露伴

同じく一八六七年生まれの幸田露伴は、尾崎紅葉と並び称されていわゆる紅露時代を築くが、のちに考証や史伝に力を入れる。代表作に『風流仏』『五重塔』『運命』などがある。随筆家の幸田文はその次女。ここでは随筆『ウッチャリ拾い』をとりあげる。

「ウッチャリ」というと相撲の決まり手を連想するかもしれない。寄られた力士が土俵際で相手を後方に投げ捨てる技だ。「うっちゃる」は「打ち遣る」すなわち「投げ捨てる」意で、以前は広く使われた。「ウッチャリ拾い」は、不要になって川などに捨てたものを拾うことをさし、ここでは、川に入ってそういう汚い物を拾い上げる仕事をする人をさす。こういう川浚《かわざら》いの際に、割れた茶碗や徳利、折れた簪《かんざし》やこわれた蝦蟇口《がまぐち》など、拾っても役に立たないものがほとんどで、時には犬猫の死骸などもあり、まれにはまだ使える物、いくらか金になりそうな物に出会うこともないとはいえないが、いずれにしても汚い物を扱う職業の人間である。

船から、泥まみれ、砂まみれになって働いている、その「ウッチャリ拾い先生」を眺めながら、「濡れしょぼたれて居ながら濡れしょぼたれたとも思わ」ず、「汚《むさ》い事をしながら汚い事をも忘れて、脱然として平気で、ガサボチャ、ジタブタやって居る」姿に心を惹かれて、連れに賛同を促すと、「ほんとにライオン歯磨で磨いた真白な豪気な歯でもって、親や兄弟の臑骨《すね》をガリガリと咬《かじ》りながら、演劇改造論や外交論を仕て居るのよりは、ウッチャリ拾いの方が何程《いくら》世間の為になるか知れやしません」と応じる。きっと露伴は、わが意を得たりという表情で大きくうなずいたことだろう。

# 5　三分の茶気と二分の皮肉

内田魯庵

一八六八年生まれの内田魯庵は小説、評論、随筆、翻訳と幅広い文学活動を展開した。『くれの廿八日』は社会小説の先駆とされる。批判的精神旺盛で皮肉も得意、『社会百面相』や評論『思い出す人々』などが知られる。ここでは『随筆問答』をとりあげる。随筆の執筆依頼にやって来た雑誌記者とのやりとりという形式で、落語の八ツァンと横町の隠居とのやりとりじみた問答がユーモラスにくりひろげられる。

随筆とは何かと問われ、「僕を誰云うとなく随筆家に葬って了ったが、僕はまだ随筆を書いて呉れと頼まれて随筆を書くツモリで書いた事は一遍も無い」、まじめな論文も書けず、しかたなくでたらめを書くと、世間で随筆と呼ぶから、随筆というのは「でたらめ」のことかなととぼけ、われわれの書くのは「マイマイつぶろが塀に残した涎《よだれ》のようなものだ」と極言するので、記者が「徒然草」は断片でも面白いと反論すると、「アレは散文詩だ」と主張する。そこで、ああいうものを書いてくれないかと水を向けると、「駱駝《らくだ》に猿の芸をしろというような難かしい註文だ」と話をそらす。

記者が、小説や論文と違って、随筆にはその人の趣味が出ると、話題の向きをずらすと、即座に「趣味てものはソンナに高級なもんじゃアない」とけちをつけ、要するに「箸休めの納豆かウニの程度のものだ」と食品に喩えたところ、それでは「一つ湯豆腐のようにサッパリしたものを書いて呉れませんか」とつけこまれ、「瓢箪鯰《ひょうたんなまず》のようなヌラリクラリした出鱈目なら丁度僕に相応しているかも知れん」と言ってしまう。

「アホダラ経でも何々づくしというような題目がある。問題無しじゃ出鱈目も書けない」と註文をつけて抵抗を試みるものの、「じゃア今日の対話をその儘《まま》お書きなさい」と決定打を浴び、「狐に魅《つま》まれたようにポカン」として、とぼけた随筆は結ばれる。

「随筆というものは三分の茶気と二分の皮肉が無ければ書けない」という箴言《しんげん》めいたことばの紹介もある。何の役にも立ちそうにない二人のやりとりが楽しい。「二人」といっても、すべて作者の芸であり、これがとぼけた随筆となっている。

## 6　頽廃の空気が書冊の香いに交って　島村抱月

一八七一年に島根県に生まれた島村抱月は、早稲田大学で美学や英文学を講じたが、評論家でもあり、特に新劇指導者として女優の松井須磨子らと芸術座を起こしたことで知られる。本名の島村瀧太郎の名で『新美辞学』という著書を公刊するなど、レトリック、すなわち新しい文章技術の紹介にも務めた。

「テーブルに向って腰かけたまま懐手をして」ぼんやりしていると、乱雑に置かれた本が目に入る。「もはや要務を果たして脳を抜かれた蛙のように静まり返って横《よこた》わっているのもあるし、次の何曜日にはまた用がある筈《はず》だと待ち構えている風なのや、取り出されて以来一度も開かれないで悄気《しょげ》ている風なのもある」などと、書物を人間めかして書いている。だが今は、そういうさまざまな本を眺めても、何の興味も刺激も感じない心境だ。

そこに取次の者が現れ、来客だと言うので立ち上がったものの、机のあたりを見まわすと、「そこら中一面に漲《みなぎ》った頽廃の空気―義務に疲れ、義務に老い行くものの頽廃の空気が、書冊の香《にお》いに交って漂っている」として、この随筆は結ばれる。

読んでいる側にも、その「頽廃の空気」が全身に伝わってきて、ものを言う気にもならない雰囲気に包まれる。なんともやりきれないが、これも表現の力なのだろう。

## 7　雲か煙か、晴天に怪物が出現

岡本綺堂

一八七二年、東京に生まれた岡本綺堂は、歌舞伎革新運動に乗り出し、『修禅寺物語』『鳥辺山心中』『番町皿屋敷』などの戯曲を創作。大衆小説『半七捕物帳』でも人気を博した。ここでは、地震・火災の体験を記した随筆『火に追われて』をとりあげよう。

十歳の時に安政の大地震を経験した母親から、地震の怖さを聞かされて育ったせいで、子供のころから地震と風が大嫌いだったという。去年の強震の際に、握っていたペンを投げ捨てて庭先に飛び出したほどの綺堂が、「何の予覚も無しに大正十二年九月一日を迎え」、週刊誌の原稿を書いたあと、「茶の間で早い午飯《ひるめし》をくっているうちに、空は青々と高く晴れて、初秋の強い日のひかりが庭一面にさし込んで来た」。書斎に向かおうと梯子段を半分ほど上ると、大きな鳥が羽ばたきするような音が聞こえ、足もとが「みりみりと鳴って動き出した」。すぐに駆け降りて、「ひどい地震だ。早く逃げろ」と家人に声をかけて門外に飛び出す。震動が収まって二階に行ってみると、「博多人形の夜叉王《やしゃおう》がうつ向きに倒れて、その首が悼《いた》ましく砕けて落ちている」。

震動の間隔が長くなると、あちらこちらに火の手が上がった。警視庁が燃え上がり、その炎が帝劇も襲おうとしているらしい。「各方面の夜の空が真紅にあぶられているのが鮮かにみえて、ときどきに凄《すさ》まじい爆音も」聞こえる。「わたしの横町一円が火に焼かれたのは、それから一時間の後であった」。そこで、「宇治拾遺物語にあった絵仏師の話を思い出した。彼は芸術的満足を以《もっ》て、わが家の焼けるのを笑いながらながめていた」というが、「わたしはその煙さえも見ようとはしなかった」と告白して、この被災ばなしを閉じる。

## 8　豆府と言文一致

泉鏡花

一八七三年に金沢で生まれた泉鏡太郎は、幼時より草双紙《くさぞうし》や伝統芸能に親しんでいたという。長じて尾崎紅葉に師事し、鏡花というペンネームで浪漫的な独自の作風を展開した小説家。代表作に『外科室』『照葉狂言』『高野聖《こうやひじり》』『歌行燈』『婦系図《おんなけいず》』などがある。ここでは随筆『湯どうふ』をとりあげる。

寒くなってくると、「霙《みぞれ》にも、雪にも、いつもいいものは湯豆府《ゆどうふ》だ」が、「この味は、中年からでないと分らない」という。「小児でこれが好きだと言うのは余りなかろう」とあり、「十四、五ぐらいの少年で、僕は湯どうふが可《い》いよ」などというのは「親たちの注意を要する」という。たしかに、ああいうさっぱりとした味は血気盛んな若者向けではない。

尾崎紅葉先生も、はじめは「豆府と言文一致は大嫌いだ」と毛嫌いしていて、下宿のおかみさんが豆腐屋を呼びこむと、「又豆府か、そいつを食わせると斬っ了《ちま》うぞ」と、刀の鞘《さや》を払って階段を踏み鳴らしたという。それでも体が弱ってからは、「湯豆府の事だ。古人は偉い。いいものを拵《こしら》えて置いてくれたよ」と言うようになったという。

湯豆腐には「きざみ葱《ねぎ》、とうがらし、大根おろしと言う前栽のつわものの立派な加勢」が要る。「豆府を下へ、あたまから昆布を被せる、即ち、ぐらぐらと煮えて、蝦夷《えぞ》の雪が板昆布をかぶって踊を踊るような処を、ひょいと挟んで、はねを飛ばして、あつつと慌てて、ふッと吹いて、するりと頬張る」と、わが家の湯豆腐をいかにも旨そうに描写する。

そのあと、家内の財布しだいでは、鯛でも、ほうぼうでも、こいねがわくはチリにしたいと続ける。鱈とか河豚《ふぐ》とか白身魚の切り身を鍋で煮る、あのチリである。

さすが文学者、食べ物の話でそのまま終わるような無粋なことはしない。一編が雀や目白、枇杷の木や椿、朝顔に、「さっと音がして時雨が来た」と書き出したこの随筆は、時雨がやんで薄日がさし、「もみじのぬれ色は美しい」と書き添えて、やがて消え終わる。

## 9 月影を浴び花影を印する万古の雪

小島烏水《うすい》

同じく一八七三年に香川県に生まれた小島烏水は、登山家で山登りの振興に功績を残す。作家ではないが、かたわら紀行文学にも確かな足跡を残した。著書に『扇頭小景』『日本山水論』『浮世絵と風景画』などがある。

「待ちに待った朝は来た」とある。が、いつそうなったのか、まったく気づかずにいたと見えて、「朝がいかなる方面から、いかに忍び足に寄って来て、一秒ずつ額を白くしたかは徹夜凝視しても解らない」とし、もしも「夜と朝の筋目が判然と目立つほどなら、地球の緯度線が草鞋《わらじ》の爪先に引っかかるわけである」という極端な比喩表現でおどけてみせ、朝の神秘たるや、「一たび臨むと、木偶《でく》には魂を、大理石には血を与える」と大仰な筆づかいで読者を圧倒する。

道案内の男にはぐれてしまい、「太古の山中へ、一人遺されたかと思うと、雲の上にも漂泊の運命が、犇々《ひしひし》と身に迫って来るのを感じる」。雪山が「月影を浴び、花影を印する万古の雪も、幾回か人の影が落ちたかは、疑問」で、「冬は、山の一角に結晶して、寂寥の姿」を寝かせていると、季節を人間めかして描き出す。

常念の山岳の石は「皆雨に晒《さら》され、火に打たれた断片である、壊敗の形骸である、しかも血を踏まざる自然の零落は、未だ死んだこともなければ、朽ちたこともない」と讃美してフィナーレに入る。

「この山脈に分け入って、昨《きのう》は月の清光を浴び、きょうは雲漫々たる無限を踏む、我といえる一個体、一霊魂、一可燃性の存在を許して我を通過して観ぜしむる宇宙は存外小さいものではあるまいか」と実感を記し、「どうせ最後は静粛なる自然の中に葬られるにしても」、今この山上にあるのは「ゆうべ小舎の中で微小なる鼠一疋に恐怖した自分ではなかった」と、卑近な例を対比的に掲げつつ、深い感動を記して一編を結ぶのである。

## 10　一、二杯の霜消し

高浜虚子

一八七四年に松山で生まれた高浜清は、同郷の歌人・俳人である正岡子規に師事し、本名にちなんだ「虚子」という俳号で、雑誌『ホトトギス』を主宰し、客観的な写生を軸とした花鳥諷詠を主張して後進の育成に力を注いだ。飯田蛇笏、水原秋櫻子、山口誓子、日野草城、中村草田男、中村汀女ら錚々《そうそう》たる俳人を輩出した。なお、俳句ではないが、夏目漱石、寺田寅彦、伊藤左千夫、野上弥生子、小宮豊隆、安部能成、阿部次郎らもこの雑誌から文壇に登場したという。句集『五百句』を残したほか、『俳諧師』『風流懺法』など写生文による小説も試みた。ここでは『昔薊《あざみ》』と題する随筆をとりあげることにしたい。

よその家の、朝日のさし込むサンルーム風の部屋にいると、そのお宅の主人、余瓶が姿を現す。朝の挨拶を交わして、夕べの話などをしていると、やがて朝食が運ばれて来た。見ると、めいめいの前に盃が置かれ、お銚子が一本ついている。そこで「朝は酒を飲みません」と虚子が辞退すると、家の主人は「一、二杯の霜消しはよろしゅおっしゃろ」と言う。「霜消し」という言い方は初めて聞くので、「霜消しというのは？」と尋ねると、「朝酒のことを言うのです。東京ではそう云いまへんか」と言う。寒さしのぎの二、三杯を、朝の霜を消すととらえたのだろう。いかにも京都らしいやさしいことばだと、同席した次女の立子、のちの女流俳人星野立子は、それに応じたという。たしかに、京都人らしいセンスを感じさせる表現のように思える。

その余瓶君が「墨を磨ったり筆を調べたりしてから、やがてその箱を開けて軸を取り出した」のを見ると、「出る船に心急ぎて薊折る　虚子」とある。自分の句だが、いつごろ、どんな気持ちを詠んだものか、まったく思い出せない。しかし、持ち主にとっては忘れがたい「想い出」のものだったらしいから、「箱の蓋を取上げて」それに「昔薊」と揮毫《きごう》したことを記し、それだけで、しっとりと一編の随筆を結んでいる。

## 11　永い忘却、天涯万里の漂遊

柳田国男

一八七五年に兵庫県の医師、神官の家に生まれ、長じて柳田家の養子となった柳田国男は、柳田民俗学を創始した著名な民俗学者。『遠野物語』『桃太郎の誕生』『民間伝承論』『日本の祭』などを著し、随想集『雪国の春』や詩集や評論集などの著書もある。

まずは『雪国の春』にふれよう。「花の林を逍遥して花を待つ心持ち、又は微風に面して落花の行方を思うような境涯は、昨日も今日も一つ調子の、長閑《のどか》な春の日の久しく続く国に住む人だけには、十分に感じ得られた」と述べ、「嵐も雲も無い昼の日影の中に坐して、何をしようかと思うような寂寞が、いつと無く所謂春愁の詩となった」と続く一節は、いわゆる芸術がそういう雰囲気のうちにおのずと生まれ出たことを述べたくだりである。

『浜の月夜』は、清光館という名ながら、わずか四枚の障子を立てた二階に宿をとり、「太鼓も笛も何も無い」淋しい盆踊を見物する話だ。「月が処々の板屋に照っている」「雲の少しある晩」に、女だけが踊り、男はもっぱら見物の役にまわる光景に出あった奇妙な盆踊りの話である。「一つの楽器も無くとも踊は眼の音楽である」という感想だ。

子供に、今までの旅行で一番悪かった宿屋はどこかと聞かれ、頭に浮かんでくる一つ、その清光館にちなんだ『清光館哀史』では、「何を聞いて見ても只丁寧なばかりで、少しも問うたことの答のよう」でない「多勢の言うことを綜合」すると、あの清光館はどうやら「没落」したらしい。「月日不詳の大暴風雨の日に、村から沖に出て居て還らなかった船」があり、それにあの小作りな亭主が乗っていたという。女房は今久慈の町でどこかに奉公しているらしいが、あの宿はもう消えてしまった。

昔から女だけで踊る、その町の盆踊は、こんなふうに描かれる。「相撲取りの化粧まわし」のような前掛けが「僅かな身動きのたびに、きらきらと月に光ったのが今でも目に残っている」という。「人の顔も見ず笑いもせず、伏し目がちに静かに踊」り、やや間を置いて「細々とした声で歌いだす」。同じ文句を何度でも繰り返すのだが、「妙に物遠くて如何に聴き耳を立てても意味が取れな」

い。

そこで、娘たちの前で、歌の文句が理解できないことを「半分独り言のように謂《い》って、海の方を向いて少し待って居ると、ふんと謂っただけでその問には答えず」、やがて少し年上らしい女が「なにヤとやれ　なにヤとんされのう」と鼻歌のように歌ってくれた。それで、想像どおり、古くから伝わっているあの歌を「この浜でも盆の月夜になる毎に、歌いつつ踊って居た」のだとわかった。

そういえば、大昔から盆踊りは「この日に限って羞《はじ》や批判の煩わしい世間から、遁《のが》れて快楽すべしというだけの、浅はかな歓喜」ばかりではなく、「忘れても忘れきれない常の日のさまざまの実験、遣瀬《やるせな》無い生存の痛苦、どんなに働いても尚迫って来る災厄、如何に愛しても忽《たちま》ち催す別離」、そんな数限りない「明朝の不安」があればこそ、「はアどしよぞいな」と言ってみても、「あア何でもせい」と歌ってみても、依然として「踊の歌の調べは悲しい」のだというのである。

## 12　良心のある鼠　薄田泣菫

一八七七年、岡山県に生まれた薄田泣菫は、典雅で浪漫的な文語定型詩を完成させ、象徴派詩人として、蒲原有明とともに一時代を築いた詩人。代表的な詩集に『暮笛集』『白羊宮』、随筆集『茶話』がある。

随筆『初冬の一日』は、「初冬の日の静けさは、私をして下膨れの円い壺の中にでもはいっているかのような、落着いた気持を抱かしめる」という比喩表現から始まる。続く鳥の描写にも、「金茶の胸当に親譲りの黒紋附の上著《うわぎ》を重ねた紋附鳥」だとか、「遊び飽きた」とか、「人なつこそうにお辞儀でもするように」だとか、「胡麻塩の頭」だとか、比喩的な記述が続く。「落葉の寐反《ねがえ》り」という見立ても、落葉を擬人化した表現だ。その鳥が飛び去る格好も、「壺から飛び出す小魚のそれを思わせるような跳躍ぶり」と喩える。

「少年の頃にはよく広い野原の草の中に寐転んで、高く頭の上を流れゆく雲に、たわいもない空想と夢とを載せて悦《よろこ》んだものだった」とあり、子供のころから詩人らしい比喩的な連想に心惹かれていたことがわかる。

中国の故事を紹介するくだりも、「煤ばんだ天井の孔から、物陰から、家中の鼠が次から次へと数珠つなぎにぞろぞろと這い出して来て、庭先に小さな頭を押し並べて集まった」だとか、その「鼠のことごとくが、何のために呼び出されたのか一向気がつかないさまに、ほがらかな容子《ようす》を見せている」だとか、「打萎《うちしお》れて」だとか、擬人的な記述が続く。「悄気《しょげ》かえっていた「良心」のある鼠」という説明の仕方などは極端な例だろう。

自分の家の鼠がそんなふうに「恥を知っていようなどとは」思わないとしながら、「あの小さな横着者」に手出しをしないよう、病が自分の手を痺れさせていると述べる際も、「病の行きとどいた親切さ」という表現を選ぶのだ。詩人の精神というものを深く感じる。

# 13　命日が誕生日

窪田空穂《うつほ》

同じく一八七七年に長野県に生まれた窪田空穂は、与謝野鉄幹の『明星』からスタートするが、のちに小説を経て、現実主義的な歌風に転じ、歌集『まひる野』『土を眺めて』などを発表。かたわら国文学者として早稲田大学の教授を務め、『評釈 伊勢物語』『新古今和歌集評釈』などを著した。なお、文学部国文科の一年の折、その長男の窪田章一郎教授に誘われ、腰折れが『まひる野』誌に載るという思いもしない恥ずかしい珍事については、内緒にしておく。ここでは空穂の随筆『母の写真』を紹介しよう。

母親の亡くなった八月一日を、本家では「改まった行事の一つとして、神事を行っている」はずだが、ここ分家でも母を思い出す特別の日として、「年々聊《いささか》の馳走を拵えさせ、第一に、母にと思って神棚に供えさせ、同じ物を家族の者と一しょに、その前で食べる事にしている」。

ところが、あいにく、母の亡くなったあとに生まれた者ばかりで「母の顔を見た者は無い」。自分にとっては「言葉になし難い」懐かしさだが、子供たちにうまく伝えられない。「お祖母さん、生きていてお前たちを見ると、それは可愛がって呉れるよ」と言っても、「見返す子どもの笑顔は、何の内容もない空虚なものであることが感じられて、却《かえ》ってつまらない気がした」とある。当人にとってはいかに懐かしくとも、子供たちにとっては見たこともない人物だから無理もない。

そこで、その日に「別な一つの意味を付け加えた」という。「長男の誕生日が都合よく同じく八月の一日なので、それを付録として、多少の現実味を添える事に」し、二つの意味を兼ねた行事に仕立てたのだ。「今年もその八月の一日が近づいて」きたが、春以来わが家は災難続きで、空穂自身がまる一月、「床から出られない病気」をし、その同じ病で先輩二人と知人一人が亡くなり、自分が「床を離れると殆ど同時に、長男が大病に罹」り、一時はどうかと危ぶまれたほどだった。

そこで、今年の母の日は見送ろうかとも考えたが、来年の母の日をはたして無事に迎えられるかどうかも不安なので、「死線から遠のいた」長男の誕生の祝いを兼ねて、逆にいつもより丁寧にやろうと考え直し、母の顔を知っている親類縁者も招いて晩餐会を催すことにした、というのである。来年はどうなっているかわからない、それが人生なのだろう。

## 14　先生が海老を残したら

寺田寅彦

翌一八七八年に土佐藩士の家に生まれた寺田寅彦は、熊本の旧制五高で夏目漱石の教えを受け、東京帝大在学中にたびたび漱石の自宅を訪問。『吾輩は猫である』の登場人物水島寒月のモデル。東京帝大教授として物理学を講ずるかたわら、科学と文学の接点として随筆に力を入れ、吉村冬彦、藪柑子《やぶこうじ》などの筆名でも多くの独特の作品を残した。発表時期の早いものから順に、そのいくつかを紹介しよう。

まずは『凩』である。「ひとしきり強いのが西の方から鳴って来て、黒く枯れた紅葉を机の前のガラス障子になぐり付けて裏の藪を押し倒すようにして過ぎ去った」折、「裏道を西向いてヨボヨボと行く一人の老翁」の姿が目に入る。「継ぎはぎの襤褸《ぼろ》」が枯木のような肘さえ包みきれないところを見ると、乞食らしい。「窪んだ眼にまさに没せんとする日が落ちて、頬冠りした手拭の破れから出た一束の白髪が凩に逆立って見える」。

寅彦は「この人の今の境遇が余の未来を現わしていて、余自身がこの翁の前身であるような感じがした」という。希望を抱いて生まれ、希望の力で生き、今もなお希望の影を追って、幾度か墓に躓いているのではないか。「浮世の人の胸の奥底に潜んだまま長い長い年月を重ねて終《つい》にその人の冷たい亡骸と共に葬られてしまって」、光にふれることもなく消え去ってしまう希望、それほどはかないものはない。

＊

次は『芭蕉の花』。芭蕉の一株に今年は花が咲いたが、「大きな厚い花弁が三つ四つ開いたばかりで、とうとう開き切らずに朽ちてしまうのか、もう少し萎びかかった」ようだ。赤ん坊が「蚊帳の中に坐って手足を投げ出して泣いている」。妻が飛んできて膝の上で牛乳の罎《びん》を与えると、「呼吸《いき》もつかずごくごく飲む。涙でくしゃくしゃになった眼で両親の顔を等分に眺めながら飲んでいる」。飲み終わるとまた泣き出すので、妻が負ぶって縁側に立ち、「坊や芭蕉の花が咲きましたよ」と話しかけながら、「芭蕉は花が咲くとそれきり枯れてしまうって御父ちゃま、本当？」と夫に訊く。寅彦はうなずいたあと、「人間は花が咲かないでも死んでしまう」とよけいなことまで口走る。妻が「マア」と呆れると、赤ん坊が真似をして「マア」。二人が笑ったら、坊も笑い出した。いささか噛み合わない複雑なやりとりだが、赤ん坊がその隙を埋め、いかにも幸せそうな家庭のひとこまに映る。

＊

『追憶の医師達』で幼時の体験を語る。「五、六歳の頃好きな赤飯を喰い過ぎて腹をこわした結果、「脳膜炊衝《のうまくきんしょう》」という病気になって一時は生命を気遣われた」とあるが、「たぶん今云う疫痢であったろう」と続く。「死ぬか、馬鹿になるか」と思われたが、医者のおかげで命は助かった。

そのあとに、「幸いに死なずにすんでその代り少し馬鹿になったために、力に合わぬ物理学などに志して生涯恥をかくようになったのかもしれない」と続く。少々足りない人間が東京大学で地球物理学などを講じられるわけはない。もちろん、これは冗談だ。リップ・サービスならぬ、いたずらっぽい筆の謙遜である。

＊

『糸車』と題する随筆には、同じ糸車でも洋の東西でまるで印象が違うことを述べた箇所がある。オペラで実演された西洋の糸車は、西洋の踊のように「軽快で陽気で」日本の糸車のような「俳諧」はどこにも感じられないらしい。シューベルトの歌曲『糸車のグレーチヘン』は六拍子で、その伴奏の特徴的な六連音の波のうねりが「糸車の廻転を象徴」しているようだという。

「昔の下級士族の家庭婦人は糸車を廻し手機《てばた》を織ることを少しも恥ずかしい賤業《せんぎょう》とは思わないで、つつましい誇りとしあるいはむしろ最大の楽しみとしていたものらし」く、ピクニックよりもダンスよりも「遥かに身に沁みて」面白かったと思われる。それは「物を作り出すことの喜び」を解する現代人には容易に想像できるというのである。

＊

『夏目漱石先生の追憶』に移ろう。冒頭の筆者紹介でもふれたとおり、熊本の旧制五高で漱石に教えを受けていた寅彦が初めて漱石の住いを訪ねる話から始まる。先生が俳人でもあることを知っていたため、俳句とはどんなものかと尋ねたところ、漱石は「俳句はレトリックの煎じ詰めたもの」で、「扇のかなめのような集注点を指摘し描写して、それから放散する聯想《れんそう》の世界を暗示するもの」と説明したという。

俳句の実作体験の豊富な人間なら、まさに俳句の神髄をとらえた見解だと納得するところだろう。しかし、相手はいくら旧制でもまだ高校生、とてつもなく難解な解説に思えたはずだが、寅彦は話を聞いて「自分でも俳句がやってみたくなった」というから、さすがに核心のところは通じたのだろう。

漱石は講義中に、会心の説明をするときには「人差指を伸ばして鼻柱の上へ少しはすかいに押しつける癖があった」ともある。また、根掘り葉掘りうるさく尋ねる学生には、「そんなことは、君、書いた当人に聞いたって分りゃしないよ」とつっぱねたらしい。

漱石の自宅で鮨をご馳走になった折、「先生が海苔巻に箸をつけると自分も海苔巻きを食う。先生が卵を食うと自分も卵を取り上げる。先生が海老を残したら、自分も海老を残した」らしい。漱石の死後に出てきたノートの中に「Tのすしの喰い方」という覚え書きがあり、それを見て当人が気づいたことという。

「英文学に通じていようがいまいが、そんな事はどうでもよかった。いわんや先生が大文豪になろうがなるまいが、そんなことは問題にも何にもならなかった。むしろ先生がいつまでも名もないただの学校の先生であってくれた方がよかった」というのが、寅彦の本音だ。「大家にならなかったら少なくももっと長生きをされた」そんな気がするという。弟子としては、それがもっともうれしいことだったにちがいない。

＊

『庭の追憶』という随筆にこんな失敗談が出てくる。次男が生まれて間もなく西洋に留学し、二年半後に帰国したら、「姉が見知らぬ子供をおぶっている」。これは誰かと聞いたら、みんなが笑い出した。「それが紛れもない自分の子供」だったのだという。

そうして、「去年の若葉が今年の若葉に甦《よみがえ》るように一人の人間の過去はその人の追憶の中にはいつまでも昔のままに甦ってくる」。そして、「自分が死ねば自分の過去も死ぬと同時に全世界の若葉も紅葉も、もう自分には帰って来ない」。「しばらくの間は生き残った肉親の人々の追憶の中にかすかな残像のようになって明滅するかもしれない」が、「死んだ自分を人の心の追憶の中に甦らせたいという欲望がなくなれば世界中の芸術は半分以上なくなるかもしれない」として一編は過ぎてゆく。

＊

『新年雑俎』という随筆は、正月に食う雑煮の話である。去年の正月にお呼ばれで「東京一流の料亭で御馳走になったときに味わった雑煮は粟餅《あわもち》に松露や蓴菜《じゅんさい》や青菜や色々のものを添えた白味噌仕立て」のもので、それまでに食した雑煮のうちで「一番上等で美味な雑煮」だったと思われるが、「我家の原始的な雑煮が少しも負けずにうまく食われるから全く不思議」だという。

理屈ではないが、この気持ちは実によくわかる。「雑煮の味というものが家々でみんな違っている」のは、それぞれの家が「先祖代々の仕来《しきた》りに従って親から子、子から孫とだんだんに伝えて来た」からで、誰でも自分の家の雑煮がいちばん口に合うからだろう。

しかし、世の中の風習が次第に変化し、そのうち「正月に雑煮を喰うという習慣」そのものが忘れられるのではないかと、寅彦は心配し、「一九六五年あたりの新年号」に、年取った随筆家が

「雑煮の追憶」などという文章を寄せるかもしれないと書いている。その年から半世紀を経た今でも、正月の雑煮は依然として健在だから、幸いにも寅彦の杞憂《きゆう》だったことになる。

＊

『毛嫌い』という随筆をとりあげよう。「虫やそれに類するものに毛嫌いはどうやら一応の説明がこじつけられそうな気がするが」と前置きし、寅彦は「人と人との間に感じる毛嫌い」や「何となく虫が好く好かないの現象」は「生易しいこじつけは許さない」と続ける。と断りながら、当人は空想を逞《たくま》しくし、「自分はここにも何か遺伝学的優生学的な説明が試み得られそうな気がする」と述べている。

「年を取るに従って色々な毛嫌いがだんだんその強度を減じてくることは事実」で、同時に「好きなものへの欲望も減少」し、結局、自分の中の「詩の世界」の色彩が褪《あ》せてくるのも確かだと述べる。そうして、「毛嫌い」と「詩」と「ホルモン」とは「三位一体」かもしれない、などと、わかったような、わからないような理屈を述べるのが可笑しい。

＊

最後にもう一つ、『何故泣くか』という随筆をぜひともとりあげておきたい。悲しいから泣くという因果関係は必ずしも正確ではない。「泣く」という行為を「涙を流して顔面の筋にある特定の収縮を起こすことである」と仮定し、そういう動作に伴う感情を「悲しい」と仮定すると、「泣く」と「悲しい」との因果関係は、むしろ逆になるかもしれない、という。

「自分の親しい人が非業の死をとげた場合、」それは「泣く」ことの一つの条件にはなるが、必要条件にはならない。ある医者は、轢かれたわが子の瀕死の状態を見ても涙一滴流さずに応急の手当てに全力を注ぎ、数時間後に絶命した折にも涙を見せず、しばらくして母から、その朝にその子がしたかわいい行動を聞かされたときに、初めて泣いたという。これは特殊なケースではなく、これに似た経験は多くの人間が持ち合わせているはずだという。「異常な不快な緊張が持続した後にそれがようやく弛緩し始める際に流れ出す」らしい。

これは嬉し涙でも同様で、死んだと思った息子が無事に帰ったとか、心配していた子供の入学試験がうまく通ったとか、ともかく異常な緊張が緩む瞬間に涙が出る。

しかし、老婆が御馳走を食うときに「鼻汁ばかりか涙まで流すのは」一体どういうわけなのか。さすがの寅彦も、いささか神秘的だと、どうもお手上げらしい。

## 15　生地のままの巨人

与謝野晶子

同じく一八七八年に大阪府の堺に生まれた晶子は、新詩社を起こした与謝野鉄幹と結婚。『明星』

の代表歌人として、奔放で大胆な情熱的作風で、浪漫主義の文学運動に一つの時代を築いた。歌集『みだれ髪』『小扇』などがよく知られる。ここでは『ロダン翁に逢った日』という随筆をとりあげよう。「ロダン翁」というのはもちろん、「考える人」という作品があまりにも有名な、あのフランスの近代彫刻の巨匠である。

それが実現したのは、一九一二年の六月十八日の午後だが、朝から「一種の不安と怯え」を感じたという。夏が近づき、ぼつぼつ外国旅行が盛んになるころで、「画家のルノワアル氏が南伊太利のニッスへ」旅立ったという新聞記事を読み、与謝野夫妻も「倫敦へ遊ぼう」と思い、その前にぜひロダンに会っておきたいと思ったらしい。

ロダンの家は、「セエヌ川を遥かに見下ろした好い景色のベル・ヴュウ村」の「崖に臨んだ処」にあり、汽車の窓から「仰ぐと、翁の庭にある風車が木立の間に見える」。「宅の入口は二列のマロニエの好い並木が半町ほどの緑のトンネル」になっていて、「その突きあたりに粗末な木造の門があって、門を入った直ぐ右側に同じく粗末な木造のアトリエ」がある。ところが、あいにくロダン自身はパリのアトリエに行っていて留守。ロダン夫人が、四時までにそこへ行けば会えると言い、ロダンの馬車を用意してくれたという。

そこを訪ねると、玄関の次の部屋にロダンの作品がずらりと「群像のように並んで」いて、その奥に書斎がある。「やや背の低い、腹の出た」当人が出てきて握手をしたあと、「手ずから椅子を配置」し、銀髪の翁は「鼠色のアルパカの上衣に黒いズボンを着け、鼻眼鏡を掛けて」、とても「七十余歳とは見えないまで赤みを帯びた血色の好い豊かな両方の頬に断えず《ママ》太洋のうねりのような微笑を浮べて」語ったとある。恐るべき記憶力であり、驚くほどの歌人の観察である。

その日からはるかに時間が経ち、反古《ほご》の中からロダン夫人にもらった花束の枯れたのが出てきた。そうして、「枯れた花を庭に棄てて日本の土がそれだけ豊富になり且つ浄まった」、そんな意味の作品を詠んだことを、さらりと書き添え、一編を結ぶ。

## 16 一生の伴侶とする樹

鏑木《かぶらき》清方

同じく一八七八年に東京で生まれた鏑木清方は日本画家。新聞や雑誌の挿絵画家として出発し、幕末、明治、大正の人物や風俗を清新かつ情緒ゆたかに描いた。「一葉女史の墓」「築地明石町」「三遊亭円朝像」などが広く知られる。『こしかたの記』と題する自伝もある。ここでは随筆『庭樹』をとりあげる。

一編は、尾形光琳の住居絵図を見た感動から入る。紅梅、白梅、槇、檜から、立葵《たちあおい》、萩、桔梗、藪柑子などが描かれ、光琳自身が後ろ手に指を組んで鞍馬の峯を仰いでいる。そこから自分の家の庭の話に移る。東京の借家住まいでは、庭木や庭草に「好みを充たす」すべもなく、金沢の知人の別荘を譲り受けて、十何本の梅の木を植え、春に仰げば「瑠璃の青空に象嵌《ぞうがん》をちりばめた」ような姿を「飽かず眺め暮らした」という。

「人がこの世に生まれて来て一生の伴侶とするものは、あながち人間同士の間がらだけ」ではなく、「書物もそうなら、山河、住家《すみか》、それに伴なう草木のたぐいまで」あり、「どうかすると親しみ人に超ゆる」こともあるという。

自分は「骨董だの、奇樹、珍石だのには、極めて関心のうすいたち」で、「品ものの価値の高下より、自分にとって縁故の深いものは親しみも多」いので大事にするという。もちろん、「名物扱いの珍宝にそういうのがあればひとしおの幸だと思うけれど、あいにくそんなものは身辺に持ち合わさない」とある。

金沢の地はその後、電車が通り、「木は伐られ、田は埋められて工場が立」ち、「緑の丘は崩され」、今や騒音は「夜を徹してもはや静思黙想を許すの境ではなくなった」。東京の家の広くもない家に移した赤松は、もともと庭木らしい手入れがしてなかったのが幸いし、「画室からの眺めに思いがけない趣が生じた」と書き、「庭樹に栄あれ」と結んでいる。

## 17 蕗から巡礼の歌が

片山広子

同じ一八七八年に東京に生まれた片山広子は、佐佐木信綱門下「心の花」の歌人。『翡翠』などの歌集を残したほか、随筆もよくし、また、松村みね子の名でアイルランド文学の翻訳に着手し、その開拓者とされる。ここでは、『季節の変るごとに』という随筆をとりあげることにしよう。

武蔵野は季節の変化が早いという。「一足先きに春秋の風がふき、霜も雪も早く来る」し、「夏草が茂るのも早い」という。冬から春にかけて、野菜では大根、白菜、小蕪、ほうれん草、果物では林檎とみかんが半年ほど食すことができ、十二月から正月にかけて乾し柿が出る。「新春のなますに乾柿を混ぜたものは世界のどこにもない美味」だという。

春深くなれば、「家々の庭や垣根に豌豆《えんどう》の白や紫の花が眼をよろこばせ、夏近くまでふんだんに食べられる」。竹の子は日本特有の味があり、竹取伝説にも出てくる古くからの食べ物だ。蕗《ふき》はもっと田園調で、「庭のすみの蕗をとっている時、わかい巡礼さんの歌なぞ聞えるような錯覚さえ感じられ」、「蕗のとうは鶯の声よりもっと早く春を知らせてくれる」。

五月、六月、七月はトマトがあり、胡瓜は秋まで続く。そして、茄子は、冬の大根同様、「日本風のあらゆる料理に最も奥ふかいうまみを持って」いる。やがて梨と葡萄が出て、青い林檎も出始め、秋が来ると、キャベツ、さつまいも、南瓜、栗や柿。そして「松茸の香りが過去の日本の豊かさや美しさ」を思い出させる。

アメリカから単身やって来て、「家庭の奥さんたちに英語や作法を教え、大使館の事務の手伝もしていた」外国夫人が帰国する際、「送別のために小さいお茶料理」に招待し、鯛の刺身や鮎の塩焼きを喜び、きんこと小蕪の味噌汁を褒めたという。食べたあと、「きんこ」とはどんなものかと質問したらしい。「海にいるときは黒く柔かい生物でナマコと呼ばれ」、それを干したのが「きんこ」だと、英語で「しどろもどろに説明した」。

そのあと、「おそばはお好きですか」と尋ねると、しばらく考える目つきをして、「味はよろしい。長さがわれわれを困らせる」と答えたという。後日、「配給の短メン」を食べながら、ふとその夫人のことばを思い出し、「短メンのみじかさはわれわれを寂しくする」と言ってみる。「湯麵《タンメン》」とは違う配給の短い麵のことか。いずれにせよ、ずいぶんと月日の経ってしまったことをかみしめていたのだろう。

## 18 知らぬ世の、知らぬ人の手に

永井荷風

翌一八七九年に東京小石川に生まれた永井壮吉は、青年期に人情噺にのめりこんで落語家に弟子入りしたが、アメリカ、フランスに留学して帰国後、荷風と号して『ふらんす物語』『すみだ川』『腕くらべ』などの小説、随筆『日和下駄』、随筆風の小説『濹東綺譚《ぼくとうきたん》』などを発表。慶応義塾大学教授となって『三田文学』を主宰し、断腸亭主人と号して随筆『断腸亭日乗』を執筆するなど、多彩な活動を展開した。

まずは『五月』と題し、「五月は忘れられぬ月である」と始まる随筆から。「強く明い初夏《はつなつ》の光の底には、昨日と過ぎた行春の悲しい名残が去りもやらず彷徨っている」と続き、その辺一帯の描写が続く。「山の手の場末の町には殊更多い枳殻《からたち》の垣根の見事な若葉と、或は間もなく貸家が建つらしい空地の雑草の萋《せい》々として生繁る片隅なぞに、ふと八重桜や桃の花の色もさめながら咲き残っているのを目にするほど哀れ深いものは」ないと書く。それは、「行春の甘き倦怠に沈んだ吾々の心」が、五月を新しいと感ずるのだという。

＊

次は『猥褻独問答《わいせつひとり》』と題する文語体の随筆だ。「猥褻なる文学絵画の世を害する事元より論なし」として、若い書生は「猥褻なる小説を手にすれば学問そっちのけにして下女の尻を追」い、親爺が「猥褻なる画《え》を見れば忽ち養女に手を出すべし」と具体化する。

しかし、「猥褻を転じて滑稽となせしは天明の狂歌」であり、「猥褻をして一味云ひがたき哀愁の美たらしめしは為永一派の人情本」であり、「猥褻を基礎として人生と社会を達観したるは川柳末《すえ》摘花《つむはな》」であると、猥褻から芸術へと一歩を進めた例をあげ、さらに、「我国木版術の精巧は春画を措きて他に看る」ものなし、と展開して一編を結ぶ。

＊

次は、みずから『にくまれぐち』と題した痛烈な皮肉を紹介しよう。現代文士の誕生と生活がパターン化してきたとして、その典型的な道筋をあげる。学校を卒業する前から、「学校内で広告がわりに発行している雑誌または新聞紙に草稿を投じ」、その編集を担当している先任者の推挙を待ち、やがてその後任となるのが早道だと、手きびしい。

教育事業も商業化しているので、自分も校長とか教授とか監事とか評議員とかという職務を踏み台にして栄達の道を求めようと、学校の広告となり、学生の受けをよくするため、校内で新聞や雑誌の刊行を許可する。校内発行の印刷物に関係できた者は、機会を狙って「世間知名の専門文士、或は世の新聞雑誌の記者、或は書肆《しょし》出版商に接近し漸次に文士生活に入るべき道を習い覚える」のだという。

また、俳句の一つも「知名の俳人と一堂に会して膝を接する」のでなければ吟ぜず、吟じたら「知名の士と其名《その》を連ねて世の新聞雑誌の紙上」に掲げることを忘れない。さらに、講演会については、こうある。「幹事に対しては表面はいかにも迷惑そうに」、不承不承に承諾しておきながら、演壇に立つと、前受けのよさそうな演題を選び、「有りもせぬ智慧をしぼって」滑稽なことも言い、「聴衆を倦《う》ませぬように」務める点、落語家と同様だという。すべて痛烈な批判となっているが、誇張はありながら、傾向としてたしかに世の中の仕組みの一面を鋭くとらえている。世を拗ねた作家の内面の憤りが痛々しく響く。

＊

今度は、それと正反対に、耳に心地よい随筆を紹介しよう。『鐘の声』と題する一編である。長く住んでいる麻布の家の二階に聞こえてくる、芝山内の鐘の音が話題だ。

その音は遠すぎもせず近すぎもせず、考える妨げにもならず、むしろ「そのまま考に沈みながら、静に聴いて居られる音色」だという。また、疲れてぼんやりしているときには、その鐘の音によりなおさらぼんやりし、「夢でも見ているような心持」になるらしい。

「西洋の詩にいう揺籃《ゆりかご》の歌のような」気持ちのよい軟らかな響きなのだとある。読んでいる側も、なんだか心地よく、眠くなりそうな記述である。

*

『西瓜』と題する随筆に移る。「持てあます西瓜ひとつやひとり者」という、いささか川柳じみた自作の俳句を枕にして始まる。が、中心は「ひとり者」というところにあり、全体はみずからの考え方、ひいては生き方を語る、暗く深刻な内容となっている。

まずは西瓜を贈られて困った話だ。もしも自分が口にするのを好まなければ、「下女に与えてもよい」はずであり、「下女がいなければ、隣家へ」贈ればいいと思うかもしれないが、「近隣とは交際がない」。そもそも、みだりに物を贈ることを「心なきわざだ」と考えているのだということである。

生涯独身で暮らそうと決心したわけではなく、「いつか四十を過ぎ、五十の坂を越して忽ち六十も目睫《もくしょう》の間《かん》に迫って」いたのであり、将来についても明言はできないという。

独身の生活を悲しんでいないと同様、「男女同棲の生活」を嫌っていたのではない。「索居独棲の言いがたき詩味」を西洋文学や江戸時代の詩文から学んだのかもしれないが、それよりも、自身の「健康、性癖、境遇」などを考えると、「世間一般の人のように、善良なる家庭の父」となりうるはずはないという。

それだけではない。生まれてくる子供の将来について考慮しなければならず、「子供が将来何者になるかは未知」だから、子供はつくらぬほうがいい、と結論づけている。そのため、中年のころから、子供のないことを「一生涯の幸福と信じていたが、老後に及んでますます此感を深くしつつある」と書いている。そして、自分の両親も、こんな子を産んだことを後悔しているはずだし、自分のような子がいなかったなら、「父母の晩年は猶一層幸福であったのであろう」とまで記すのである。心理的にはわからないでもないが、論理的には人類の滅亡につながる。子を育てるのは楽しい苦労のはずである。

しかし、荷風は徹底している。自分はこれまで幸いにして、好まない俳優の演技を見ず、好きでない飲食物を口にせずに済んだし、「知人の婚礼にも葬式にも行かないので、歯の浮くような祝辞や弔辞を傾聴する苦痛を知らない」と、いっさい我関せずの態度を貫く。

そして、森鷗外が「死して墓をつくらなかった学者」のことを説いていることにふれ、自分が死後に葬式も墓も要らないと言えば、生前、学者だったことを誇っていたように誤解されかねないから「先哲」に倣うとは言わず、ただ、「死んでも葬式と墓とは無用だ」とだけ言っておこうと、きわめて慎重なことばを記している。これが遺言のように伝えられたようである。

一九五九年の四月三十日朝、市川市八幡町の自宅でひとり死んでいるのを、通いの手伝い婦が発見。胃潰瘍の吐血による心臓麻痺だったらしい。ちょうど自分が早稲田の大学院に進学したばかりの時期で、フランス語の教師は授業の途中で、荷風が亡くなったので、と事情を告げ、急いで教室を出て行った。よほど近い身寄りだったのだろう。なぜか、もう半世紀以上も前のそのシーンを今でもはっきりと記憶する。遺体の扱いその他、はたして当人の遺言どおりに運んだのだろうかと、今ごろになって気にかかる。

＊

人嫌いのように思われるが、自然に対してはそんなことはない。『虫の声』という随筆は、東京に生まれ育ち、何十年も暮らしているが、ある年頃になると、それまで珍しくも懐かしくも思わなかった物の音や色が、「月日の過ぎゆくうちにいつとなく一ツ一ツ消去って、遂に二度とふたたび見ることも聞くこともできない」ということがはっきり意識される時がやって来るという。そうなると、「綿々として尽きない情緒が湧起って来る」。それはちょうど「別れて後むかしの恋を思返すような心持」だというのである。

浅草公園の寝静まった仲見世を歩いていると、敷石を踏む音さえ打ち消すほど、「あたり一面に鳴きしきる蟋蟀《こおろぎ》の声をきいて、路に落ちた宝石を拾ったよりも嬉しく思った」というあたりは、まさにそういう例だろう。のうぜんかつらがますます赤く咲きみだれ、夾竹桃《きょうちくとう》の蕾は後から後からと綻びては散って行く。「百日紅は依然として盛りの最中である」といった流れにも、季節を愛で、自然を愛する心が感じられる。

「蟋蟀の鳴音はやがて格子戸の内、風呂場や台所のすみずみからも聞えて来る」とあり、「朝夕の寒さに蟋蟀もまた夜遊びに馴れた放蕩児の如く、身にしむ露時雨のつめたさに、家の内が恋しくなるのであろう」と流れる行間からも、そういう気持ちが伝わってくる。

そうして、「それまでも生き残っていた蟋蟀が、いよいよその年の最終の歌をうたい納める時、西の方から吹きつけて来る風が木の葉をちらす。菊よりも早く石蕗《つわぶき》の花がさき、茶の花が匂う……。」として、余韻嫋《じょうじょう》々と一編を結ぶのだ。情緒を感じない人間とは、とても思えない。

＊

俳句や「詩のようなもの」を並べた随筆『枯葉の記』の末尾も同様だ。古本を買ったり、本の虫干しをしたりして、本の間に「銀杏や朝顔の葉のはさんだままに枯れているのを見ることがある」と書いたあと、しばし思いを馳せる。

「いかなる人がいかなる時、蔵書を愛するの余りになしたことか」と考え、「その人は世を去り、その書は転々として知らぬ人のより、また更に知らぬ世の、知らぬ人の手に渡って行く」と想像を広げて、フィナーレに流れこむ。

「紙魚を防ぐ銀杏の葉、朝顔の葉は、枯れ干されて、紙魚と共に紙よりも軽く、窓の風に翻って、行くところを知らない」と結ばれる。「紙魚」は「しみ」と読み、銀白色の鱗粉に被われ、羽がなく、変態しない昆虫。その一種ヤマトシミは衣類や古い和書などにくっついて食う。それが窓の風に飛ばされて見えなくなってしまう、というのである。

*

最後に、『放談』と題する随筆を紹介しよう。あの毒舌の『にくまれぐち』の調子で、自分の本音を語る一編だが、ここでは質問に答える形式で展開する。

文化勲章の話題では、そんなものは要らないと言えば、「自分が貰いたくっても貰えないからそれで悪く言う」と思われるし、反対に「勲章の難有味《ありがたみ》を言い出しでもしたら」、貰う順番を「首を長くして待ってでもいるように思われ」る。その人の趣味によるというあたりが無難な返答かな。「勲章を下げたがるのも其人の趣味、下げたくないと思うのも又其人の趣味」ということになる。

こんな話も出る。「濹東綺譚」などというようないかがわしい盛り場の作品を書くには「家庭のない方が便利」で、「一家の主人になって妻子眷族《けんぞく》に取り巻かれてしまったら、あんな小説なんか」書きたくても書けない。また、「小雨のびしょびしょ降る夕なんぞ裏町の闇市へ行って独りで食事をするのが好き」で、そういう頽廃《たいはい》趣味は生まれつきだから仕方がない。「健全な趣味を持っていたら初ッから親不孝をして小説家なんぞになれアしまい」。僕は「全力を尽して年をとっても品行は方正になりたくない」と思っている。

「雷門から吾妻橋辺に出没する女」は、有楽町辺に出る女に比べてみすぼらしい感じだが、金をやっても受けとらない女も多く、善良で憎めない。女学校なんかを経営する婦人なんかより善良だ。むろんそういうデータはないはずだが、当人の実感なのだろう。

「心臓麻痺か脳溢血か何かでぽっくり死にたい」という話も出る。小山内薫のように居眠りしているうちに死ぬのが理想的らしい。

新聞や雑誌に自分の浮ついた噂が出ても「一切黙殺する」が、その代り「復讐」の覚悟だけは失わない。「復讐と反抗の気概は近代文学の根本的精神」だからだという。「反抗」ならわかる。

## 19　雨の音　石原純

一八八一年に東京で生まれた石原純は物理学者で、『相対性原理』ほかの著書もあるが、一方、伊藤左千夫の『馬酔木《あしび》』に短歌を寄せ、『アララギ』の創刊にも参加したという歌人でもある。ここでは、その両面がうかがえる『雨粒』という随筆をとりあげる。

一編は「そろそろさみだれの季節がやって来る」という、短い一文だけの段落で始まる。ひとしく雨であっても、日本では季節や降り方によって、いろいろな名前で呼ばれる。「春さめ、さみだれ、しぐれ、驟雨、ゆうだち、霧雨、小糠雨」などがその一例だが、そういう通称には、雨の音がかなりな役目をはたらいている。「さみだれの静かに降りそそぐ音とか、ゆうだちの激しくものを撃つ音とか、音もなくひっそりと濡らしてゆく小糠雨」など、それぞれの趣を添えている。そうして、「ものしずかに雨の音を聞いていると、いろいろな記憶が心のなかによみがえって来るのも、一つのなつかしげな風情である」と、ここでは科学者というより、詩人的な側面を色濃く見せながら、しっとりと語る。

そこから科学者の一面をのぞかせる。雨は「細い線につながって見え」、人間の眼では粒を見分けることができないとし、雨粒の大きさを測る手段へと話を進める。気象学では、「雨粒の落ちるのを吸取紙で受けて、紙の上に滲《にじ》み拡がる面積を測る」のだという。もちろん、「科学的にはさほど精密だとは云い難い」が、雨粒の大きさなどそんなに精密に知る必要はなく、大体の平均がわかれば間に合うらしい。

それよりも、眼で見てわからないものが、紙で受けとるとはっきり見えるという点に注目し、「生きているうちはさほどとは思われない人間が死ぬと急にその偉さが世間に認められる」のと似ていると、思いがけない飛躍を見せ、「すべてのもの事はこれと同じ」だと展開する。たいした変化もなく続いている間はぼんやりと見過ごし、何か「事変が起る」と「その正体を認めて、今更のように慌て驚く」、病気もそうだと流れ、それが人間の通性だが、事の起らない先にその赴くところをはっきり見究めることこそ、社会や人生にとって大切なのだ、と説く。

そうして、「試験間際になると、学生が頻りに頭をなやます」が、ふだんから「賢明な方法で学力を検べる」ようにするのが「近代的な教育」であると、小気味よい飛躍を見せて一編をさらりと結ぶ。粋な流れである。

# 20　奇跡のめぐりあい

会津八一

同じく一八八一年に新潟県に生まれた会津八一は秋艸道人《しゅうそうどうじん》とも号し、奈良の古寺や古仏を題材にした万葉調の歌人であり、書家としても知られる。坪内逍遥に師事し、早稲田大学教授として東洋美術史を講じた。ここでは『奇遇』と題する随筆をとりあげる。

自分は骨董道楽などをするような余裕がなく、美術史研究の必要から「標本類の蒐集」を心がけているだけだが、最近ちょっと面白いことがあったとして、本題の「二枚の磚《せん》」の話に入る。磚というのは、煉瓦のようなもので、敷き瓦や腰瓦として用いるほか、「墓陵の内壁を築く」こともある。

最近、出入りの骨董屋から、絵のある磚を手に入れたから、お目にかけたいという便りがあり、見に行くと、上下二枚で一つの絵になるものの下半分らしく、馬には頭がなく、「馬車も車輪だけで、蓋《がい》も馭者も無い」。

四、五年前に手に入れた磚は、上の半分と見えて「頭ばかりの馬や人物があった」ことを思い出し、「心のときめきを感じながら」すぐに買うことにきめた。すると、翌朝届いたので、早速合わせてみると、「人も馬も、車も、輪郭の線までもみんなピッタリと合う。のみならず、所々に灰被りらしい釉薬《ゆうやく》めいたものが附いて居る具合までも同じ」で、「思わず声を揚げた」という。

「千七、八百年前に同時に型を脱し、同時に窯を出て、同時に同じ墓壁に用いられた、云わば兄弟の二枚が、一度発掘されてから長い間別々に流浪した末に」、ついにわが家の食堂のテーブルの上でめぐり合ったものらしい。まさに奇遇である。

## 21　あんぱんが湯気をたてて　　高村光太郎

次は一八八三年生まれの何人かをとりあげる。まずは高村光太郎。彫刻家高村光雲の長男として東京下谷の職人気質の家に生まれ、若くしてロダンに憧れて彫刻界に新風を吹き込んだが、『道程』『智恵子抄』など、特に詩人として知られる。耽美的な詩風から人道主義に転じ、生命感あふれる口語自由詩の完成に貢献した。戦災でアトリエを失い、宮沢賢治の縁故で、戦後は岩手県花巻に移り、近郊の山小屋にひとりで住み、農耕自炊の生活を送った。ここでは随筆『山の春』を紹介する。

「ツララは極寒の頃にはあまり出来ず、春さきになって大きなのが下る」。つまり、「ツララは寒さのしるしではなくて、あたたかくなりはじめたというしるし」なのだという。

「やがて野山にかげろうが立ち、春霞がたつ」。「遠山はまだ白いが、姿のやさしい、低い、山々の地肌にだけ雪がのこって、寒さに焦げた鉾杉《ほこすぎ》や、松の木が、その山々の線を焦茶いろに」彩っているところに、「大和絵のような春霞が裾の方をぼかしている山のかさなりを見ていると、何だか出来立ての大きなあんぱんが湯気をたてて、懐紙の上にいくつも盛られているようで」、枯れ木の株に腰をおろし、「うまそうだなあ」と見ているという。何という光景だろう。

東北では三月に春は来ない。山小屋の雪が消えるのは五月の中旬、それまでは「氷のように冷たい空気」に囲まれる。「一日も一刻も惜しいような」山の春はあわただしく、「リンゴ、梅、梨、桜のような春の花の代表」が、「一時にぱっと開いて」夏に移る。そう綴る人間の息づかいまでが伝わってくるのは、ことばや概念でなく、実際にその土地で暮らしている人の体感がこもっているからだろう。まさにそこで暮らす人間の眺める雪国の風景であり、全身にしみついた季節感である。

## 22 芸術は見る瞬間　野上豊一郎

同じく一八八三年に大分県に生まれた野上豊一郎は、旧制一高で教鞭をとっていた夏目漱石に師事し、俳句や小説に打ち込んだが、やがて小説は夫人の弥生子に任せ、英文学者として日本文学を海外に紹介した。また、ヨーロッパの文学や芸術に精通する立場から、新しい能楽研究の先駆をなした。のち法政大学の学長、総長を歴任。ここでは随筆『桂離宮』を紹介することにしたい。

いかなる美術家も想像し得ないほどの「独創的な、印象的な、すばらしい図案が、二枚の障子」のうえに描き出されている。その考案者は小堀遠州なのか、それとも、「太陽を動かしている自然」なのか、とっさに判断できないが、ともかくすばらしい芸術品だ。「芸術はどの時代のものでもわれわれの見る瞬間に於いてのみ感じ得るものだ」というのである。

また、舞踊や音楽といった時間芸術だけでなく、空間芸術である絵画も彫刻も建築も、「すべて時の変化を蒙《こうむ》らないですむものはない」。桂離宮とてその例外ではあり得ないという。したがって、「芸術はその作られた時に於いて最もよく生きている」というのである。

最後に、友人の家の本家の広々とした庭園を眺めた昔の記憶をこう描く。「起伏の多い広大な地形が、巧みに、自然に利用されて、森々たる深山に分け入ったような」感じで、「渓流が曲りくねって」、岩角がそれをおびやかし、草花の間に鹿や兎の糞がころがっていて、「人家というものが殆ど見え」ない。江戸川の上流に向かって傾斜した広大な土地で、川の近くの芭蕉庵を含め、「早稲田田圃の稲の穂波が、目もはるかに、ひろびろと見晴るかされ」、その田圃の目の届くかぎりがその家の所有地で、「マッチ箱みたいな人家を建てさせないために買い取った」のだという。

しかし、一市民の力では「庭園の眺望の第一の要点なる稲田の保存」はならず、「やがて早稲田の奥の方まで市電が伸びる」ことになる。たしかに、時の変化を受けないで済むものはないのだろう。

## 23　町端れの灯　　志賀直哉

やはり一八八三年に宮城県石巻に生まれたが、志賀直哉は東京育ち。学習院で武者小路実篤・有島武郎らと同人雑誌『白樺』を創刊し、人道主義を中心とする作家として、長編『暗夜行路』のほか、『大津順吉』『和解』や、短編『清兵衛と瓢簞』『小僧の神様』『焚火』などが広く知られる。妥協を許さぬ緊迫した筆致は、かつて名文の典型とされ、長期にわたって「小説の神様」として若い作家の目標となった。

ここでは、まず、しばしば教科書に載った随筆『城の崎にて』をとりあげよう。山の手線の電車に接触事故を起こして怪我をした「後養生に但馬の城崎温泉へ出掛けた」というところから一編は始まる。「冷々とした夕方、淋しい秋の山峡を小さい清い流れに」沿って歩いていると、やはり怪我のことが頭に浮かぶ。まかり間違えば「青山の土の下に仰向けになって」、「祖父や母の死骸」の脇で「青い冷たい堅い顔」をして寝ていたかもしれない大怪我だっただけに、それも無理はない。

まず驚くのは、自分の目できちんと対象をとらえ、みずからの感覚で対象の奥に息づく生きものとしての哀しみまでを汲みとる、その一体となった深い洞察だ。単に「蜂が死んでいた」で済ませず、「玄関の屋根で」、「足を腹の下にぴったりとつけ」、「触角はだらしなく顔へたれ下って」というふうに観察眼を働かせ、その死骸が三日間もそのままになっていることを見定め、「他の蜂が皆巣に入って仕舞った日暮、冷たい瓦の上に一つ残った死骸を見る事は淋しかった」と心情を述べ、さらに「然し、それは如何にも静かだった」と描きとる。

そうして、「首の所に七寸ばかりの魚串」が刺し通り、「頭の上に三寸程、咽喉《のど》の下に三寸程それが出ている」鼠が、投げ込まれた川を泳ぎ、必死に石垣に這い上がろうとするのを、何人かの人間が石を投げて邪魔をする光景に出会う。また、川べりで流れに向かってじっとしている蠑螈《いもり》を見つけ、「驚かして水へ入れよう」と、小石を拾って投げると、まったく狙わなかったのに、それが偶然当たって、死んでしまう。

そんなふうに、生きもののいくつかの死に出あう作品の末尾近くに、「遠く町端れの灯が見え出した」という雫のような一文をしたたらせる。「死ななかった自分は今こうして歩いている」と、そのことに感謝しなければならないと思いつつ、ふしぎに「喜びの感じは湧き上って」こない。むしろ、「生きて居る事と死んで了っている事と、それは両極ではな」い気がするのだ。生と死に関する感懐を綴ったこの一編は、「視覚は遠い灯を感ずるだけだった」と、消え終わるように閉じられるのである。

＊

もう一編、しっとりとしたユーモアを沈めた『山鳩』をとりあげたい。「山鳩は姿も好きだが、あの間のぬけた太い啼声も好きだ」という唐突な一文で始まる。好悪の感情を無遠慮に開陳する、この作家らしいタッチとも言える。ゆったりと流れる文章の奥に、さりげない死生観やヒューマニズムが見え隠れする。いつも二羽で仲よく飛んでいる山鳩のカップルを勝手に夫婦と見立てて目になじんでいたという。

ところが、ある日、福田蘭童がやって来て、一緒に広津和郎を訪ねることになったらしい。蘭童は洋画家青木繁の息子で、尺八の名手、ＮＨＫの「笛吹童子」や「紅孔雀」の作曲を手がけ、『蘭童捕物帳』『風流釣れ釣れ草』など、文筆にも才能を発揮した才人。釣りだけでなく、狩猟の腕もあったらしく、その日もバスを待つ間に猟銃をかついで山に入り、わずかの時間に山鳩や頬白をしとめて戻って来たという。

おそらくそのせいで、「幾月かの間、見て、馴染になった夫婦の山鳩が、一羽で飛んでいるのを見ると余りいい気持がしなかった」という。「撃ったのは自分ではないが、食ったのは自分だという事も気が咎めた」ようだ。

その後、幾月かして、山鳩が二羽で飛んでいるのを見て、「山鳩も遂にいい対手を見つけ、再婚したのだと思」って喜ぶ。ところが、どうもそうではないらしい。二羽がよそからやって来て住みつき、「前からの一羽は相変らず一羽で飛んで」いる、という。

近所に、血統書きのついた高価な猟犬を二頭も連れて猟服姿で徘徊している人もいるが、この人物の場合は、「猟犬は警戒していなければ危いが、鳥は安心していてもいい腕前」だという但し書きが可笑しい。それに比べて「地下足袋姿の福田蘭童」はまるで違う。懲りた志賀直哉が「今年は此辺はやめて貰おう」と言ったら、「そんなに気になるなら、残った方も片づけて上げましょうか」という答えが跳ね返ってきたという。たしかに、そうすれば、一羽だけで飛んでいる姿に心を傷めることはなくなる。論理はそうだが、心理は逆だ。蘭童という人物を活写しながら、作品の奥を生命に対する感懐がひそやかに流れる。笑いながら読者は、作者の円熟した筆致に心地よく酔う。

# 24　誰かある

佐々木邦

やはり一八八三年に佐々木邦は静岡県の現在の沼津市に生まれたが、小学生時代から東京に住む。母校明治学院などで教鞭をとり、英語や英文学を講じながら、『珍太郎日記』以降、みずからユーモア小説を次々に発表し、一般家庭を舞台にした佐々木邦調の明朗小説として人気を博した。代表作に『ぐうたら道中記』『愚弟賢兄』『夫婦百面相』『ガラマサどん』など。『苦心の学友』『村の少年団』など、少年少女向けの作品も多い。が、それらは小説であり、ここでは、むろん、随筆をいくつか紹介することになる。

まずは、『豊分居閑談』と題する随筆集から。その冒頭の一編「C/O時代」の冒頭に、戦災の話が出てくる。住居のある渋谷の豊分居にじっとしていれば無事だったのに、沼津に疎開したばかりに「親類友人みな罹災《りさい》し」たという。「東京で無精をきめていれば無事だった」わけで、なんとも皮肉な話である。その後、妻の郷里の山形県鶴岡市に落ち延び、その随筆は「お寺の離れの蚊帳の中で筆を執っている」とことわっている。

地元出身の童話作家安倍季雄《すえお》が近くの湯の浜温泉に来ていて、旅館亀屋の主人の親友であるところから、毎日入湯できるという。安部は荘内の歴史に詳しく、天保年間に酒井の殿様が国替えを命じられた折、各村の百姓が江戸に取り止めの嘆願に行って幕府を動かしたという。善政を施したから農民が懐いたわけで、その明君の名句を披露してくれたらしい。「誰かある襖を明けよ時鳥」という一句という。佐々木邦は「如何にも殿様らしい句」で、とても「家来には思いつかない」と評し、「耳うとき父入道よ時鳥」という蕪村の句が「考えて拵えた句」であるのに対し、殿様のは「自然に迸った」句であると説明している。

「笑いの研究」という文章では、「泣いたところで、何の効果もない」とし、「鬱積した感情」が一時の出口を見出すが、「悲しみそのものは泣いても直らない」。しかし、「泣く時には胸が塞がるようになり、怒る時には身体が硬直する」が、「笑う時には胸が開く」。なるほど、体によさそうだ。

「いないいないばあ」によって、日本人は「人生最初の可笑味の笑いを体験しているのだという。

「姓名」と題する文章では、「荒城の月」の作詞者、土井晩翠は「どい」でなく「つちい」だと主張していたが、世間が正読してくれないため、今後は「どい・ばんすい」にする旨、「改めて葉書で披露」したことを述べている。

「顔」と題する文章では、「何の某《なにがし》といえば」、われわれは必ず「その人の顔を思い浮べる」という事実を指摘し、「人間は顔丈けで個性の識別出来る動物と定義」してよかろうと述べて、それは「衣服を纏っていて、顔丈《だ》けが露出している」からかもしれないと勝手な推測をくりひろげる。

「一つの年中行事」という文章では、鰤を貫って帰った釣師の話がおかしい。「よくそんな大きなものが買えましたね」と、いきなり急所をついた乗客があったので、無論、自分で釣ったと言い張り、甘鯛の道具で引っかけたので、引き揚げるのに一時間もかかったと大仰に弁明したら、それが真に迫り、先方も「納得して、多大の敬意を表した」という。そのせいで、信州に帰るまでに何度も嘘をつかねばならず、家庭でも今もって自分の手柄にしているらしく、「嘘というものは同じのを幾度もつくと、しまいには自分まで本当の心持になります。不思議なものですよ」という記述がとびだして、おやおやと思う。

＊

もう一つ、『人生エンマ帳』と題する随筆集から、いくつか紹介しよう。まず、「ヒゲと毛髪」という文章に出てくるエピソード。年を取れば誰でも、頭は白髪になるか禿げるかだが、白頭は禿頭《とくとう》に優るという説があり、「あるものがなくなるのは衰亡の兆」という考え方が土台になっているらしい。「百五十二まで生きた英国の名物老人」、オールド・パーという百姓は、髪がふさふさ生えていたという。世にも珍しいその長命が評判になり、チャールズ一世に召し出され、とたんに粗食から美食に移ったのが災いし、わずか二ヵ月後に死んでしまったという。ちなみに、長命という手柄でウエストミンスター寺院に葬られたのはこの人だけらしい。なんだかウイスキーの水割りでも飲みたくなった。どういうわけか知らん？

次は「身体髪肌」という文章だ。顔は何の某を認識させるばかりでなく、その人間の風采や器量がこの部分でほぼ決する。各人、顔の部品はそれぞれそろっていても、その形や並び方で印象が大きく変わる。その点、男女同じはずだが、女性の社会進出の稀だった昔は、就職に際しても結婚に際しても、その顔の造作が女の運命を左右する傾向が強かったようだ。そうなると、器量のいい人が、ロマンスでも縁談でも断然有利になる。このあたりは時代を感じさせる記述である。

が、そのあと、女性の器量においては自然はけっして公平ではないどころか、「積極的に不公平」

だというふうに展開する。「きわめて美しく生まれつくものと甚だそうでないものとがある」というところまでは、読者も素直にうなずく。ところが、「前者が少なく後者が多い」と続く。むろん、程度にもよるから、一概に否定はできないものの、理論的にそんなはずはないと思いながら世間を見まわすと、そういえばそんな気がするのが可笑しい。

西洋人との比較の話も出る。男女ともに「あっちの人達」のほうが毛深いとあり、「進化論からいうと、日本人よりもご先祖に近い」と展開する。この場合の「ご先祖」はもちろん、「先祖代々の墓」に眠っている人たちではなく、人類のはるかな祖先のことだろう。

「三人の友達」という文章に、こんな話が出てくる。何かにつけて喧嘩ばかりしている二人、病気だと聞いた相手が歩いているのを見かけ、「病気だと聞いたが、どうだい?」と敬意を表して、珍しく声をかけた。すると当人は「何ともねえよう」と応じ、「憎ん面をして行ってしまった」という。相変わらずだなあと、読者が笑いかけると、佐々木邦は「これが二人の永訣《えいけつ》になった」と、極小の一文を添える。

## 25　秋山微笑居士

岩本素白

一八八三年生まれのもう一人、岩本堅一は東京品川の生まれ。小学校高学年のひとときを、丸亀藩士で維新の折に函館五稜郭《ごりょうかく》に立てこもったという父親の任地である横須賀で過ごしたが、帰京して麻布中学を経て早稲田大学の前身、東京専門学校を卒業。数年年上の同級生、すでに紹介した窪田空穂と終生の友となる。母校の麻布中学の教員となり、その最初の生徒に広津和郎がいたという。素白と号してみずからも文章を執筆し、『山居俗情』『素白集』といった随筆集を刊行。市井を散策する随筆が多いところから、永井荷風の随筆とともに話題になることもあるが、直接の関心が人間にある荷風と、自然に向く素白とでは異質に感じられる。のち、早稲田大学の教授として随筆文学を講じた。『日本文学の写実精神』という著書もある。

『街の灯』という一編から始めよう。「表通りの店から流れる火影に、道ゆく人の浴衣が白く、深い横町の灯は心細いほど幽かに見えて、ほの暗い軒下に置いた縁台に、夜涼を楽しむ人の煙草の火さえくっきりと見えて涼しい」と、夏の晩を描く。それが冬になると、「濃い闇の処よりは明るい灯の処の方が、ひとしおの寒さを加えて、その白い水のような光の中を、気忙《きぜわ》しく行く人の下駄の音も、舗道に寒む寒むと鳴る」という。どちらも、薄暗かった昔の晩のようすがしっとりと描かれている。

川沿いの片側町の奥深い客商売の家の入口には「火影を涼しく見せるために敷石から板塀まで、ふんだんに水が打ってあった」という。その町並みに塩湯があり、そこから出て来たらしい「三四人連れの女達が何か睦じげに物語りながら、宵闇に白い浴衣を浮かせて通り過ぎ」ると、そのあとに「覚束《おぼつか》ない白粉の匂いが、重い夜気の中に仄かに漂って」いたという。何事もなければ、やがて忘れられたことだろう。ところが、その翌々日に大地震があり、「その一帯は焦土と化してしまう。一九二三年九月一日の正午直前に起こった、あの関東大震災のことだろう。ともあれ、「あの時ゆきずりに見た、夏の夜の入浴を楽しんで居たらしい町の人達も、果して無事に彼の劫火《ごうか》を免れ得たかどうかは分らない」。そうなると、あの「覚束ない白粉の匂い」がしばらく忘れられないものとなったことだろう。

＊

『銀杏の寺』に、「夕日が赤く西の空を染めて、堂の大家根が更に黒々と見える時、この中門を下りて来る人々の大方は画中の人となり、左に聳《そび》える関東で幾本と云われる大銀杏が金色に輝く秋ならば」さらに美しく見えるという。中門のあたりで「風車や鳩の豆を売る老婆が、夕暮小さな店を一とからげにした紺の風呂敷を背負って、堂に向って両手を合せて居た景色」が今なお目にしみているという。その石段のあたりで、このごろ「参詣にでも来たらしい派手な姿の女」を見かける。「近くに出来た華やかな一郭《いっかく》」の中の人らしい。

この寺は「襟深く白粉を塗った人達とはちと縁が遠い」ようだが、実はこの社会の人びとほど信心深いものはない。学者や宗教家は俗信とけなすだろうが、「華やかな装いとは正反対に、心の寂しい」この社会の人は何かに手を合わせずにはいられない「侘しさ」をもっている。今の世の知識階級が忘れてしまった「義理と気兼ねとを、唯一つの道徳と心得ている」。生活に自由をもたないこの世界の女たちは、「遊び」は許されないが、「お参り」ならとやかく言われない。「盛り場の神おとけの近所に、下らぬ手遊びめいた土産物や食べ物を売る店」が多く、そこでむやみに「土産物を買い込む彼女たちを、単に無智で派手好きで浪費癖を」もっていると非難すべきではない。「遊んで帰ったのではない、確かにお詣りをして来たのだ」という証拠なのだから、「愚事として笑って」しまえないのだという。

＊

次は『野の花』の一節。千曲川沿いの堤をぼんやり歩きながら、時おり杖をとめて姨捨山《おばすてやま》を眺める。すると古い小さな「野墓の一群れ」があり、同じような形で並んだ一対の墓石があり、夫婦のものらしい。一つには「蘭室幽香信女《しんにょ》」と彫ってあり、隣のには「秋山微笑居士《こじ》」とある。すっかり気に入って、足取りも軽く宿に戻って、自分もここで「秋山微笑居士」になるかなと話しかけるが、むろん妻には通じない。けげんな顔で振り向いた相手に、「蘭室幽香信女」ではどうだ、と問いかけたらしい。なかなかいい話だが、戒名の場合、著作権はどうなるのか知らん？

＊

もう一つ、『独り行く』という一編を読んでみたい。散歩の折に、なぜ独りで出かけるかという話のようだ。持って生まれた性格などと言うが、何が好きで、何が嫌いか、という人の好みは、自分だけできまるような単純なものではないらしい。「人の嗜好《しこう》や性癖というものは、決して一代や二代で出来たものではなく、謂《い》わば世を重ね代を重ねたもろもろの業の末」だという。「ご馳走」と「うまい物」とは違うし、「好きな物」ともまた違う。

たとえば、自分は小川芋銭という画家の作品に親しみを覚えて長年見てきた。世間ではよく「仙骨がある」などと言うが、「仙骨」と言われるものは「多少俗気を帯びたもの」だが、自分はこの画人をそうは思わない。「清雅、淡泊、これに飄逸《ひょういつ》の趣を加えたものが芋銭の特色」だが、自分にとっては「その飄逸や奇趣」が多少煩いとなっているという。その点、森田恒友の作品は「何ら心を煩わすものがない」。「寂しい街道のふちに夫婦づれの者が居て、男は行商でもあるか、大きな荷物を背負ったまま道の傍に休んで居、妻の方は子供を抱いて小用をさせて居る絵で、平和と寂寥と詩趣と愛情」の満ちた絵で、今もなお自分の胸にしみる。

人の性情というものはどうすることもできず「好みが違えば、自然人と行を共に」しがたい。そのため、若い時から主に独りで歩いてきた。「寂寥の無いところに詩もなく愛も無い。沁々《しみじみ》と物を味うために、噛《か》みしめて見るために、私は独りで行く」のだという。そうして俗了しなかった昔を偲び、「真に洗練された都会人や、素朴純真な山野と村落との人々を語って見たい」として一編を閉じている。

# 26　塵芥の中から宝石を

荻原井泉水

翌一八八四年に東京芝に生まれた荻原井泉水は、麻布中学時代から俳壇に投句、東京帝大言語学科で国字問題を研究し、河東碧梧桐の新傾向の俳句に参加。季題無用論を説き、定型を排する自由律俳句を推進したが、のちに新傾向の句を批判したため、碧梧桐と別れる。ゲーテやシラーの詩の影響を受けて、印象的象徴的な自由律の句を発表。紀行や感想を記す文章も多い。ここでは、『星を拾う』という随筆に軽くふれよう。

『層雲』という句集の選をしながら、「これという光った句を見出しかねたあまりに倦《う》んじ果てて、ボーッとしていた」折に、自分の存在をあまりに小さく感じたことから一編は始まる。「夜の空が何と大きく、又何と限りなく広く、又そこに無数にかかっている星が何《いず》れも一つ一つの世界であることを考える時に」、その「大きな宇宙の中の、小さな地球の上の、小さな日本の国」で、外国には通じない芸術の「一番小さな詩形といわれている俳句というものに、自分の精魂をそそいでいるだけの私」と考えると、たしかにそれが実感なのだろう。

人間、誰しも、中学生のころに、空を、特に夜空を仰いで、故知らぬ感傷的な気分に襲われた経験が、一度や二度はあるだろう。ここは五、七、五のわずか十七モーラ（拍）の俳句の選をしているというみじめさを一瞬感じたのかもしれない。が、最短の文学という点はきっかけに過ぎず、詩であっても小説であっても基本的に変わらないはずだ。宇宙という存在を意識した際に、人間という存在のあまりの小ささに茫然とする気持ちと本質的に違わないような気がするのである。

選をしていて、たまたま、これはと思う句に出会うと、「宝石のように光る星」と感じ、この句は、たしかに、一つの世界を持っている、いわば宇宙の輝きとも言える、その意味で、「一つの星を拾ったという事に微笑むのだ」という。

「この夥《おびただ》しい層雲の貼込み帖の中から既に幾百という数の星を」拾ってある。「ほんとうに大きな星を、ほんとうに美しい星を」拾い上げて、「それを一つの層雲の星系として運動づけたい」という。そう考えている時にはもう、自分の仕事が小さいなどと思ってはいないだろう。

## 27　天命を生かし合い　武者小路実篤

翌一八八五年生まれのうち、まずは武者小路実篤をとりあげよう。東京麹町に子爵の家の第八子として生まれた。学習院の高等科時代にトルストイに傾倒。のちに志賀直哉らと雑誌『白樺』を創刊。自我中心の人道主義を掲げて、自然主義文学の行きづまりを打ち破ろうとする白樺派の中心作家。宮崎県の日向と埼玉県の入間に生活共同体「新しき村」を建設。『お目出たき人』『友情』『愛と死』『真理先生』といった作品がよく知られる。小説のほか詩や随筆も多く、みずから絵筆をとって独自の境地を開き、さらに書や陶芸もこなすなど、枠に納まらない多彩な活動を展開。画家の中川一政が「武者さんは人間であるというより仕方がない」と呆れるほど、桁外れの個性を発揮した。

今は昔、筑摩書房の『言語生活』という雑誌のインタビューで、京王線の仙川駅から歩いて、東京調布にあった武者小路家の広大な敷地に建つ自宅を訪問し、その武者さんから一時間半ほど至近距離でお話をうかがった。いかにも末っ子らしい奔放な性格のうかがわれるその対談の記録のあとに、「古代人の大きさが感じられた。玄関でいとまを告げ、門までの長い坂を登りながら、目を細めて話されたあの池はどこにあるのだろうかと眺めると、右手の林の奥から子供たちの声が聞こえてきた。木々の間にかすかに光るものがあり、声は水面に響いて遠くから流れてくるらしかった」と実景を添えて訪問記を結んだ。夢のように思い出されるその場所が「実篤公園」として今も残っているらしい。が、なぜか怖いような気がして、再び訪れようとは思わない。

『一人の男』という長い作品の終わり近くに、「風流という事は、自然と調和して生きてゆく面白さではないかと思う」と書き、「自然から脱出する処」が面白いのではなく、「自然と調和して何となく心嬉しく生きる」のが人生の面白みなのだと説いている。

『毎月雑感』には、「学生運動や労働運動を見て自分が一番不思議に思うのは、学生の自由や、労働者の一人一人の自由意志を認めないこと」であり、自分なら「反感を持たないわけにはゆかない」し、それは「侮辱された事に思える」と憤慨する。だから、「民主時代にそんな馬鹿な事が通用しているのが可笑しい」というのである。たしかに、民主主義の主張であるはずの運動が、逆に個人の自由を奪っている一面のあることを明かすのだ。

『新しき村と金』という文章では、「金で売れないものがあ」り、自分は「其処《そこ》に生きる喜びと誇りを持っている」と明言し、逆に、「金の為に文章をかき、画をかく人もい」て、そういう人は

「多く売れる本を書く為には自分の心も平気で売る」し、「画も高く売るためにはどんな工作もする」。「それが出来ない人はそれが出来ない所に生き甲斐を感じる」と、あくまで真っ正直な生き方を主張する。まさに人柄だ。

## 28　渓谷へ霧の如く散る

飯田蛇笏《だこつ》

同じく一八八五年に山梨県五成村に生まれた飯田蛇笏は、国木田独歩に心酔し、早稲田の英文科に進学、一級上に若山牧水がいた。南アルプスの連山や八ヶ岳を望み、甲府盆地を一望できる地にあり、また、江戸時代から俳諧の盛んな土地柄だったこともあり、早大入学時から句会に参加。「ホトトギス」で高浜虚子の指導を受けたのがきっかけで俳人の道に入るが、その虚子が小説に力を注ぐために俳壇を引退したことに衝撃を受ける。俳壇の流行におもねることなく、生涯にわたって孤高を貫いた。「芋の露連山影を正しうす」の句は特によく知られる。俳人飯田龍太はその四男。

ここでは、随筆『茸をたずねる』をとりあげる。一編は「秋が来る。山風が吹き颪《おろ》す。欅や榎の葉が虚空へ群がってとびちる」と、まるで実景の句を畳みかけるように始まる。

「女郎花《おみなえし》、桔梗、萩などの秋草が乱れ咲いて朝露が粒だって葉末にとまっている」と観察したり、「山国の秋ほどすがすがしく澄みわたることはなかろう」と前置きし、「山々峰々が碧瑠璃《へきるり》の虚空へ宛然《さながら》定規など置いたように劃然《かくぜん》と際立って聳えて見える」と比喩的に描きとったりする。

時には、「秋日に散らばり、渓谷へ霧の如く落ち散る小便の色彩は実に美しい」と、はっとするような発見的な美を披露したりする。「四山の紅葉を振い落そうとするような馬の嘶《いなな》きが聞える」といった比喩的な音響の描写もある。「行手を眺めると、傍らの林間に白々と濃い煙が細雨の中を騰《のぼ》って行く光景に出遭う」。そうして、「薄い夕闇を透して灯火の影がなつかしい色を放ってちらちらと見え出して」きて、自分が「人煙を恋いつつある」ことに気づくと書き、俳人の描写を綴る一編を結ぶのである。

## 29 情調の吐息

北原白秋

同じく一八八五年、福岡県柳川の大きな海産物問屋に生まれ、父の代から酒造業に転じたという北原白秋をとりあげる。その土地は旧柳河藩で、城をめぐって水路が開かれたため、水郷として特異な風景をそなえ、切支丹や南方文化の流入もあって、異国情緒ゆたかな雰囲気の中に育ったらしい。早稲田の英文に進学し、同級に若山牧水らがいた。「早稲田学報」に詩を応募して一位となるが、学校を中退して、与謝野夫妻の推薦で新詩社に入り、木下杢太郎、石川啄木、高村光太郎らと知り合う一方、森鷗外、上田敏らに詩歌の才能を認められ、詩壇、歌壇に多くの足跡を残した。一方、鈴木三重吉の「赤い鳥」で童謡を担当し、山田耕筰・中山晋平らの作曲で、「雨」「あめふり」「からたちの花」「この道」「城ヶ島の雨」「ペチカ」「待ちぼうけ」など、多くの作品が国民的な童謡として後世に残ることとなる。詩集『邪宗門』、歌集『桐の花』などが広く知られる。

ここでは、随筆『桐の花とカステラ』をとりあげる。「桐の花が咲くと冷めたい吹笛《フルート》の哀音を思い出す」とし、「五月がきて東京の西洋料理店《レストラント》の階上にさわやかな夏帽子の淡青《うすあお》い麦稈《むぎわら》のにおいが染みわたるころになると、妙にカステラが粉っぽく見えてくる」と、詩人独特の感性をうかがわせる。そうして、「うら若い女の肌の弾力のある軟味《やわらかみ》に冷々《ひえびえ》とにじみいずる夏の日の冷めたいあせのように」のあとに、「近代人の神経は痛いほど常に顫《ふる》えて居らねばならぬ」と続くのも同様だ。

「私の詩が色彩の強い印象派の油絵ならば私の歌はその裏面にかすかに動いているテレビン油のしめりであらねばならぬ」とし、その「寂しい湿潤《しめり》が私のこころの小さい古宝玉の緑であり一弦琴の瀟洒な啜り泣」だというのである。

さらに、「何らの修飾なく声あげて泣く人の悲哀より一木一草の感覚にも静かに涙さしぐむ品格のゆかしさが一段と懐しい」とし、「じっと握りしめた指さきの微細な触感にやるせない片恋の思をしみじみと通わせたい」と書く。

そうして、「私の歌にも欲するところは気分である」とし、「陰影である、なつかしい情調の吐息である」と続ける。まさに感覚的には詩のような随筆だ。当人にもそれはわかっていると見え、いつもの「詩のようになったエッセイを植物園の長い薄あかりのなかでいまやっと書き了えたところだ」と一編を結んでいる。

# 30　道を訊くなら年若い女　石川啄木

翌一八八六年に岩手県で生まれた石川啄木は本名が「一」と書いて「はじめ」。父は渋民村の住職。盛岡中学で文学に関心を持ち、先輩の金田一京助の指導を受けて雑誌『明星』を愛読する一方、与謝野晶子の『みだれ髪』に強い影響を受ける。二度のカンニング発覚で退学。与謝野鉄幹の知遇を得て『明星』や『太陽』に詩を発表。のち北海道に渡って各地の職場を転々したのち、東京での創作活動は失敗に終わるが、実生活を詠んだ三行書きの詩めいた短歌が歌壇に新風を送り、朝日新聞の歌壇の選者に抜擢される。詩集『あこがれ』、歌集『一握の砂』『悲しき玩具』が広く愛読された。

ここでは北海道時代の随筆『雪中行』のあちこちを紹介する。まず、第一信「石見沢にて」に、「窓越しに見る雪の海、深碧《ふかみどり》の面が際限もなく皺立って、車輌を洗うかと許《ばか》り岸辺の岩に砕くる波の徂徠、碧い海の声の白さは降る雪よりも美しい」とある。

札幌に着くと、「降りしきる雪を透して、思出多き木立を眺めた。外国振《とつくにぶり》のアカシヤ街も見えぬ。菩提樹の下に牛遊ぶ「大いなる田舎町」の趣きも見えぬ。降りに降る白昼《まひる》の雪の中に、我が愛する「詩人の市《まち》」は眠って居る。闃《げき》として声なく眠って居る」と展開し、結局ほとんど何も見えないのだが、それぞれの対象が、打ち消しの形でも描かれているので、本来なら見えるはずの風景が読者に伝わってくる。「小諸なる古城のほとり」で始まる島崎藤村の詩で、「緑なすはこべは萌えず／若草は藉《し》くによしなし」「野に満つる香りも知らず」「暮れゆけば浅間も見えず」などと打消しの形ながら、さまざまなイメージをちらつかせ、そのフラッシュ効果で、今は感じられない情景を想像させる、あの手法とよく似ている。

第二信「旭川にて」では、夕張炭坑の惨事を告げる新聞が「死骸の並んでる所へ女共の来て泣いてる様を書いた惨憺たる挿絵まで載せて居る」と書き、「軍人の細君は「マア」と云った。軍人は「ウウ」と答えた」と添えていることを記す。また、「巡査が恰も立坊《たちんぼう》の如く立っていて、そのまわりを小犬がグルグルと廻って」いることを記したあと、「知らぬ土地へ来て道を聞くには、女、殊に年若い女に訊くに限るという事を感じて宿に帰る」と続けるのはなぜだろうと考えていると、「催眠術の話が出た為めか、先生は既に眠ってしまった」と、とぼけて一編は結ばれる。

## 31 釣銭はいらないよ

小出楢重《ならしげ》

一八八七年に大阪で生まれた画家、小出楢重をとりあげよう。日本画から洋画に転じ、樗牛賞《ちょぎゅう》、二科賞を受けて渡欧、セザンヌ風の立体感のある近代感覚を身につけたという。ことに裸婦像の制作に新生面を開いた。なお、精神面に異常を来して執筆から遠ざかっていた作家の宇野浩二が、小出の風景画「枯木のある風景」に惹かれ、同題の小説を書いて復活した。妖気の漂う異様な雰囲気は小出の感情移入の手法だとされるが、小出の画業もそれによって世間に広く知られるようになったらしい。

『雑念』と題する随筆は、「私は算術という学科が一等嫌いだった」という一文で始まる。５＋５が10で、誰がやっても同じ、そうでなければ「落第するのだからつまらない」。「羽左衛門がやると１００になったり、延若がやると55になったり、（手品師の）天勝がやると消え失せたり」するのを「面白がる性分」なのだという。「いくらの買物をして釣銭がどうとかこうとか、まったくそんなケチなことはどうだっていい。釣銭はいらないよといった心が横たわり出すと」もう「この問題を解こうなどという柔順な気持には決してなれない」のだという。

祭礼に引き出す地車の囃子《はやし》が大好きで、都踊りの囃子も「チャンチキチン、コンコン」も「華やかで気に入って、心の底へ浸みこんでしまった」らしい。そのため、算術が馬鹿馬鹿しくなり、とたんにチャンチキチンが始まる。先生は「賑やかな囃子」が始まっているとは知らないから、「無遠慮にも次の問題を小出といってしばしば難題を吹きかける」。

そうして、「この地車や踊りの囃子はとうとう私の親父の臨終にまで襲来した」という。本来ならそんなことを考えている場合ではないのだが、実際には「幾分の空地がある」わけで、そのことが「かえってはなはだ悲しく思われた」というのである。いくぶんふざけたタッチながら、読者の心にしみいる一編である。

# 32　山懐の花盛りに

折口信夫

　同じく一八八七年に大阪浪速に生まれた折口信夫をとりあげる。父は医者だったが、奈良県明日香村の神主飛鳥家の出という。幼時は「のぶお」と呼ばれたが、自身は「しのぶ」と称し、詩歌の作者としてもそれで通した。別号、釈迢空《しゃくちょうくう》。国学院大学在学中に根岸派の歌会に参加、伊藤左千夫を知る。卒業後、大阪の中学教員となり、教育理念として人間的接触を重視したため、師弟関係を拒否して離れる弟子もあったらしい。折口としては同性愛こそが男女間の愛より純粋だと考えていたといい、生涯独身を貫く。のち『アララギ』の同人となり、その選歌も務めるが、ほどなく離れる。国学院や慶応義塾の教員として、国文学研究に民俗学を導入するなどの業績をあげたほか、歌集『海やまのあひだ』、小説『死者の書』を著し、また、詩人でもあった。ここでは随筆『花幾年《いくとせ》』を紹介しよう。

　前年も、そのまた前年も、「花見る為に、わざわざ吉野山へ行ったほどで」、「しみじみ吉野の花が見ておきたい」と思い、「憑《つ》かれたように大和路へ出かけ」たらしい。「桜のいっぱい咲いて居る山の夕光の中に一人立って居ると、何だか自分があわれっぽくてならなかった」という。「今思えばあんなに、花が見たかったのは、久しく生きては居まい、息のあるうちに、一度でも完全に眺めたことのない山の花を、心ゆくまで見ておこうという気が動いて」のことだったろうと振り返る。

　もう一つわけがあったという。「珍しい処の花時ばかり歩いて、却《かえっ》て花時の吉野を見ていない」から、「一度案内してくれませんか」と、柳田国男に言われ、「睫《まつげ》の濡れるほど、感激し」ていたからしい。しかし、それもなかなか果たせぬうちに日が経ち、「平和の山懐《やまふところ》の花盛りに、ほんとうに無理でも、一時間でも半時間でも、先生の前に立って、花のお供がしてあるきたい」。そう思いながら、自分のほうも「とる年をしみじみ感じている」。

一編は、次に、「硫黄島に消えた」息子の歌を一首引用して結ばれる。

## 33 才能があるのは致命的欠陥　里見弴《とん》

次は、一八八八年に横浜に生まれた里見弴。長兄は『或る女』で有名な有島武郎、次兄は洋画家の有島生馬だが、母の実家を継いで本名は山内英夫。泉鏡花に認められて文壇にデビュー、『善心悪心』で新進作家の地位を築くが、やがて白樺派から離れ、久米正雄らと雑誌『人間』を創刊。プロレタリア文学運動からも戦争からも超然として芸術至上主義を貫く。まごころ哲学を唱えた長編『多情仏心』のほか、『見事な醜聞』『極楽とんぼ』などが広く知られる。志賀直哉に「小説家の小さん」と呼ばれたほど、作中人物の息づかいまで聞こえるような会話の芸はまさに名人芸。短編『椿』などはその極致だろう。

例の雑誌の作家インタビューの企画で、鎌倉の山内家を訪問する機会に恵まれた。一九七六年三月二十五日の午後であった。「だいたい、君はだなあ」といった調子でざっくばらんにしゃべるので、初対面とは思えない突っ込んだやりとりができた。『縁談窶《やつれ》』に出てくる実例を示しながら、

「俺だって」という考え方が、すぐ「俺が」になり、続いて「誰よりも一番俺が」まで行ってしまった、といった書き方は、ことばへの関心が生の形で現れた典型的な例だと思うと話を向けると、「ああ、そうか。無意識の間に出てくるんだな。癖ってもんだろう。鼻の脇を掻《か》く人だの、頭を掻《か》く人だの、いろいろあらアな」という答えが返ってくる。時には、「そうか、そりゃ君の新発見かもしれねえや」などとからかわれながら、大先輩とうちとけた話ができた。この作家のお人柄である。

書きながら声には出さないが口が動いている、という自身の反省もあった。『父親』という小説に「ほんまによっとくんなはれや。待ってまっせ。さいなら」という調子の会話が出てくる。話す者の息づかいまで伝わってくるような、こういう絶妙の会話が、口を動かしながら書くことと無縁ではなさそうだ。

＊

まずは、随筆『まごころ』に、「大和魂とか、浮世の義理、人情の篩《しがらみ》」とかと言うと、若い人の反感や失笑を招きそうだが、昔の人が「まごころ」で生きていたことは、律義者の自分には「いい世の中だった」と結論し、「まごころ」というものを説明する。「暗愚なために、天地自然の則《のり》と相添わなくとも、己《おのれ》の心にだけは、一点の嘘《うそ》いつわりのない、正直一途な気性である」という。ことばは時代遅れでも、大事なのはまっすぐな心なのだ。

＊

『或る悪傾向を排す』という文章では、「うまい」ということは作品にとって重大な欠点らしく、「才能がある」ことは、作家にとって「致命的欠陥」であるようだと書いている。その証拠に、「うまく書けている」と褒めたあとは、きまって「うますぎる」と言わなければ気がすまないと続ける。「うまいからいけない」というのなら、この批評家は「うまい作品が嫌いなんだな」と理解できるが、うまいと感心したような態度を示しながら、それにケチをつけるのは筋違い。「うまければうまいほどいいのだ」というのである。自分の文章が「うますぎる」と言われて、よほど気に入らなかったのだろう。うまくて何が悪いのだと開き直った展開である。

＊

『泉先生の色気』という随筆に進もう。「泉先生」というのは泉鏡花のことかと思われる。その「文章に色気が多いとか、色っぽいとか」ということは誰かも言うが、自分がそう言う場合は、単にコケティッシュだということではない。昔から日本にある「色気」ということばには「都会人でなければよく分らないような、一種精練された意味が含まれている」。落語家がよく、物には陰陽ということがあるが、われわれのほうでは、それを「色気」というなどと説明するらしい。里見はそれを「瑞々《みずみず》とした、活々《いきいき》とした、雅やかな」「無邪気な、温みのある、可憐な美しさ」と説明している。

＊

次は『友達福者』だ。友としての、いや、あらゆる人事関係の「味わいの濃さ」をかもし出すものは「年月」であり、「中年からの交際より学生時代、それも中学、小学と、時代が旧《ふる》ければ旧いほど、年限にして永くなれば永くなるほど、情合に、なんとも説明のしにくい、例えば酒のこくのようなものが生じて来る」と述べている。自分の場合はとして、真っ先に志賀直哉の名をあげ、「武者（小路）」などが並ぶ。

いつも顔を合わせている同業の友よりも、久しぶりに出あった幼なじみに、「懐しさ以外の、心からなる親愛を感じる」といった経験は誰でも珍しくない、と正直な感想を述べながら、利害関係だけで交際を求め、そういう相手を友達と呼んで、幼なじみの、それも景気のよくなさそうな相手と出会うと、顔をそむけて知らんぷりで擦れ違うような「人種」も珍しくないと、人情の薄っぺらになった世相を嘆くことも忘れない。潤いのない人間関係をさす「ドライ」などという和製英語もまだ使われていなかった、あの当時も「人情紙の如し」と嘆く人心の砂漠化がすでに始まっていたようである。

＊

次に、『蟬の抜殻』に出てくる『体の話』という文章を紹介する。「病気の特徴は、普段出ていないものを出す点にある」と前置きし、「内側にこびりついた汚物を溶くために必要な熱をはじめとして、嚔《くさめ》、咳、痰、喀血、寝汗、上下へはける瓦斯」とずらりと列挙し、さらに、「げっぷと屁、両便の量の増加」、外科的疾患なら膿のたぐいと続き、「よくまアこれだけのものが体のどこかに蔵《しま》い込んであったもの、と呆れるほど多量に排泄される」と続く。たしかにそうだと、読みながら呆れて読者も笑いだす。

同じく『世間』という一文を読むと、「凪ぎもし荒れもし、美しくも醜くも、千変万化してさらに気の知れない」世間というものの正体をつかむことは誰にもできそうにないと前置きし、具体例に入る。「苦労人」なるものが「隅から隅まで知り尽した」ようなことを言い、「世間師」なるものが「上手に」、あるいは「狡猾《こうかつ》に」立ちまわり、「指導者」なるものが「権勢に乗じて我意を」ふるうなど、世間を掌中におさめたように見せかける場合もあるが、「世間」が思わくどおりになったためしはないという。

# 34　無神論者も酔う

岡本かの子

一八八九年、東京赤坂に大地主大貫家に生まれ、本名はカノ。跡見女学校に入学。新詩社で与謝野晶子に師事。『明星』廃刊後、『スバル』同人として歌才を認められ、そのころ、上野美術学校の画学生であった岡本一平、のちの漫画家と知り合い結婚、翌年のちの画家岡本太郎が誕生した。一方、仏教研究家としても足固めをし、文学修行のため一家をあげて訪欧し、四年にわたる外国生活を送る。芥川龍之介をモデルにした小説『鶴は病みき』で文壇デビューを果たす。代表作『母子叙情』『老妓抄』など。さまざまな随筆から、注目すべき箇所を紹介しよう。

まずは『見在西洋』から。「淫蕩の巷といわれている巴里」にこういう一面があったという。「辻便所や板壁の中にもし尼僧を辱しめる」ような落書きがあると、必ず消してしまう。それはカトリック信者にちがいない、と書いている。また、フランス人ほど「雄弁」を楽しむ国民はいないとして、巴里の銀座通りにあるマデレン寺院の説教は芸術的なので知られ、人気のある僧正の出る日は巴里っ子が殺到する。その雄弁は政治家以上と評判で、「無神論者までが酔ってしまう」という。

こんな話もある。売子嬢に案内されていろんな衣装を見てまわる。連れが、あなたに似合うのはないから、今日は買わないで帰ろう、と言うが、自分の前に試着した衣服が山積されているのを見て、売子に「でも、こんなに着て見て気の毒ですわ」とつぶやくと、相手は「誰に？　あなたこそ気の毒ですわ。こんなに着て見ても宜《い》いのを見出し得なかったのですもの」と応じたとある。しかも、「売子嬢の顔に些かの不平も見えなかった」ので、さらに驚いたという。日本人として、きっと恥ずかしかったことだろう。

ロンドンの秋についてはこう書いている。「涼しさを楽しむひまさえ与えないロンドンの寒い秋」「鳥肌の立つ寒い秋」と書き、「昼間だって快晴のお午過《ひるす》ぎ、室内で紅茶を啜っているうちにもう辺りは濃霧に閉じ込められて、淋しい夢見るような黄昏《たそがれ》のシーンに身を置く」のだという。『世界に摘む花』には、「およそ強奪したものはみな美しいとは英国の貴族の祖先が近東を荒し廻った海賊船時代からの経験である」というくだりが出てくる。

機知や逆説で社会を風刺した劇作家バーナード・ショーという親父の写真を見ながら、「あの空威張りの傲慢の時の方が似合いますね」と言い、「アインシュタインがいくら偉大な学者だって、もともとユダヤ種のドイツ人じゃありませんか。でもショーだって洗って見ればアイリッシュだから妙に如才ない処もあるんだわ」といった会話も出てくる。

今英国にゼントルマンというものは一人も居はしない。「商人が紳士の様な恰好をして歩いて居るだけなのです」と言い、「もし英国の本当の紳士を見たかったら、ヴィクトリア時代に来なされば宜《よ》かった」と言う老嬢も登場する。

英国では、「他人の領域を侵さないと同時に自分の領域は飽くまで守る」。それによって社会道徳が生まれ、停車場などでも「自然に整列」ができ、「先着順にどんどん用事を果たす」のだとあるが、日本でもある時代まではそうだったような気がする。

また、『外国の思い出』には、こんな話が出てくる。「アメリカ人は一面無邪気で愛郷心を持って」いて、「何か一つ世界一というもの」を持ちたがるらしい。「この河船は世界一危険」だとか、この町は「ベラ棒町」という世界一奇妙な名だとか、この家は世界一珍しく「鼠の穴が三百幾つ」あいているとかと、自慢にならないものを自慢するのだという。

## 35　よしてよ、ほんとのこと言うの

久保田万太郎

同じく一八八九年東京浅草に生まれた久保田万太郎は、荷風の創刊した雑誌『三田文学』に掲載された小説が論争を招いて、慶応義塾在学中に名を知られたというが、本格的には大阪朝日に小説『春泥』を連載、岸田國士らと文学座を設立して新劇の演出を手がけ、新派のための脚色を試みたことで有名になった。ほかに、小説『末枯《うらがれ》』『市井人』『うしろかげ』、戯曲『大寺学校』などが知られる。ほかに、自ら「余技」と位置づけた俳句でも、「神田川祭の中をながれけり」「湯豆腐やいのちのはてのうすあかり」ほかの秀作を残した。

ここでは、まず、『ある日の鏡花先生』をとりあげる。明治の終わり近く、泉鏡花は孤立していた時期で、逗子の家を引き払って再び上京し、麹町に住んだらしい。弟子でもある医者の話によると、その家は「日あたりがきわめて悪く、穴の底みたような陰気な窪地」に建つ、「先生の好きな化けものがでるにはもって来い」の構えだったという。

『一つの回想』には、こんな裏話が載っている。久保田万太郎を顧問格として、まだ「海のものとも、山のものともわからない」真船豊を加えて創作座の旗揚げ興行が行われ、何人かが雪崩を打

つように参加者が増えたようだ。が、演技派の女優杉村春子は築地座に残ったらしい。今でこそその進退が注目されるが、当時はまだ、彼女は「脱退しようが、残留しようが、全体のハカリの目には何んらのさしひびきも与えない程度の存在」だったのだという。「後に文学座を背負って立つだけの、りっぱな女優になろうとは、まだ、ユメにも思っていなかった」のだという。

そして、こう続く。「といったら——よしてよ、あんまりほんとのことというの……」とあり、「と、かの女は、眉をあかるく、いかにも可笑しそうに、ア、ハ、ハ、ハ、と、声を出してわらう」。ところが、そこから「にちがいない」と展開する。つまり、杉村春子が実際にそう言った、という話ではない。「と言ってほがらかに笑うだろう」という推測なのだ。

実話ではなく、万太郎の人物描写なのだ。せりふの形を借りて、その人間らしさを描き出す、いわば演出なのである。

## 36　漱石の鼻毛が焼失

内田百閒

同じく一八八九年に岡山市の造り酒屋に生まれる。本名は栄造。岡山の旧制中学在学中から琴と書を習う異色の存在。旧制六高のころから百閒という俳号を用いる。別号百鬼園。東京帝大独文科在学中に、内幸町の長与胃腸病院に入院中の夏目漱石を見舞い、その門下となる。父親の死以来傾いていた生家を引き払い、係累を東京の借家に引き取る。貧乏暮らし、高利貸しとの縁が続く。陸軍士官学校、法政大学などで教鞭を執りながら、ユメに取材した幻想的な作品を執筆し、知友芥川龍之介の推輓《すいばん》により雑誌「新小説」に掲載されたのがきっかけで、創作集『冥土』を出版。漱石門下としては遅い文学的出発であった。

『山高帽子』『贋作 吾輩は猫である』『実説艸平《そうへい》記』といった小説のほか、『百鬼園随筆』や『阿房《あほう》列車』シリーズなどがよく知られる。芸術院会員への推挙を「いやだからいやだ」と拒否し、偏屈ぶりを示した一件も有名。

『山高帽子』にこんなやりとりが出てくる。友人に「貴方の顔は長い」と言ったら、「貴方の顔は広い」と反撃され、「寝てばかりいるから太るんです」と一言説明したばかりに、「いやいや、それは太ったという顔ではありません。ふくれ上っているのです。はれてるんです。むくんでるんです」と集中砲火を浴び、「そう。もう一息で、のっぺらぼうになる顔です」ととどめを刺される。それが悔しくて報復の手紙を書くのだが、その文案を練るのに丸半日つぶしたとあるから尋常ではない。

まず、「長長御無沙汰しました」という出だしは、「長々」でない点が若干ひっかかるものの、さほどの違和感はない。まずはまともだが、以下、奇妙な漢字が頻出する。すぐ「と申し度いところ長ら」と続き、「光陰が矢の如く長れても」と展開する。「ナガ」という音に、意味に関係なくすべて「長」という漢字を宛て、長い顔の持ち主が気にするように仕向けているのだ。次はなんと「生憎なんにも用事長いのです」というふうに、「長」という漢字を上下逆にして「ガナ」と読ませるいたずらだ。以下、奇妙な宛て字が続く。「窓の外を長めていると、まっくら長ラス戸の外に、へん長らの著物《きもの》を著た若いおん長」という箇所では、「眺めて」の「ナガ」、「真っ暗なガラス」の「ながガ」、「流し目」の「ながが」、「変な柄」の「ながが」、「ふしぎ長っかりした」の「ながが」、「いや長りがり」では「いやな」の「ナ」と「がりがり」の「ガ」と、むりやりの宛て字が続く。ここまで読まされた後遺症で、「秋の夜長のつれづれに」というまともな表記に際しても、「夜長」の「ナガ」という音にも読み手は異常な反応をしやすい。そして、「何のつ長りも」という「つナガり」、「末筆長ら奥様によろしく」の「ナガら」で、この執拗な長～い文面はようやく終わりを迎える。

＊

『老狐会』という随筆に、ドイツ語の先生方が何人かで金を出し合って積み立て、外国旅行をしようということになった。毎月五十銭ずつ、年に六円ずつということに決めたが、考えてみるとちょっと不安になってきた。そういうペースでは、実現するのが何年後になるかわからない。「今独逸に適当な若い美人がいても、五十銭ずつでは、だれか出かける迄に、お婆あさんになってしまうだろう」と思うからだ。論理的には、その頃の若い美人を相手にすればいいだけの話だが、問題は相手だけでなく、自分自身もそれだけ年齢を重ねるわけだから、まるまる笑い話にはできない。

＊

次は『地獄の門』。こんな一節がある。三井に勤めている友人が、「君の貧乏は性質がわるい。放蕩をして金を費いすぎたのと違って、真面目で借金するのだから駄目だ」と言ったらしい。ふつう、「放蕩」はマイナスイメージ、「真面目」はプラスイメージだから、常識とは違う評価となりそうだが、判断規準が違う。「放蕩の借金なら、何時かは脱げる時もあるけれど、君のように、生活と食っついてしまった借金をしては、とても脱ぐ機会はないだろう」というのだ。いい借金、悪い借金という判断を、道徳的な規準でなく、返済可能な借金と、もともと返済の見込みのない借金という観点から評価すれば、返せない金を借りるほうが、たしかに悪質である。

＊

『百鬼園先生言行録』に、こんな理屈が出てくる。「子供は煙草も吸わず、酒も飲まず、だから長生きする」というのだ。煙草を吸う人と吸わない人とを比べれば、たしかに、吸わない人のほうが長生きしそうだし、大酒を浴びる人と、まったく口にしない人とを比べても、後者のほうが長く生きるような感じがする。また、子供が煙草も酒もやらないということも、ほぼ事実だろう。だが、子供のほうが長く生きる可能性が高いのは、主としてまだ若いからであり、将来とも禁煙、禁酒しているとは限らない。だから、もともと因果関係のねじれた変な理屈なのだ。それが、一見もっともに見えるのが可笑しい。

＊

『大晦日』という随筆も貧乏談義だ。「どう云う風に分別しても、足りっこないのが、貧乏の本体」だとし、「借りても儲けても、どちらにしても、結局おんなじ事で、忽ちのうちに無くなってしまう。その無くなるまでの、ほんの僅かな間、お金が仮にそこに在ると云う現象のために、益《ますます》苦しくなるのが貧乏」であって、「貧乏の絶対境は、お金のない時であって、生中《なまなか》手に入ると、しみじみ貧乏が情なくなる」という。そのために文章を書いて売るのだが、金を儲けると「却て貧乏が身に沁みる」。それが本音のようで心に沁みる。

＊

『虎の尾』には、こんな理屈が出てくる。どこかの家を訪問していて主人と話していると、電話だと言って呼びに来ることがある。すると主人の「機械に対する畏敬の心」を感じて、「機械に嫉妬を感じ、未開人のような主人に憤慨する」らしい。理屈はこうだ。本人がやって来たとすれば、自分との対談が終わるまで待つはずなのに、「電話の針金を通した為に、来訪の順序を逆にするのは怪《け》しからん」、こっちは本人でわざわざやって来ているのだから、電話は後にしてもらうのが筋ではないか、というのである。しばらくして主人が電話から戻って来たとしても、「要談」なら最初からやり直す必要があるし、「閑談」ならもう興が冷めている。一つの筋は立派に通るのに、今でもまったく改善されないのは、何年経っても機械を畏れる〝未開人〟のままだからか知らん？

＊

『漱石遺毛』と題する随筆には、師匠の夏目漱石に対する切実な思いが記されており、読む側も胸が痛む。明治天皇崩御の服喪中に漱石が着用していた背広をもらって百閒が着ていたが、「段段ふとって来て、縫い目が破裂し、笑うとズボンの釦《ボタン》が飛ぶ」ようになって、もう着られない。「着古さないで、そっと蔵《しま》っておけばよかった」と後悔するが、もう遅い。時計も眼鏡も納棺して焼かれたので残っていない。

百閒が所蔵する遺品の中に「漱石先生の鼻毛がある」と書き、長短合わせて十本のうち二本は金髪だと補足している。『吾輩は猫である』の苦沙弥先生は「一本一本丁寧に原稿紙の上に植え附ける」。漱石の反古になった原稿用紙をもらって、よく見ると鼻毛らしいものが付着している。ああ、これは漱石自身の鼻毛なのだと感激し、大事に保管してあった。それがどうなったか、のちの運命については、ずばり『漱石遺毛その後』と題する随筆に、こう記した。「後生大事にしまい込んでいたが、時移り、日本が漱石先生など御存知ない様な変な工合になってから、昭和二十年の初夏亜米利加のＢ29が、焼夷弾を落として、文章の推敲と云う事のシムボルの如き漱石先生の鼻毛を焼いて行った」。狙ったわけではあるまいが、日本文学にとって取り返しのつかない痛恨の出来事と、百閒の心の傷は深い。

＊

『百鬼園日暦』という随筆に、手紙の開封日を設ける話が出てくる。「配達して来るのは向うの勝手だが、いつ読むかはこっちの勝手」だから「面会日を設けた様に開封日をきめようと考えて、二の日と七の日をその心づもりにした」が、ちっとも実行できないらしい。「郵便物がばさばさと投げ込まれて土間に散らかる」ためで、「広い家に住まなければ開封日の実施はむずかしい」ということに気づいたという。

＊

『女子の饒舌に就いて』と題する随筆に移ろう。「言葉は男も女も平等に持っている」が、女は物事を考え込む力が弱いので、自然話す方に濫用する」などという問題発言もある。「饒舌は健康に益がある」という学説を持ち出し、「世間に未亡人の多いのはその所為《せい》」で、「女の饒舌が男には毒で」そのために「亭主が早世するから」だと推測する。そして、自分の半生を顧みても、「よく今日まで、しゃべり殺されずに生き延びたものだと、ほっとする」とも述べている。

しかし、女に悪意があるわけではなく、自分の承服できないことに対して「反対の感想なり意見なりを述べようとすると、思考の中枢が忽ち唇に移」るのだという。また、「病気ではないから、薬や養生で治るものとは思われない」。「饒舌の妻をめとった男は、一生の不運とあきらめて、少しも早く騒々しいこの世を終わる事を念ずるより外に道はない」と宿命論を展開する。

そうして、電車に乗り合わせた女学生群のぺちゃくちゃと囀《さえず》り交わす姦《かしま》しさを聞くと、「その濫費の為に、後で人間の言葉が足りなくなりはしないかと」心配になるほどらしい。それが娘時代を終えて嫁に行けば、「御亭主と云う特定専属の相手が出来るから、もうしめたもの」、「雪の晨《あした》花の夕、舌は乾いて、唇の焦げるまで堪能」することが出来る。

最後に、「一年中で女が一番しゃべらない月は二月」で、「日数を少くする以外に、女の饒舌を制限する方法」はないと、きわめて論理的に一編を結ぶ。

*

『区間阿房列車』に人の心理を穿った記述が登場する。「だれでも知っている事を、自分が知らないと云うのを自慢らしく考えるのは、愚の至りである」という正論を吐きながら、とはいうものの、「人が大勢行く所へ行きそびれて、そのまま年が経つと、何となく意地になる。そんな所へだれが行くものかと思う」と本音をのぞかせる。自分にとっては、かつて「東京タワー」がまさにそれだった。「夢見やぐら」になりそこね、「東京スカイツリー」などと大見得を切らされた鉄塔も、やがてそうなりそうな気がする。

＊

『東北本線阿房列車』に乗り換えよう。盛岡へ行こうと思い立つが、八時四十五分上野発では早すぎる。「朝の八時だの九時だのと云うのは私の時計に無い時間」だからだ。しかし到着する時間はちょうど好都合だ。さあどうするか。百閒先生はなんと、「その汽車に乗らないで、その汽車で著《つ》きたい」と奇想天外なことを書いている。

＊

『春光山陽特別阿房列車』に、その列車が神戸駅に停車するとなると三ノ宮がうるさい、そうかといって、特別急行がすぐ次に停まるのでは時間の節約にならない。そこで、いいことを思いついたと、珍妙な案を考えつく。「神戸と三ノ宮の間をプラットフォームでつな」ぎ、「ホームの一方の出口を神戸口とし、一方を三ノ宮口と」すれば万事解決するというのだ。極端にいえば、東京駅で入場券を買ってホームを歩き、大阪口から出るという発想だ。「あんまり屋敷が広いので、離れへ行こうとすると、廊下で日が暮れて、そこで一晩寝た」という話を出すほどだから、百閒も本気で国鉄に提案しようというのではない。

＊

『雙厄《そうやく》覚え書』に速記の話が出てくる。酒を飲みながらしゃべっているところを速記者が記録して原稿化する例が出てきて、当人が読むといつでも面白いという。酔いがまわってくれば速記者の存在が眼中になくなる。何をしゃべったかまるで覚えていないが、自分がしゃべったのだから心当たりがある。記憶がないから新鮮に感じられるし、自分がしゃべった内容だから「一一尤《もっと》もであって共鳴する。内容も相手は覚えているかもしれないが、当人は酔いとともに忘れてしまっているから、まことに面白いのだそうだ。そういう原稿を書いているときは素面《しらふ》なのだろう、因果関係がきわめて論理的である。

＊

酒のついでに『我が酒歴』に移る。酒屋に生まれた百閒、「永年の酒の履歴の中に、禁酒と云う項目はない」し、「考えた事もない」という。それに対して漱石門下の兄弟子にあたる森田草平は「時々思い出した様に禁酒の宣言をした」ようである。そうでないときには、「よく出掛けて行って御馳走になったが、宣言中はこちらで敬遠して近づかない」ことにしたという。つまり、酒の縁を切りたくなかったらしい。

もう一人の酒友は「印刷した葉書で禁酒の宣言をよこし、同時に禁酒会の会長に就任した旨を知らせて来た」が、その後会った時には、「仲間に伍《ご》して普通に杯を空けている」ともある。「おやおやと思ったが御当人はにこにこしながら御機嫌がいい」。何か言うだけ野暮になるのだろう。そこで百閒は、とんでもない考え方を披露する。「杯を空けて、置いて、又空ける。その杯の合い間合い間に禁酒が成立する」とも考えられ、この方式にしたがえば、「禁酒が長続きする」と展開する。それなら楽でいい。

## 37 テッペンカケタカ　日夏耿《こう》之介

次は一八九〇年に長野県の飯田の清和源氏につながる名門に生まれた日夏耿之介。本名は樋口国登。雛津之介、黄眠道人など三十を超える雅号を用いたという。父は銀行員、母は和歌をたしなんだらしい。上京して早稲田に進み、西條八十らと詩誌を創刊。のち吉江喬松《たかまつ》・芥川龍之介らと愛蘭土《アイルランド》文学会を起こす。早稲田大学教授として英文学を講じ、詩人として活動。ここでは随筆『ほととぎすを聴くの記』をとりあげる。

「カッコウと啼く閑古鳥は、中伊豆天城山中でしばしば聴いた」と始まり、「テッペンカケタカの時鳥は、山国生れの癖に五十六年未だ聴いたことがなかった」と続く。ある日、「友人の死をきいて、一人で薄昏い四畳半に坐っていると、このとき僥倖のようにテッペンカケタカという時鳥の啼声のカケタカの音をありあり思わしめるような啼き声がうしろの栗林の方角からきこえて来た」。その「啼声は二度三度夕暮れる林中の透明な空気を伝ってひびいて来た」という。「少年のように嬉しくて耐らなかった」らしい。

それまで三十年もの間、「旧書古文辞に沢山出て、抽象的には陳腐すぎるまで親しむでいたのに、残念乍ら一向実感が伴わなかったのを、今初めてその現実の啼声をはっきり耳にした」のだから無理もない。

「暮れまさる水辺山林の真夏の黄昏」の中で、「不幸なる友人の死を思いながら、この風雅鳥の声の余韻を十分味わう神経的心構えでいつまでも坐りつづけていた」という。

## 38　清濁併せ呑む　広津和郎

一八九一年に東京牛込に生まれた広津和郎は硯友社《けんゆうしゃ》の作家広津柳浪《りゅうろう》の次男。麻布中学から早稲田に進み、相馬泰三、葛西善蔵、谷崎精二らと同人雑誌『奇蹟』を創刊。『神経病時代』で文壇デビュー。長編小説『風雨強かるべし』などのほか、自伝的文壇回顧録『年月のあしおと』、評論『松川裁判』でも話題になった。ここでは『夢殿の救世《くせ》観音』という随筆を紹介しよう。

「姿態の美しさ、手の美しさもさる事ながら、その頰のあたりの魅力――少し微笑を浮べているようにも見えるし、浮べていないようにも見えるその頰の複雑な表情」から「観者の心に静かににじみ拡がって来るものがある」。それは「崇高」というだけでなく、もっと「肉感的」であり、「地上的」であり、「人間的な卑近感」もありながら、「雲の上までも昇って行ってしまいそうな気高さ」をも見せる、という。

そうして、自身が「品行上の過失を三度や五度は犯して」おり、「煩悩にも悩まされた経験も持ち」ながら、「気高く、清純で、透明」だから、驚嘆せずにいられないのだという。

## 39　文章も匂いを失う

芥川龍之介

一八九二年、辰年辰月辰日の辰の刻に生まれたのにちなんで「龍之介」と命名。東京京橋の新原家の長男として生まれたが、生後間もなく母親が精神を病み、母の実家芥川家で養われ、のちに養子となる。父親は新宿と築地に牧場を持つ牛乳業だったが、当人は養家のある下町で育った。読書欲旺盛で成績も抜群だったため、旧制一高に無試験で進学。久米正雄、菊池寛、山本有三らと同級。東大英文科に進み、久米、菊池らと第三次『新思潮』を発刊、柳川隆之介の名で翻訳や創作を発表。『帝国文学』に『羅生門』を発表するも注目されなかったらしい。

その後、漱石の木曜会に出席して作品『鼻』が激賞され、のちに『芋粥』『手巾《ハンケチ》』で新進作家の仲間入りを果たす。ほかに代表作として『或日の大石内蔵助』『戯作三昧』『地獄変』『枯野抄』『秋』『河童』『歯車』『或阿呆の一生』などがある。「将来に対するぼんやりした不安」から致死量の睡眠薬でみずから命を絶つ。

『本所両国』と題する長い随筆の中に、こんな箇所が出てくる。「水上生活者の夫婦位妙に僕等にも抒情詩めいた心持ちを起こさせるものは少ないかも知れない」と書き、「五大力（和船）の上にいる四五歳の男の子を見送りながら、幾分かかれ等の幸福を羨みたい気さえ起こしていた」という。「抒情詩」をどこに感じるかは、人それぞれだけに注目される。

こんな一節もある。「あの橋は今度出来る駒形橋ですね？」と尋ねたが、相手はその質問に答えられなかったらしい。このやりとりからは、その橋の名を知らないから口にできないと思うのが常識だろう。ところが、以前は濁らずに「こまかた」と発音していたのが、今では大半が「こまがた」と濁って発音するようになったからという事情らしい。それでも通じそうなものだが、もしかするとやわらかい響きの鼻濁音の「が」を、当時すでに、きつい響きの濁音の「ガ」と発音する傾向があったせいかもしれない。

いずれにしても芥川は、「君は今駒形あたりほととぎす」と詠んだ遊女は、「コマカタ」と澄んだ音を「ほととぎす」の声に響かせたかもしれない、と想像をたくましくする。そうして、「文章は千古の事」ということばを引き、「文章もおのずから匂を失ってしまうことは大川の水と変わらない」と嘆くのである。

それから半世紀ほど経って、雑誌の企画で作家訪問を連載し、文章の職人とも称すべき名文家永井龍男を訪ねた折、この鼻濁音の話題を出した。「AがBする」と書かず「AのBする」と書く例が芥川に多いことを指摘し、永井龍男の『朝霧』にも「古めかしい想像のX氏の上に及ぶのを恐れる」という例が出ることを持ち出して、その意図を尋ねたときである。すると永井さんは、「が」の音は強く響きすぎるので「の」にすることはしばしばだと応じ、芥川の時代は「が」が鼻濁音だったが、それでも東京育ちには「が」と書くのは抵抗があったのだろうと推測し、「きついですよ、ガギグゲゴは」と力をこめた。その鼻濁音さえ消えかかっている現状では、なおさらだ。

そうして、若かった芥川には、「野暮な文章を書くまいという変な見栄みたいなもの」もあったのだろうと続け、「粋好みがはっきり出すぎると腰の軽い文章になっちゃう」と補足した。背筋にひんやりしたものが走った。気をつけよう。

『本所両国』には、こんな一節もある。「太鼓橋も昔の通りですか」と問いかけると、「ええ、しかしこんなに小さかったかな」という答えがはねかえってくる。そこで、「子供の時に大きいと思ったものは存外あとでは小さいものですね」と振り返ると、「それは太鼓橋ばかりじゃないかも知れない」と一般化し、話はとたんにしんみりとする。そういえば、自分が草野球に興じたふるさと鶴岡の「お山王《さんの》はん」も、こんなに狭かったのかと驚いたことがあった。たしかに、そのとおりである。思い出というものはそうなのかもしれない。

## 40 輿入れしてきた花嫁さん

堀口大学

同じ一八九二年、父親が東京大学法学部在学中に、東京本郷の東大赤門の前に生まれた、その二重の天然記念物として「大学」と命名された由。幼くして母が死去、父が外地にあったため、父の郷里新潟県の長岡で育つ。吉井勇の短歌に魅せられて新詩社に入り、同門の佐藤春夫と親しくなり、与謝野夫妻の勧めもあって、ともに慶応義塾に入り、永井荷風、戸川秋骨らに教わる。父の任地メキシコに渡り、父に従ってベルギー、スペインほか、十数年を海外で過ごす。三十歳を過ぎて帰国後、詩作と翻訳に励んだ。和文脈に語感の美しさをにじませた軽快なリズムで、「夕ぐれの時はよい時／かぎりなくやさしいひと時」のような調べを奏で、時にエロティシズムを大胆に取り入れた詩風で注目を集めた。また、『月下の一群』などの訳詩、例えば、ジャン・コクトーの詩を「シャボン玉の中へは／庭は這入《はい》れません／まわりをくるくる廻っています」と訳すなど、ユーモアを湛えているのも一つの特徴だ。しかし、ユーモアとエロティシズムという浅い概括は、この詩人を不当に軽くしたと言えるだろう。ポール・モーランの『夜ひらく』の翻訳は斬新な表現で、横光利一・川端康成ら新感覚派の誕生にも刺激を与えたとされる。

一九七〇年の九月二十二日、あの雑誌の企画で、逗子葉山にあるこの詩人の自宅を訪問し、親しく話し合う機会に恵まれた。「おばあちゃん育ち」というところから入り、父親が外交官で、外国夫人を後添えにしたこともあり、内地勤めをしたことがほとんどない。三歳半のときに母に死なれ、祖母に育てられたのだが、それが溺愛だからどうしても甘く育つ、それで頑固だ、それが影響して若いころの作品はほとんど推敲していない。与謝野晶子に指摘されて推敲するようになったのだが、若いころから推敲なんかしていると縮んでしまうから、ちょうどいい時期に推敲の味を覚えたという。

「行と行とが支えになって／言葉と言葉がこだまし合って／果てて果てない詩が作りたい／難儀なところに詩は求めたい」云々と、自作を朗読しながら、熱く語った。

和服姿の詩人は終始親しげに語りながら、懐紙を折って差し出されるなど、温かい心づかいを示された。その折に頂戴した詩集に「来話の思い出に」と添え書きがあり、『私の詩』と題する詩のページに、栞がはさんである。逗子駅で横須賀線に乗り込んでからも、「読んでくださいよ」という詩人のことばが執拗に追ってきた。海辺で、芝生で、この詩人と向き合うときに、ほんとうに読んでいるのかと、自分に問いかけることになりそうだ。

＊

『柚子の話』という随筆は「花壇のまんなかに柚子の木を植えてから五年になる」という一文だけの段落で始まり、「全体が花壇になっている庭だから、柚子の木を庭のまんなかに植えたことになった」と続く。常緑樹をまんなかに植えると、花壇の日当たりが悪くなるという反対を押し切って植えたものだ。親方に「柚子はこんな所に植えるものではありませんよ」と言われたのを、わかっているけど、そこへ植えたいんだと、鶴の一声で植えさせたと本人が書いている。

「仏頂面の親方と、手も腕もとげにさされて傷だらけだと小言だらだらの若い衆が帰って行ったあと、縁がわに腰を据え、初めてゆっくり、小さな庭いちめんを物議の市にして、こしいれして来たこの花嫁さんをゆっくり僕は眺めたが、背丈ばっかりひょろ長く、過ぎたひと冬の風雪に古葉の尾羽打ちからした恰好の、まことに蕭々《しょうしょう》とした姿」だとある。「だが、多年の宿望が叶った」ので、「それでも満足だった」らしい。

十余年に及ぶ外国生活を終えて帰国すると、なぜか庭に一本柚子を植えたいと思ったのだという。「鶩鳥の肝の煮こごりで、辛口のシャンパンを飲む夜ふかしに飽いて帰った」ので、「江戸の昔から伝わって、東京の下町に残っている衣食住の、レファインされた生活上の伝統が、もの珍しくもあり、美しくもあり、また楽しくも感じられた」という。靴や靴下の代わりに白足袋、革雪踏《せった》を愛し、牛肉をバターとチーズで煮込んだものには手を出さず、「サヨリの糸づくりや、白魚の澄汁を愛する」ようになり、春先に「田楽豆腐の木の芽」、初夏に「鮎の塩焼きに添えるたで酢」、秋には「焼松茸にしたたらせ、香味の相乗を楽しむ青柚子」に惹かれたという。

その柚子が欧米諸国にはどこの国にもなかったので、「これが外遊十四年間の僕の郷愁の最大なものであったかも知れない」というのだ。植木屋の親方を怒らせてまで、庭の真ん中の最上の位置に柚子の木を植えて「敬意を表し、すこやかなれと祈る心をあらわした」というのだから、奥が深い。

# 41　孤高の姿　　中川一政

一八九三年、東京に生まれた中川一政は青年期を芦屋で過ごし、雑誌『白樺』を愛読し、詩作に励むかたわら、独学で油絵を始め、巽画会に出品した作品が岸田劉生《りゅうせい》、高村光太郎の目にとまり、画家として出発。のち、岸田や木村荘八らと草土社を創立。その後、春陽会の会員となり、初期の北方ルネサンス風の作品から、次第に東洋風、詩的な作風へと移り、油絵具のほか岩絵具や水墨を駆使して風景や花を描く、独特の文人画風の洒脱な作品を残した。ここでは、『夏炉冬扇』と題する随筆をとりあげよう。戦後すぐの作品らしい。

一編は「戦争はすんだ」という一文段落で始まる。「サイレンが鳴れば戦闘機が永福寺の松林の隙間に爆音を立て」、自分は「仕事場から硯や墨を抱いて防空壕に飛び込む」、ともかくも、そんな生活から解放された安堵感が深い感慨となって投げ出された一行である。

「東京には既にモデルとすべき花もなければ、林檎一つさえ手に入れることは出来」ず、近所まで廃墟となった。「越中の知辺をたよって」「蛙だの、のうぜんかずらだの、鰈《かれい》だの、かながしらだの、そういうものを友として作品をつくるより仕方がなかった」という。

自分の考える「大義名分や忠君愛国は、戦争画をかいて間にあうような」簡単なものではない。芭蕉が「世捨て人のように謙虚な心で」言ったとおり、「風雅は夏炉冬扇の如し」であって、「芸術というものは飽くまでパーソナルなものだ。理解してもらう為に富豪に媚びることもいらない。大衆に媚びて自分を低くする必要もない」という。

そうして、「蕉風三百年、我々の志す美術もその如くである」と述べ、「芭蕉の寂しさは人が大勢いたって寂しい。そうかといって悲しいのでもない」とし、「孤高の姿」なのだと結論をくだして一編を結ぶ。やがて、画室にたてこもるのだろう。

# 42　彫刻を撫でる

宮城道雄

翌一八九四年に神戸の菅家に生まれた道雄は、養子縁組により宮城姓となる。七歳で失明し、中島検校《けんぎょう》の門に入り、箏曲《そうきょく》の道を歩き始める。少年期にして『水の変態』を作曲し、伊藤博文に認められたらしい。琴と尺八を教えて生計を立てていたが、上京後、尺八の吉田晴風と新日本音楽を提唱。その後、尺八都山流の宗家中尾都山と結び、その名が全国に広まった。代表作『春の海』『さくら変奏曲』など。演奏旅行中に列車から転落して死去。

ここでは、随筆『触覚について』をとりあげる。「私は盲人であるので、ものの形を目で見るかわりに、手の感覚で探って」知る。点字も六つの点の並び方とその間隔でいろいろな字となる。だんだん慣れてくると、テーブルに手を触れただけで、どこに疵や汚れがあるかがわかるようになるし、織物も、色はわからないが、縞の粗さはわかるという。

こんな話も出てくる。友人に胸像を作ってもらい、できあがった「彫刻の顔を撫でて自分の顔と比べてみたが、どうも自分に似ていないような気がした。非常に凸凹しているので、自分の顔はこんなにおかしい顔かなあ」と思い、別の彫刻家にその話をすると、彫刻は「目で見ていいように光線の応用」をするから、撫でた場合と感じが違うという。

「動物も可愛いということを感じるのは、その形を撫でてみて毛の手ざわり」でそういう感じが起こるのだという。時にはあまり撫で過ぎて、気味が悪くなって逃げ出した猫もいたとか。「虫類だけは、どうも気味が悪い」そうで、「悪夢というのは大抵の場合、蜘蛛が背中を這ったとか、毛虫がはいって来たとか」という夢で、怖い虫が「手の平にのっていて、それを、いくら払い除けようとしても、どうしてもとれない夢」は怖いという。

## 43 木彫の鑿の切れ味　瀧井孝作

同じく一八九四年、飛騨の高山に指物師《さしものし》の父の次男として生まれた瀧井孝作は、新傾向俳句の運動で全国行脚の途中、高山に立ち寄った河東碧梧桐に会い、俳句の師と仰ぐ。俳誌『層雲』などに自作の句を発表。俳号は折柴《せっさい》。碧梧桐の紹介で時事新報社文芸部の記者となり、このころ芥川龍之介との交友関係が始まる。『無限抱擁』の松子のモデル榎本りんと結婚。翌年、『改造』の記者となり、生涯の師と仰ぐ志賀直哉と知り合う。りん病死のあと、志賀の転居を追って我孫子、京都、奈良と方々に住まいを移るが、やがて八王子に定住。

芥川が「手織木綿の如き、蒼老の味のある文章」と評したとおり、句作で培った確かな眼と、一徹な性格と強靱な精神力によって、作中の一字一句をも妥協しない突き詰めた文章を綴った。『無限抱擁』のほか、『慾呆《よくぼ》け』『積雪』『俳人仲間』などの評価が高い。『山の姿』『松島秋色』などを〈風景小説〉と呼んで主張した。長く芥川賞の選考委員を務める。

＊

一九七六年の七月三十日の午後、例の雑誌の作家訪問シリーズの第一〇回として、八王子の自宅を訪問する機会に恵まれた。まず「創作態度から入りますが」と前置きし、『無限抱擁』の自作解説で「自身の直接経験を正直に一分一厘も歪めずこしらえず写生した」と書いているが、文学上の信条に発するものか、という問いから入った。尾崎紅葉ら硯友社の作品は文章がふわふわして弱いと感じたのと、俳句でも自分の経験を詠んだ句のほうが強いから、小説でもそのほうがしっかりした作品になると思ったという。そこで、小説の文章は説明でなく描写であるべきだという考えかと念を押すと、説明はいけない、眼にありありと映るように書いてあればいいが説明だと印象が弱いという考えだった。

『俳人仲間』のように何十年も経ってから書く場合でも記憶で再現するのか、何か記録のようなものでも、と問い始めると、間髪を入れず、日記はつけたことがない、とさえぎり、頭の中のレコードが回りだすみたいに、いろんなことが浮んでくると続けた。俳句を自分の経験で作ったから、「よく物を見て頭に沁み込ませる練習」ができているのだという。そこで、短歌は動詞表現、俳句は名詞表現という傾向があると思うが、短歌が対象について述べるのに対し、俳句は物自体を指し示すという基本的な姿勢の違いがあるということかと念を押すと、そう、物を示せば一つのイメージ、一つの世界が現れると力をこめた。

＊

この作家の随筆、まずは『処女作「父」について』である。この小説が『人間』誌に載った折の読売新聞の書評に「一風かわった粗朴な手法で、至ってぶっきら棒でありながらぴしりぴしりと鋭く内在の映像を攫《つか》んで往く印象的な眺め方と、思い切った省略法を用いた簡潔雄勁《ゆうけい》な俳句式な文体」とあった、たぶん批評家千葉亀雄の評に出あった感動を綴ったものだろう。改造社に勤務していた当時、「石垣か何ぞ築く」ように辛抱づよく時間をかけて仕上げた作品だけに、「一番愛惜がある」一編だったと思われる。

『座右宝について』という随筆には、こんな記述がある。「志賀さんと博物館に入った折、また寺廻りなどした折、志賀さんはいきなり物を見てそれからあとで説明ガキを読んだり読まなかったり」するのを見て感心したという。先に説明を読んで、その知識に立って鑑賞する人が多いなかで、志賀直哉は「知識でなく純粋に心持ちをうけとる鑑賞法」なのだと知った。学んだというか、よほど同感するものがあったのだろう。

『志賀直哉対談日誌』にこんな話が出てくる。「父親の倹約して骨折って貯めた金」と「無造作にされる金」とでは、有難みが違うという。感謝の気持ちは、金額だけではなく、その奥にある人間の気持ちによって大きく違うというのだ。これも、いい話である。

＊

『新人の文章』という一編に、こんな話が出てくる。志賀直哉の仕事ぶりについて、夫人が「あんなに、永年、小説を書いていながら、どの小説の時でも、書く時は、まるで初めて小説を書く人のような骨折り」で、「書きなれた仕事をするような所は、些《ちっ》とも見えません」と語ったという。「一作毎に、全く気持を新らたにして机に向う」ということであり、そうでなければ「生き生きした本当の作品は出来ない」。瀧井は「いつでも初めて書くような気持で机に向う事これが大切だ」と改めて思いを深くしたようである。

『斎藤茂吉再読雑感』で滞欧随筆をとりあげ、「石に彫りつけたように、カッキリした、きつい、的確によく利いた、よく据《すわ》った字句で、一字一句力をこめて書いた、名文」と賞讃し、「力づよいきつい眼が一行一行に感じられ」と評し、「彫刻的と云いたい、堅固に克明に明瞭に、しかもそれは簡素にスッキリと仕上げて」あると続ける。

＊

『古拙微笑の美術』には、こうある。奈良の博物館に「法隆寺の鳳凰と天人が、鎌倉の天福年間の模造と共に陳列されて」いて、近寄って見て驚いたという。「飛鳥時代の木彫の刀の利れ味は、大らかに垢抜けして、胸のすく感じがした」というのだ。飛鳥時代の仏師たちは初々しく若々しく元気よく「早蕨《さわらび》の萌えいづる春」の光に浴して、「悦んで仕事にはげんだおもむき」だったらしい。この「喜悦の古拙微笑が、一時に花がひらいた」感じなのだという。

もう一つ、『芥川さんの置土産』を紹介しよう。芥川はある日、瀧井に向かって「作家は一作毎に切腹しなけりゃならんネ」と言ったらしい。切腹ってどういう意味かと言うと、「腹の中を立割って見せる事サ」と説明したそうだ。取り繕わず事実をさらけだす、本音を語ることなのだろうか。

芥川の晩年を語った小穴隆一の『二つの絵』によると、芥川が世をはかなむようになり、死にたい気持ちにとりつかれても、そばにいながら小穴はほどこすすべがなかったという。「淫らな人妻、芥川の遺作『或阿呆の一生』の中に月の光のような女として描かれた女が、芥川の後輩の作家にもかかずらっているのを知って、いよいよ世をはかなむに至ったのだ」ということらしい。

芥川三十五歳の自刃から、瀧井は「死というものに対して何か和らぎを与えられた」ような気がし、死に対する恐れが消えたらしい。それが芥川の「置土産」なのだという。そうして、八十二歳の今もまだ仕事がしたい、「出来なくなれば、いち早く片付きたい」と率直な気持ちを記し、その随筆を結ぶ。

# 44　秋の夕陽の中で

福原麟太郎

一八九四年生まれをもう一人。広島県に生まれた福原麟太郎は旧制福山中学を経て上京し、東京高等師範学校で、『茶の本』で名高い岡倉天心の弟にあたる、岡倉由三郎教授の厳格な指導で英語英文学を学ぶ。また、石川林四郎教授に勧められ、チェスタートンの探偵小説『青い十字架』の翻訳をして『英語青年』誌に連載、その縁で研究社との親密な関係が長く続く。また、田端に平田禿《とく》木《ぼく》を訪ねるようになる。東京高師の助教授となり、その年の秋に雛恵《ひなえ》夫人と結婚。昭和の初めに文部省の在外研究員として英国に留学、ロンドン大学、ケンブリッジ大学などで研究。のち東京高師の後身である東京文理科大学教授として『トマス・グレイ研究抄』『英文学』『英文学の特質』などの研究書を執筆する一方、『叡智の文学』『この世に生きること』『チャールズ・ラム伝』ほか多くの随筆にも腕をふるい、広く名を知られる。

＊

『エッセイについて』と題する一編に、エッセイというものに対する考え方を述べている。私小説を読んでいて、手前味噌を並べていると感じるとその作家を信仰しなくなるように、随筆でも、自分を語っていると思われるのが危険な瞬間だから、「作者の肉体の臭いを無くしてしまう工夫」が必要だ。それでも一種の身の上話には違いないから、「作者の肉体の臭いを出さないで、人間の臭いを嗅がせようというのが秘訣なのだという。とはいえ、「脱俗超然たるものでは、人間的興味でなくなってしまう」。「この世の苦労をさんざんして来て、人間の面白さを吾《われ》と吾身《わがみ》の上に眺めるように」なることが必要だから、それにはどうしても、それだけの年齢が必要になってくる。

「人間は誰に限らず、ちっぽけな馬鹿、みんな裸になれば同じさ」と悟り、互いにいばるのはやめて、「衰えて来た囲炉裏の火に、仲よく手をかざしながら、浮世の話でもしようじゃないか」。チャールズ・ラムが「われ愚者を愛す」と言ったのがそれで、解脱していない無常観なのだと説く。続く『ラムについて』で「人間は、その愚かさのゆえに、実に愛すべきところがある」のだとまで言う。「可笑しい、けれども同時に泪を誘うもので」ある、その「泣き笑いのような可笑し味」を英国人は「ヒウマー」と呼ぶ。ラムの『エリア随筆』はこういうヒウマーの人生観の上に立っている、と説いている。

その『エリア随筆』中の一編「喫茗瑣談《きつめいさだん》」または「古磁器」と訳されるエッセイについて、「シナの古い茶器を取り出して茶を喫みながら」、姉のメアリーと弟のチャールズが「貧乏であった昔の日々を思い出してなつかしむ」という、それだけの話なのだが、そこには「人間の誠実を大切に文雅を楽しむことを知っている」のが何より幸福なのだ、という生活の哲学がこめられている名編だ、というのが福原の考えである。

＊

『同僚としての藻風《そうふう》』にこんなエピソードが出てくる。竹友藻風が東京師範学校教授となったころ、福原はその藻風といっしょに岡倉由三郎先生の自宅を訪問したらしい。その折、岡倉が「竹友さんは詩をお書きで」と話を向けると、「ちかごろは少のうございます」と応じた。福原はそれを「詩の生れることが稀になったという意味で、詩は作るものでなく生れるものだという考えを自ら表明」したものだと解説している。小説を書くのとは違って、詩はおのずと浮かんでくるものであって、拵えるものではないというのである。

『英語教師の挑戦』に、人間のたしなみを大事にするユニークな記述が出てくる。英語というものは、物理学や倫理学のような学問体系をなすものでなく単なる稽古事だから、「深遠なる学理を包蔵」していないと思われやすい。「英語をぺらぺらしゃべる」といった連想も悪く働く。自分はむしろ、英語というものは「ぺらぺら喋るもの」ではなく、むしろ「トツトツとして、どもるべきもの」だし、「時々間違った言い方をした方が好ましいとさえ信じている」という。

ラジオの座談会の帰り、前田陽一と同じ車に同乗したおり、その「フランス人と聞き違えるほどの達人」も、膝を叩いてその意見に賛成したらしい。そして、上手すぎるとスパイかと疑われるし、少なくとも深い思想をもっていないと見くびられると言い添えたという。英語がうまいのは、要するに真似がうまいことで、独創性を必要としないと思われている。ぺらぺらしゃべるのを喜ぶ段階までは、たしかにそのとおりだ。その先の学術的な段階に達すればおのずと違ってくるのだろうが、福原はそれにはふれず、その上、英語がよく読めない自分などは、職業欄に英語教師と書くくせに、「英語の先生ですか、と言われると、ぎくっとする」と、あくまで謙遜する。

＊

『英京七日』は、戦後になって英国政府の招きで「夜は綿のごとく疲れて風呂へも入らずにねてしまう」ほど忙しい旅をした折の随筆。朝日新聞社に勤めていた作家の十和田操が、やがて『英文学』としてまとまる福原の原稿を取りに時折、自宅を訪ねる。福原はそれを「随筆的訪問」と呼び、感慨にふける。英国訪問直前に顔を出した十和田は、「ラムの愛したロンドンに敬意を表すために名刺をテムズ河に流す」ことを依頼する。自身は一生の間そういう機会がないと考えたのだろう。

その約束を果たすため、福原は疲れた体を議事堂前に運び、「頼まれた用事」を果たす。「名刺はひらひらと舞い、川風にゆられて」「美しく飛行しながら、やっと波の上に身をまかせ」、波が静かに運んで行く。「ウォータールー橋、ロンドン橋と。どのくらいまで沈まないでいったろうか」と書いているところを読むと、福原は名刺の行方を長い間追っていたのだろう。

のちに庄野潤三は、チャールズ・ラムの生地とそのゆかりの地を訪ね、その温雅な人生のかおりを偲ぶ旅に出る。それをまとめた作品『陽気なクラウン・オフィス・ロウ』に、あわただしい旅の途中で律儀に福原が、頼まれた名刺を落としたその場所はテムズのどのあたりかと探しまわるシーンが出てくる。福原の行為も、庄野の行動も、どちらも誠実な人間らしい美しいいいとなみであったように思える。

＊

次に、やはりチャールズ・ラムにまつわる『金銭について』にふれておこう。ラムは随筆の中で「人から金を借りるとき、居丈高《いたけだか》になって、まるで命令するように、のしかかってくる奴がある。実に偉いものだ」と書き、「こちらのみみっちさが身に沁みてあわれである」と続ける。貸す側は慎ましく、借りる側は「気宇広大」で、他人のものも我がものという態度だ。むろん、ラム自身は借りられる側にいる。わが身の用心深さを省みて、ほんとうにそう思ったのだろう、と福原は書いている。小心翼翼というのはみっともない。本心では困ったなと思いながら、結局は借りられてしまう。そんなとき、「断れない自分を怨むよりも、それだけの金を溜めていた自分が、あわれになってくる」、それがラムのほんとの気持ちなのだろうと福原は推測する。そう思うだけの体験が当人にもあったようだ。

ゆかりのあった友人が訪ねて来て、会社を辞めて独立するから少々金を貸してくれと言われ、証文もとらずに貸してしまった。初めのうちは土産をくれたり、「おやじの墓へ詣ってくれたり」していたが、そのうち音信不通になり、今は生きているかどうかさえわからない。金がもう返ってくることはないとわかってから、どこかでその人に出会ったら、どんなに具合が悪いかと、かえって自分のほうが気をもんだという。そうして、たがいに友をひとり失った。あのとき、いっそあげてしまえばよかったのだが、その金額が自分にはあまりに大きすぎたと福原は顧みる。

「貸し手にもなるな、借り手にもなるな」というシェークスピアのことばを引いて一編は終わるのだが、それはシェークスピアみずからの心得だったのだろうと付記してある。

＊

『交友について』に移る。フランシス・ベーコンは「友情に三つの徳あり」などという実利的な友情論を展開したところから、ほんとの友人というものがいなかったのではないかと言われる。同時代のモンテーニュは『随想録』を読むと、その逆だったようだ。福原はそこに安部能成の「家庭は自分の休養所でも仕事場でもあり、むやみにかきまぜられたくない」ということばを引く。そして、こんな例をあげる。書斎にずかずか入ってきて「この雑誌、もういいだろう」と声をかけて勝手に持って行こうとする。「一身同体的愛情を披瀝」された場合、自分もその「意気に感ず」だと思い、つい「どうぞ」と応じてしまう。そんなことが何度かあったという。

友情は「寛容」を予定するものであり、その「寛容は、愛情から生れる」。「浪花節的友情は、その寛容を強いる」ところに、「反撥を包蔵」している。寛容は大切だが、個人どうしはもともと「相容れない」もので、その点を強調すれば、一人も友達ができない。「真の友情」は、その「相容れないものを容れるところに成立」するのだろう。ただ、その寛容を強いないでほしい。それが自分の望む「個人主義の友情」の要諦だという。

そうして、「私に与えられた小さな盃で、私の人生の酒を飲んでゆく。君達は、大杯を傾けて、自由に酔っぱらいたまえ。抱き合って、ころがりまわって、その喜びを満喫したまえ。私たちは微吟浅酌だ。あるいは静かに語る。それもまた良いものだ」と、まさに人それぞれの喜びを語って一編は結ばれる。

＊

『夏に読みたい本』に、本というものは二度読むものではないとある。再読してはいけないという意味ではない。「一ぺん読んだら、それで一生のおわかれだと覚悟した方がいい」という心構えを説いているのだ。電車の中だろうが、人を待つ間の十分間だろうが、注意を集中し「おなごりをいう」つもりで読むべきだとする。かりそめに読むと、作中の珠玉の思想や表現と永久のお別れとなる。それは人に会うのと似ているという。義理や行きずりにしゃべって別れた人が印象に残らないのと同様だということのようである。

『書物と人生』にはこうある。単なる知識を求めて読むのでないかぎり、本を読むのは著者と対話する時間だから、問答しながら読むと楽しい。古くからの友人や先生がいつもそばに居てくれ、「彼らは決して死なない」。そんな贅沢な時間なのだという。読書は、紫式部や芭蕉や漱石とじかに対話ができる貴重な時間なのだということだろう。

＊

最後はやはり、福原らしく英国の話題で締めくくろう。まずは『英国の文化』と題する随筆。「紳士的教養の文化」という言い方がそれをよく表しているが、それは個人の文化の寄り集まりであり、統制的でも社会的でも国家的でもない。そもそも英国人は、そんなものを「文化」とは考えていない。イートン校は最古の公立学校と称するパブリック・スクールだが、実質的に個人的な私立学校だという。「輿論《よろん》」と称する幽霊のせいにして「英国の自由」は都合よくまわっている。東洋的な敵味方意識と違う英国の現実主義なのだ。

『英国的笑い』には、こんな話が載っている。他国の新聞記者から「英国の兵隊は一人で日本兵十人に相当すると言っていたのに、どうしてシンガポールが陥落したのだ」とからかわれた英国の記者は、「日本兵が十一人やって来たから」とはぐらかしたという。また、日本の記者がシンガポールの総督に、要港陥落の感想をと詰め寄ったとき、総督は砲弾の殻の壊れたのを見せて、こんな奴が窓から無断で飛び込んできた、よかったら持って行きたまえ、ステッキ立てに使うと風雅だ、と逆にからかったらしい。そういえば、ハロッズという百貨店の入口が壊されたとき、「このたび、入口を拡張いたしました」という貼り紙をしたという話も聞いた。こんなふうに、「大きな価値から眺めなおして現実の問題を小さくしてしまう」、それが英国風のユーモア、すなわち「ヒューマー」なのだという。

『イギリス国案内』では、お茶を飲む英国人の姿を描き出す。飲むばかりではなく、話をする時間であり、理屈を述べず、仕事場を語らず、「世間や人生や、小説や音楽の話をして、ひとときの休息を楽しむ」時間なのだという。それも大声で聞こえよがしにしゃべるのではなく、「ぼそぼそ、そっけなく話す」というから、日本人は耳が痛い。

## 45　愚夫と愚妻

高田保

翌一八九五年、茨城県土浦に生まれた高田保をとりあげる。代々土浦藩士の家柄で藩主土屋相模守の祐筆《ゆうひつ》を務めたという。早稲田大学英文科在学中に宇野浩二らと劇団に参加、卒業後、映画雑誌の編集に携った翌年から、オペラ華やかなりしころの浅草公園の楽屋に泊りこむ放浪生活を経て、新舞踊劇『案山子』、戯曲『天の岩戸』で劇作家としてデビューを果たす。プロレタリア劇団で検挙されたあと、身辺に材を求めた小説に転じて『馬鹿』『人情馬鹿』を発表した。戦後は随筆に主力を注ぎ、新夕刊に随筆『風話』、東京日日新聞にコラム『ブラリひょうたん』を連載して人気を博した。時の権力に反抗して政治や世相を忌憚なく批評する、ユーモアあふれるエッセイストとして活躍した。

＊

まずは、『専用政府』。王様がいて、金銀があり、飛車角が特別扱いだなどというのは民主的でないと将棋の悪口を言えば、切った、殺した、ここの隅はこっちの領分で、こう拡げなどというのは侵略主義だと、囲碁をけなす、そんなマクラから政治の話に入る。政治はフェア・プレーでというが、相手を落とさなければ当選できない。議会の定員がある限り必ずそうなる。そこで一案だが、として珍妙な提案をする。電車に婦人専用車を設けるように、各党各派それぞれの専用政府を作れば、思うような政治ができる。国民はそれぞれの実態を比較して、気に入ったのに身を任せる、というのだが、どんなものか知らん？

＊

次はしっとりとした『恋文』である。「恋人は捨てきれるが、恋文はちょっと捨てきれぬ」とあり、「とかく人情というやつは可笑しなものである」と続く。ある男がそれを錠のかかる手箱に入れて持っていたが、結婚後は「家の秘録」だから開けてはいけないと言ってあったらしい。ある日、勤め先に妻から電話があり、隣が火事でたいへんなことになっているという。高価な貴重品が焼けはしまいかと心配しながら、あわてて帰宅すると、妻が胸元に小さな物を抱きかかえていて、これだけは真っ先に持ち出して守っていたと言う。残ったところで一文の価値もないものを、と腹が立ったとたん新妻がいとしくなったという。それ以来、この夫婦は「情愛すこぶる濃《こま》やか」なものとなった、とある。

＊

次に『フェア・プレー』。旧制中学のころの思い出話だ。東洋史の時間に先生がいきなり「今日は試験だ」と言い、黒板に「唐時代の内乱について記せ」と書き、用紙を配って姿を消したという。たいていの生徒は教科書やノートを取り出して答案をしあげたが、そういうズルを潔しとしない高田はめちゃくちゃな答案を提出したらしい。翌週のその時間に先生は「みんな零点だ」とどなり、あんな問題を突然出されて正確に答えられるはずがないからカンニングしたにちがいないと言い、その点、高田の答案だけは内容はともかく立派だから、いい点をやろうと付け加えたという。それだけなら単なる手柄話なのだが、そこにこう付け加える。あれは歴史の試験であって人格の試験ではないから、不合理な採点だと、せっかくの点数を返上したという。これも一種の自慢話ではあるが、フェア・プレーを貫いた懐かしい思い出として、長く記憶に残ることだろう。

＊

次は『拍手』。スポーツでファインプレーをすると盛大な拍手が起こる。スピーチや演劇などでも、拍手が起これば、褒めたことになる。拍手は景気がいいから、された側はいい気分になりやすい。芝居などでも、並みの役者は手が来たといって喜ぶのだが、「見識のある本当の役者になると苦い顔をする」という。ほんとうに深い感動に突き落とされた人間は、しばし呆然として、手など叩《たた》かないから、拍手をされるのは「未《いま》だしの芸」で、「拍手をさせぬのが名人」なのだという。「上乗の拍手」は「ほっとして我に返ってから」だから、「一息つくだけの間がある」というのである。ベートーベンは作品発表の際、聴衆に拍手されて不快な顔をしたらしい。「音楽は人間の魂を沈潜させる高級な」存在であり、「すぐに拍手されるほど軽薄な低級」なものではない、という気持ちだったという。

＊

次に『母の話』『ふたたび母の話』という活け花の心得に関する随筆をとりあげよう。花を活けて床の間に飾る場合、あくまで主人は掛軸であり、それを引き立てるのが花の役割だから、活けた花が客の眼に残るようでは駄目らしい。「掛軸が生きて花が消える」ようにするのが本来の働きだと、母に教えられたそうである。

こんなことも教えられたらしい。花は出来上りの一歩手前で活けなければならない、全部できあがっていたら、その時から花は崩れてしまうから、できあがりの余地を残して、あとは花自身に任せてできあがらせるのだという。たとえば明日の午後に客を迎えるのであれば、その時刻に絶頂の勢いになるように、あとは花に任せる。任せたかぎり、もう自分の活け花ではないとして、その成りゆきを楽しむのは「謙虚な精神」。この謙虚さのゆえにその楽しみは天真の清潔なものとなって、さらに奥深く楽しめるのだという。衰えが見え始めると、母は躊躇なく棄ててしまう。衰えを人の眼にさらさせるのは情《じょう》なしだと考えるのだろう。この活け花の心得は万事に通用しそうに思われてならない。

＊

「愚妻」という一編がある。日本髪の流行はファッショの前兆だと書いたら、お前が使う「愚妻」ということばのほうがずっとファッショだという抗議のはがきが来たという一件から書き起こす。「愚妻」という日本語を「フーリッシュ・ワイフ」と訳せば、外国人だけでなく日本人だって驚くと続ける。日本語の「愚」は「フール」という意味ではなく、人生的に至らないところがあると謙虚にそう言うにすぎない。だから、自分も「愚夫」であり、「愚夫」と「愚妻」は割れ鍋に綴じ蓋でまことにめでたい、と主張する。もしも「賢妻」などと呼んだら、呼ばれた側はむしろ不快に思うだろう、と正論を吐いている。

高田保が学生のころ、早稲田大学の構内に大隈夫人の像を建てる話がもちあがり、学内が真っ二つに割れたことがあったらしい。学内の意見を調べに来た相手に、それは像の出来による、芸術的に優れていれば、大隈夫人だろうが神楽坂の芸者だろうがかまわない、出来が悪ければ、大隈自身の像でも反対だ、それが文学部の学生の意見だと応じたことを書いたエッセイもある。大学の構内になぜ芸者の像が建つのか不明だが、どちら側にも与《くみ》せず、純粋に芸術的評価で判断するという姿勢に、若さと純粋さが感じられて、爽やかである。そのあたりに高田保という人間の価値観が集約されているような気もする。

## 46 血の通った安住感　林達夫

翌一八九六年に外交官の家に生まれた林達夫は、旧制一高を中退後、京都帝大哲学科で美学と美術史を専攻。東洋大学、津田塾などで美学や文藝学を講じた。のち平凡社に勤務し、『哲学事典』『世界大百科事典』の編集長を務めたほか、評論家・翻訳家として活躍。

ここでは随筆『私の家』をとりあげよう。

「最新の機能主義住宅」は無駄がなさすぎて、日本の社会的風土に合わない面もあるという。そして、何よりも簡易主義がヒューマニティーを無視し、「人間が単なる生活機械の位置に貶められる」羽目になっているという。その点、「古い農家の煤けた巨大な柱や梁」が、「あたかも温かい血の通っている頼もしい伴侶のようにその親しみある安住感」で、人間を包み込むという経験は誰しも感じているはずだ。

「養殖林のへなへなしたすぐに腐る木材」と違って、古い立派な田舎家は「欅、松、杉、栗材はいずれも年ふりた寿木」で、「慎重に伐り時を考えて伐られ、永い念入りな乾燥」に努めた木材だから、「二百年や三百年は優に持久する」のが普通なのだ。そうして、「日本古農家と古英国風田舎家との間には」多くの共通点があることを指摘し、ケンブリッジの片田舎のイン（宿屋）に行燈風の灯が見られることを添えて、一編を閉じている。

# 47 パリのタタミイワシ

大佛《おさらぎ》次郎

翌一八九七年に横浜で生まれた本名野尻清彦は、英文学者で天文学に詳しい野尻抱影の弟。幼くして東京牛込に転居し、旧制一高を経て東京帝大政治科に進学するも、出席したのは試験前後の一ヶ月だけで、新劇運動にのめりこんで女優と結婚、鎌倉に住む。卒業後、女学校の教諭、外務省勤務を経て、博文館の編集者の勧めで小説を発表、鎌倉の大仏裏に住んでいるところから大佛次郎という筆名を用いる。『鞍馬天狗』の連作は三十年にも及び、さらに『照る日曇る日』『赤穂浪士』と大衆文芸をリードし、『帰郷』『宗方姉妹』『パリ燃ゆ』『天皇の世紀』などを発表し、純文学、大衆小説といった垣根を取り払った。

『八百屋の猫』と題する随筆をとりあげよう。パリ滞在中に、ホテルでなく家具つきのアパートに入った折の出来事を綴《つづ》っている。コペルニクス街とかガリレオ町とかという名の場所もあったが、その土地と縁はなさそうだったという。そのコペルニクスの町筋に三軒ある八百屋のうちの一軒に、大きな白猫がいて、コンクリートの歩道に平気で坐り込む。四肢を投げ出して寝ていることもあり、通行人が靴を鳴らしても驚きもしない。三味線のない国だから猫捕りも来ないし、過敏で警戒深い猫でさえ「歩道の日だまりにゆうゆうと終日、ねむりをむさぼっていられる」のだと思い、「文化の深度」を感じたという。

たまたま日本からタタミイワシを送って来たので、「パリの猫はタタミイワシを知るまい」と妻と笑い合い、「故国の磯の香を自分で楽しむ前に」その八百屋の猫のところに持参した。鼻さきに出してやると、「生まれて始めて出会った好いにおいに鼻にしわを寄せ」、いつもは「一度寝たら動こうとしない無精なやつが目をまるくして頭を持ち上げよろこんでむさぼり食べ始めた」という。それを見て大佛は自慢げに「こんないいものがある世界とは今まで知らなかったろう、どうだ?」と言ってやったらしい。

そうして、「もちろん日本語で話しかけたので、パリの八百屋の猫に意味が通じたかどうか、疑わしい」と書き、とぼけて一編を結ぶ。仮にフランス語で話しかけたとしても、八百屋の猫でなくても、いや、たとい日本の猫だったとしても、自分の家の飼い猫だったとしても、反応は同じだろう、と読者には楽しい無駄で、アーサーと名乗るわが家の飼い犬でひとつ実験してみようかという気分になる。人間の好意だけは、きっとパリの八百屋の猫にも通じたことだろう。

# 48　篝火の後の闇

横光利一

一八九八年、福島県会津に生まれた横光利一、本名は「としかず」と読む。父親の仕事の関係で滋賀県、三重県など各地を転々、早稲田大学に進むも、神経衰弱などもあって教室にめったに顔を出さぬ学生であったらしい。中山義秀らとの交友が始まり、『御身』などを執筆。その後、菊池寛に出会い、川端康成との交友が始まる。『文藝春秋』発刊。『日輪』『蠅』などに新感覚的表現を用い、川端らと雑誌『文藝時代』を起こす。創刊号に載った『頭ならびに腹』が評論家千葉亀雄の眼にとまり、新感覚派としての活動を始める。プロレタリア文学運動と対峙し、論争の中心として活動した。最初の長編『上海』を執筆。『機械』が小林秀雄に絶讃され、『寝園』で心理主義を導入。大学時代の文学仲間の妹との同棲が相手の死によって終わった際の作品『春は馬車に乗って』は新感覚派最後の作品とされる。その後、鶴岡の日向千代子と結婚。ちなみにその女性は、高校の同級生日向和夫から、自分の伯母だと聞いた。欧州旅行を経て大作『旅愁』を執筆するも未完に終わった。戦後は戦争責任者というレッテルを貼られて、まるで戦死のような最期を遂げる。新感覚派以来の同志である川端康成は、その折の弔辞の中で「君の骨もまた国破れて砕けたものである」と言い、「東方の伝統の新しい悲劇の先駆者」とした。戦後も何年かが経ち、ようやく時代が落ち着きを取り戻すにつれて、横光も再評価されつつある。

＊

まずは『芥川龍之介賞経緯』から。やがて取り上げる尾崎一雄の小説『暢気眼鏡』について、こう論評している。「人間の低い部分をこれほど長く持ち続け、これほど玩弄《がんろう》しつづけ、なお平身低頭にまで至らぬある人間の情けなさ、横着さ、他愛なさを、作者はくつくつ笑って眺めている」と、ほとほと呆れたように評している。

さらに、「この作品の中には、厳粛なものが皆無である」と断定し、「どうにも仕方のない人間の生活は、こんなやくざな物だという諷刺さえ、作者は文壇の胸へ突き刺してしまっている」とし、「文壇というものを、これほど嘲弄した滑稽快活な作品はかつて無かった」として、「復讐の文学として、一度は賞を受けるべき」だと結論した。

まさに、これほど辛辣に酷評した「讃辞」もまた、かつて無かっただろう。

＊

次は『新感覚派文学の研究』と題する評論的エッセイ。「蔵」と「倉庫」、似たような意味になりそうな両語の対比だ。ともに「物品を貯蔵する建物」を意味する点では共通しているとしたうえで、それぞれから連想されるイメージの違いを描き出す。「蔵」という語からは、すぐに「白壁造りの

――例えば酒問屋のそれ」を連想させるのに反し、「倉庫」という語からはむしろ「乱暴にトタン板を張りめぐらされた」というだけでなく、「共産党のビラが無惨に引んめくられたまま斜に貼られている、鉄材か何かのはいった工場地帯のそれ」が連想される、と具体的なイメージの違いを大胆に比較してみせる。

そのため、「蔵」が封建的なものを感じさせるのに対して、「倉庫」は「尖端化して来た階級闘争」を感じさせるとし、「造船所の倉庫の横手へ職工達は集まって来た」と書くような場合に、「蔵」と書くことはしない、というのである。

＊

『鵜飼』は、実際に鵜飼を見物した際に考えたことを書いた随筆。「鵜飼の舟が矢のように下って来る篝火《かがりび》の下で、演じられた光景を見た」とき、一人が「十二羽の鵜の首を縛った綱を握り、水流の波紋と闘いつつ、それぞれに競い合う本能的な力の乱れを捌き下る、間断のない注意力で鮎を漁《すなど》る熟練のさ中」で、「流れる人生の火を見た思いになり遠く行過ぎてしまった篝火の後の闇に没し、手さぐりながらまた考えた」という。

「思想の体系が一つの物体と化して撃ち合う今世紀の音響」が「爆薬の音響と等しくなった」のは最初であり、最後かもしれないと思う。「綱は漁夫でもなければ鵜でもな」く、それをつなぐものであり、捻れば強くなり、逆に捻れば鵜の首を自由にして生命を救う。鵜飼の楽しさと、その後の寂しさ。得も言われぬ「動と静の結婚の祭り」を「合掌するばかりに眺めた」。「夢、まぼろしのごとく闇から来り、闇に没してゆく鵜飼の灯の燃え流れる瞬間の美しさ、儚さの通過する舞台」で、自分の乗った舟も「競り合い揺れ合い鵜飼の後を追う」。思考も揺れ、流れるような文章で綴ってみせた。

＊

横光と川端の対談をとりあげたい。『文学清談』というタイトルがついている。川端が「自伝だという批評が一番嫌ですね、作者が自分をモデルにして書いたと見られるのが」と言うのを受けて、横光が「『雪国』などは現実の小説じゃない、モデルがあれば、あのような美しい均衡はとれない」と自分の感想を述べると、川端は「あの中の男は一番嫌なように書いているから、僕自身のように思われると心外だね」と述べ、「あの女が男をどうして好いてるのか分らんでしょう、あれじゃ」と語っている。「あの男」は作中の島村、「あの女」は駒子である。

もう一つ、軽井沢についての話題。軽井沢という土地は、「小説の場面にもってこいのところ」だという。ホテルの数は少ないし、「カッと晴れたかと思うと、またたく間に霧が一面にかかってしまったり、またたちまち烈しい雷雨に変ったりして変化が多い」ので、「人物をぐうぜん出会わしたりも不自然ではない」という。小説の楽屋噺である。

## 49　どきどきしないと損　井伏鱒二

同じく一八九八年に広島県加茂村の豪壮な屋敷を有する井伏家の次男として生まれ、本名は満寿二。日本画を志して京都の橋本関雪の門を叩くが断られる。旧制中学五年の折、大阪毎日新聞に『伊沢蘭軒』を連載中の森鷗外に、朽木《くちき》三助の名で質問状を送り、その後、その人物が急死した旨の手紙を送りつける。まんまと信じた鷗外は三助名義の書簡を添削して新聞に転載したという。早稲田に進みながら文学を断念して家を継いだ長兄の勧めで、早稲田の仏文に進学、途中で日本美術学校にも通い始める。旧作『幽閉』を改稿した『山椒魚』が処女作となる。その後、親友の青木南八が若くして世を去ったのを惜しみ、『鯉』を執筆、佐藤春夫、水上滝太郎の推薦で『三田文学』に掲載されて世に出る。

その後、『屋根の上のサワン』『丹下氏邸』『ジョン万次郎漂流記』『さざなみ軍記』『多甚古村』『本日休診』『珍品堂主人』『黒い雨』などを発表し、いずれも評価が高い。ほかに『厄除け詩集』、長編エッセイ『荻窪風土記』などがよく知られる。冷静な観察をもとに、照れくささを回避するために涙を笑いにすりかえる表現などを交え、庶民の哀歓をほのぼのと描く、はにかみの作家として、長期にわたる執筆活動を貫いた。

＊

一九七五年十二月十三日、例の筑摩書房の雑誌の作家訪問企画の第二回として、東京杉並区荻窪駅から徒歩十分ほどの清水町先生こと井伏鱒二の自宅を訪れた。著書のとびらなどに載っている写真からか、あの円いにこやかな笑顔で迎えられるものと思いこんでいた。門に「井伏」と無造作に書いた紙を表札代わりに貼ってある。受験シーズンになると表札がなくなるのだという。玄関で奥様に挨拶し、廊下を右に進んで部屋の前で「ごめんください」と声をかけたが、返事がない。人のけはいはあるので、「失礼します」ともう一声かけて襖を開け、座敷に一歩踏み込んでも、炬燵に入った後ろ姿は微動だにしない。こちらが右脇をすり抜けて部屋の奥に通る間もその姿勢はまったく崩れない。役柄上、井伏さんの正面に坐ると、とたんに斜めを向いて編集者と会釈を交す。まるで人見知りのひどい赤ん坊だ。

対談が始まっても、話がぎくしゃくしてスムーズに流れない。が、奥様がアップルパイを運んで来られ、紅茶をすすりながらそれを頬ばる頃には、腫れぼったい雰囲気が急速にほぐれ、炬燵の正面には、小説と随筆に対する意識の違いという問いに、それは原稿料の差だとはぐらかす、あのいたずらっぽい笑顔があった。それから先は、後日このインタビューを読んだ永井龍男が「あの井伏があんたによくしゃべったね、将棋や釣りの話なら別だけど」とびっくりするほど、自分の文章のことをあの丸顔で雄弁に語った。

＊

『虹のいろいろ』という随筆から入ろう。「目のさめるほど生彩のある素晴らしい虹」を見ても「胸は動悸をうたなかった」ので、「ここで胸をどきどきさせて置かないと、後で損をしたような気持になる」という。「創世記」によると「虹は人間に贈られた神の約束の象徴」だそうである。

中国では「白い虹が太陽を貫くと、一国に兵乱が起る」とされているらしい。井伏自身、「二・二六事件の起る前日に、白い虹が太陽を貫いているのを三宅坂」で見たという。その翌日に「近所の渡辺さんという陸軍省の教育総監が、機関銃を持った反乱軍の一隊に襲撃され」、その銃声を寝床で聞いたとある。どうも白い虹は吉兆ではなさそうで、広島が爆撃された直後、「白虹貫日の大気現象を見た」人があり、それが日本の降伏する前日だったというのである。

＊

『正宗さん』と題する随筆に移る。正宗白鳥に関する話題である。谷崎潤一郎の『鍵』という小説が問題作として話題になったころ、感想を求められた白鳥は即座に、「ジャーナリズムを騒がせるのは、いいことだよ」と言ったらしい。河盛好蔵は白鳥を「いきなり結論を云う人だ」と評したという。

軽井沢にいた白鳥が講談社を訪ねて帰る折、リュックを逆さまに背負い、兵隊靴の紐がほどけたままになっているのを見て知らせると、「こぼれさえしなければいいだろう」と大声で叱られた話も出てくる。

晩年に入院中、中央公論社の社長秘書が高級ぶどうを持って見舞いに行き、「ぶどうを召上がりますか」と声をかけると、白鳥は「うん、一粒くれ」と言う。食物をきびしく制限されている病気と見える。「ここに置いて行ってよろしいでしょうか」と伺うと、またしても「うん、一粒置いて行ってくれ」という返事だったとか。物理的に不可能ではないが、残りをごっそり持ったまま病室を出るのも心理的に抵抗があっただろう。

正宗白鳥筆の扇面をもらって表装すると、白鳥の「鳥」の字が「烏」になっていることに気づいたという。贈り主の話では、正宗さんの揮毫したものはみなそうなっているらしい。そういえば、志賀直哉の場合も、「直哉」の「哉」という字のタスキが抜けているのと同じで、「完全無欠」を誇るのではなく、謙譲の気持ちがこもっている。そんな説明を受けて、井伏は「鱒」という字から「寸」の部分を除けばどうなるかと考えたようだ。

＊

『時計と直木賞』という随筆は自身の体験を語った一編。文藝春秋社の専務だった佐佐木茂索から、話があるから来社せよとの速達が届き、早速出かけると、『ジョン萬次郎漂流記』に直木賞を贈ることになったが、貰う気があるかと言われたらしい。純文学の芥川賞でないのを気にしたのだろう。即座に「時計もくれますか」と尋ね、「やるやる」と聞いて、即座に受賞の意志を伝えたとある。その間、社長の菊池寛は将棋の対局中で、井伏のほうをちらっと見ただけで、賞状と賞品を右から左へと渡し、顔も見ないで将棋盤に向かった。教訓の意味は何もなく、将棋に負けそうなのだろうと、楽な気分で受けとったとある。

＊

次は『たらちね』。小林秀雄のアルチュール・ランボーの出版記念会の折に、酔って乱暴する人がいないのに、永井龍男が「今日はアルチューが、ランボーする会だ」と駄洒落をとばして大笑いするエピソードから入る。以下、題名どおりいずれも母親の話題で展開する。ふだんは「弁舌爽やかで、巻舌でまくし立てる」中島健蔵は、意外に涙もろく、映画を見ながら悲しい場面になると、「俺、ちょっと失敬して泣くよ」とわざわざことわって、むせび泣きするのだという。二階で議論になって井伏が言い負かされているとき、母親が現れて「健蔵が何を申しますやら」と一言云うと、しゅんと黙ってしまう。その母親の臨終際の戯れとして、健蔵が舌の先を出して「いッ」と言うと、母親も同じことを返したことも書いてある。

河上徹太郎のお国自慢に乗って、井伏は三好達治と「うまいメバルの煮物を食べに」岩国の河上の生家に立ち寄った。食事が始まると、母親が酒のお燗をする。河上が一言「お酒を」と言うと、母親がお燗をつける。それをなんども繰り返し、「徹ちゃん、飲む?」と訊くと「うん」とうなずき、それを何度もくりかえしたという。帰路、汽車が駅を出て、送って来た河上の姿が見えなくなったころ、三好は大きな声で「見ちゃあ、いられないなあ。徹ちゃん、飲む?「うん」、徹ちゃん、飲む？「うん」……ずいぶん妬かしやがるなあ」と言ったらしい。井伏がふるさとの福山を素通りして東京に帰ると言うと、三好は自分も大阪に寄らずにまっすぐ帰ると言って、窓にもたれて眠っていたが、大阪に着くと、さっと網棚の鞄を取って、「僕、失敬するよ」と言い残して降りてしまった。三好の母親が健在だったころのエピソードだ。人それぞれに「たらちね」の思い出は尽きない。

＊

次は『小沼君の将棋』。弟子にあたる作家の小沼丹に『井伏さんの将棋』という随筆があるが、これは逆に井伏側から小沼の棋風を語った一編である。小沼が初めて井伏家を訪れたのは一九五〇年前後のことらしく、明治学院の襟章をつけていたはずなのだが、記憶にあるのは早稲田に入ってからの和服姿だという。将棋はそのころから強く、こちらは「盤数を重ねて体力と根気で敵を疲れ」させるほか、勝つ方法はなかったと振りかえる。相対性原理の石原純博士と二日二晩ぶっ続けに将棋を指し、卒倒した拍子にピアノのキイで頭に大怪我して四針か五針か縫った人の家に見舞いに行ったら、相手は玄関に将棋盤を持って現れたという話も出てくる。太宰は旗色が悪くなると投げやりになって、駒を動かす手つきまでどうでもいいというふうに、「将棋そのものを否定する」という態度を見せるともあるから、それぞれの人間があらわれるようだ。

戦後、荻窪の家に戻ってから、また将棋を小沼とよく指すようになったらしい。敵が王手飛車取りを仕掛け、「待ちましょうか」と言ったらしい。そんなことが何度かあったらしく、また、敵が中飛車で勝ったあと、「今度は中飛車を止しましょうか」と言いながら、またしても中飛車で来る、よほど口惜しかったのか、そんなことも何度かあったことを記している。「言う方はいい気分であったろう」と、言われた側の気持ちには一切ふれないで書く。ちなみに、当方もその小沼丹と将棋を指し、一勝一敗だったことにもふれないで結ぼう。

## 50　二十銭で変る　　宮本百合子

翌一八九九年生まれの作家のうち、まず宮本百合子。東京小石川に生まれるも、父の仕事の関係で、三歳まで札幌で過ごし、帰京して今の文京区千駄木で成人。本名中条ユリ。お茶の水高等女学校在学中にロシア文学に熱中。日本女子大英文科に進学し、農村を舞台にした作品『貧しき人々の群』を筆名中条百合子で執筆、坪内逍遥の目にとまり『中央公論』に載る。天才少女の出現と騒がれ、一学期だけで退学し、作家生活に入る。

離婚前後からロシア文学の湯浅芳子との共同生活に入り、離婚を扱った小説『伸子』を発表。最盛期の日本プロレタリア作家同盟に加わり、翌年には日本共産党に入党して宮本顕二と再婚。夫婦共に獄中生活を体験、戦後はもてはやされるが、党分裂の前に急逝。ほかに『播州平野』『杉垣』『道標』など。

＊

随筆『小景――ふるさと市街の回想』をとりあげる。「背後に、活気ある都会の行人は絶えず流動していた」と概括し、「通りすがりに、強い葉巻の匂いを掠めて行く男、私の耳に、きれぎれな語尾の華やかな響だけをのこして過る女達」といった寸描が続く。「頭を一方に傾け我を忘れて佇んでいる青年のわきを、そっとすりぬけて」と書くと、「少し猫背の、古びた学生服の後姿を見て、誰が、あの軟かく溶け輝いて花の色を映していた二つの瞳を考えることが出来よう」と続くあたりも、心理を働かせての観察である。

「自動車の厚い窓硝子の中から、ちらりと投げた視線に私の後姿を認めた富豪の愛らしい令嬢たちは、きっと、その刹那憐憫の交った軽侮を感じるだろう」といった一方的な予測もある。写真画帖を売っているロシア人の女性とのやりとりをこう描く。「背の低い私にかがみ込んで画本を示した彼女の眼が、どんなに飢えた、求める、人間ばなれのした光をもって私の瞳をのぞきこんだか。全体の上品な顔だちの中で光った眼の色は、殆ど私を恐れさせた。その眼色、その引きつった唇が、僅か二十銭で変る、変りかたを見て愉快に思うには、私は少し多くの神経を持っているのだ」と、いくらか欧文脈の調子をまじえながら、まるで習作のような執拗な描写を貫き、読者の心のうわべを不気味に撫でて過ぎる。

# 51　湖水の底

川端康成

同じく一八九九年に大阪の旧家の長男として生まれた川端康成をとりあげる。父は医師で漢詩や文人画をたしなんだが、間もなく死亡、肉親が次々に世を去って祖父と二人だけの生活を続ける。やがてその祖父とも死別。のちに発表される『十六歳の日記』は祖父を看取る記録だ。天外孤独の身となって孤児の感情に悩む。その時期に伊豆の旅で出逢った踊子の思い出を描いた『伊豆の踊子』がよく知られる。菊池寛の知遇を受け、『文藝春秋』の同人となる一方、横光らと新感覚派として活動し、『浅草紅団』『禽獣』を経て『雪国』で不動の地歩を築く。戦後も『千羽鶴』『山の音』『みずうみ』『眠れる美女』などの秀作を発表。京都を舞台にした新聞小説『古都』は話題を呼んだ。ペンクラブの会長として国際交流にも尽力、ノーベル文学賞を与えられた。逗子の仕事部屋でガス自殺を遂げるが、その原因となるような事象は見当らないとされる。

＊

まず、『鎌倉の書斎から』にある「夢」という随筆から入ろう。東大病院に入院した折に感じた、見舞い客の東西比較である。アンドレ・マルローやサイデンステッカーら外国人は見舞の際に誰も、何の病気でどんな容態かを詳しく尋ねる人はいない、早くよくなって下さいと言うだけなのだといら。それに対して日本人の見舞い客の多くは、「病気について根掘り葉掘り聞」くのが親切のあらわれで、病人もむしろ「進んで詳しく話すのが礼儀」のようだ、と書いている。一般に日本人は他人の私生活に立ち入って聞きすぎる傾向があり、病気見舞いにもそれが出るのかと思っているらしい。もっとも例外もあり、野上彰一家が現れたときには、女の子と男の子が習いはじめのヴァイオリンをたずさえて現れ、目の前でクリスマスの曲を弾いてくれたという。嬉しかったのだろうが、「隣室が軽症患者で幸いだった」と付け加えてある。

＊

同じく『鎌倉の書斎から』の中の「新鮮」という随筆。永井荷風の名作とされる『濹東綺譚』にしても、新鮮に感じられるのは、「にわか雨に遭い、その家に行く、初会の場面だけ」だと、何度も読み返してそう思う、と書いて骨董品の話に移る。

骨董は古い物だと思い違いされているが、「骨董とは永遠に新鮮な美術品のこと」なのだと定義しなおしている。むろんそれは「名品に限る」。目新しいのと、真に新しいのとは違うので、「今日の大方の美術品よりも骨董の方が新鮮」なのだとある。老人が骨董に惹かれるのも、「自分の生命の新鮮を失いかけ、失いつつある」から、「骨董に新鮮な生命を汲もうとする」のかもしれないと推測している。

文学の古典も、いつまでも古くならない作品と言えそうだが、川端は、文学の古典の新鮮より、「古美術の新鮮は一目瞭然」で、ことばの隔てもないという。さらに、「一草一花」でも常に新鮮だし、「碁や将棋でも、その道のすぐれた人の勝負が真剣であれば」、それも新鮮に感じられる、とあるから、なかなか奥が深い。

＊

『新春随想』中の「古都など」に、真冬に嵐山を訪れた経験を書いた一節がある。「花の嵐山、もみじの嵐山」は、人群れに気が散るが、「しいんとした冬に」来てみると、嵐山のほんとの美しさがわかる。「川の水も冷めたい色に澄みとおっている」。嵐山から苔寺にまわってみると、庭園には若い女の二人づれがいるだけで、夕冷えが身に迫る。「大昔の湖水の底が京だから冷えるはず」だと聞いたが、その冷える京都は寒中に歩くと、「古い町の名残りの香がしみてきそうに思える」ということ。

＊

『心のおもむくままに』では、詩に対するあこがれのようなものが語られる。一編はいきなり、「詩を書かなかったこと、歌を詠まなかったことは、六十の年を過ぎた今、私のくやんでもくやみきれぬ、生涯の悔いである」と始まる。そして、「歌はあきらめるより詮方ないとしても、せめて一巻の詩集でも遺したいという、ひそかな望みはいまだに消えない」と続く。今日の日本語は雑であり、小説はその雑な言葉から逃れられない。

小さい頃から日本の古典に親しんでいたが、『源氏物語』や西鶴を除いて深くは惹かれず、文学の本流は歌だと思っていたらしい。西洋の小説が移入されたあとも、消化されず成熟していない。そもそもそれが日本人に合うか否かも疑わしく、少なくとも自分には合わないという。そういう諦めの上に居直っているが、小説という型にとらわれず、「心のおもむくままに」、古典文学の流れを受けて詩歌に近づくこと、古里に帰ることが、かえって新しい何かを打ち出すような気がするというのである。

＊

『自慢十話』のうちの「行きどまり」と題する随筆に、こんな大胆な発言が出てくる。昔から「自慢は芸の行きどまり」とも「自慢は知恵の行きどまり」とも言う。それに倣って、「随筆、雑文などは小説家の行きどまり」と、日ごろの自戒としているという。「随筆、雑文などは、小説を書くさまたげで、避けたいばかりではなく、私はまだ色気も俗臭も強くて、そんなものはいずれにしろ「自慢話」に落ちる」と思うからでもある、とある。

「随筆、感想、批評、評論、語録、手記、講演、そして自伝、私小説、日記、告白、懺悔録、さては遺言、自殺者の遺書、狂人の妄言にいたるまで、ほとんどすべてに、人それぞれに応じた、自己弁護、自己の誇示、宣伝、あるいは虚飾がある」と古くから思っているのに、「それがあるために私は読んで愛好し、魅惑され、讃溺《さんでき》し、高仰する」という。

＊

『ミュンヘン』に欧州の春雨が出てくる。「古雅、優麗」なパリのホテルから、ミュンヘンの殺風景な宿に移った翌朝、「絹糸のような春雨がしとしとと降っている」のを見て、久しぶりに日本の春雨に出逢った気がしたという。関東は「雨もあらく、関西のようにやわらかい雨はすくな」いため、「雨は京都あたりの風趣」と感じているという。若いころは東京にもやわらかい春雨が降ったような気がするが、いつのころからか東京にはそういう雨が降らなくなり、人にも春雨の降るような春が失われたと話していたという。ミュンヘンの思いがけない春雨に出あい、昨夜からの味気なさがやわらいだとある。

＊

『美しい日本の私』はノーベル文学賞を受けたときのスピーチで、川端の美意識がよくわかる。古今東西の美術に博識の矢代幸雄博士は、日本美術の特質は「雪月花の時、最も友を思う」ということばに集約される。雪や月の美しいのに気づくとか、四季折々の美にめぐりあうと、親しい友人とその歓びを共にしたくなる、つまり、美の感動が人なつかしい思いを誘いだすのだという。小説

『千羽鶴』は茶の心と形の美しさを描いたと読むのは誤りで、作者としてはむしろ俗悪となったこの時代の茶道に警鐘をならしたのだという。

「形見とて何を残さん春は花　山ほととぎす秋はもみぢ葉」という良寛の一首も、「近世の俗習を超脱、古代の高雅に通達して、現代の日本でもその書と詩歌」を貴ばれている良寛が、自分にはこれといって形見に残すようなものは何もないが、桜、ほととぎす、紅葉と、自分の死後も自然はなお美しい、それが形見になってくれるだろうというのだ。

芥川の遺書から引いた『末期の眼』ということばをタイトルにした川端の文章がある。芥川は、自分の住んでいるのは氷のように澄み渡った病的な神経の世界だ、いつ自殺できるか疑問だが、自然がいつもより美しく感じられる。自然の美を愛し、しかも自殺しようとするこの矛盾を人は笑うだろうが、自然の美しいのは末期の眼に映るからだ、という。このことばに惹かれた川端自身がのちに謎の自殺を企てたという事実は深く考えさせる。

＊

『美の存在と発見』という文章は、ハワイ大学での公開講義らしい。『源氏物語』を世界文学に高めたアーサー・ウェイリーとイギリスのペンクラブの晩餐会で、筆談を交えたカタコトの英語と日本語で話した折、ぜひ日本に来てほしいと言うと、「幻滅するから行かない」という反応だったという。『源氏物語』もいくつかの現代語訳があるが、今の日本語にないことばが多く、英訳はそんな配慮は不要だから、英語で読むと迫力がある、という話も出たらしい。人物が生きているという点で、『源氏物語』は「永遠に新鮮で、価値は不動」ということで、ニューヨークの女子大では二十世紀文学の講座に入れているという。

＊

最後に『東山魁夷《かいい》』という文章を紹介しよう。『風景との対話』を「いままで、なんと多くの旅をして来たことだろう」と書き出した東山は、「生きるということは何だろう」と自問し、「この世の中に、ある時、やって来た私は、やがて、何処かへ行ってしまう。常住の世、常住の地、常住の家なんてあるはずがない。流転、無常こそ生のあかしである」と考える。明確に自分の意志が働いているわけではないから、私は「生かされている」のである。野の草や路傍の小石と同じであり、そういう宿命の中で、せいいっぱい生きたいと思っているのだ。

また、東山はなぜ水にうつる映像を好んで描くか。それが美しかったからだろうが、「水の映像によって、風景は幻想と象徴を伴奏し、微妙な変化を韻律する」。二つの月の澄寂な「浄福」も静かな水の映像から来るのだという。

# 52　ほんとうの軽薄

石川淳

同じく一八九九年に東京浅草に生まれた石川淳は神田一ッ橋の東京外語に進み、同人雑誌に習作を発表。フランス文学の翻訳を経、さらにマルクス主義思想の支配と転向の時期を経て、芥川賞受賞作『普賢』に至る。フランス象徴主義文学や江戸文学などの影響を受けながら、時に反逆的な精神の横溢する作品を発表したが、私小説的な伝統を廃し、自己や現実の内なる未知なるものを探求するという明晰な意識を有する高踏的で難解な作品群で知られる。また、戦後は無頼派と呼ばれ、新戯作《げさく》派と称される時期もあった。『焼跡のイエス』『鷹』『紫苑物語』『狂風記』などが高い評価を受けている。

ここでは評論的随筆『柳の説』を読んでみよう。冒頭に『雨月物語』を引いて、「春に茂り秋に散る柳は、憐れむべし、軽薄の見本にされている」が、これは元来わが国の思想ではないと説き起こす。昔から「柳眉《りゅうび》」とか「柳暗花明」とかと言うから、柳が「柔媚」なものの象徴とされてきたのはかなり古いが、これは唐土の詩人の見方であり、それが渡来した折に、「柳柔弱概念」まで踏襲してしまった。「柳こそいい面の皮」で、悪いやつは外来思想であると説く。

勢い余って、そこから「それより悪いやつは女である。婦女子はすべて軽薄にくむべきものだから、これと縁続きにされたおかげで、柳まで軽薄の濡衣をきせられてしまった」と展開する。俳諧の書に、柳髪も柳眉も、春であり恋であり句作次第とあるのは、「外来思想の垢を皇朝の風土に濯《あら》い、婦女子の移り香を詩精神で清めて、季題の景物をゆたかならしめている」と、石川淳は操作の柔軟さに驚嘆してみせる。これがずっと下って俗化し、長唄の「たれになびくか柳腰」のように使われて、「軽薄、けしからん」という雰囲気に変わったのだという。

「柳は柔弱で軽薄で役に立たんときめつけるのも、おれはまっとうで強いとひとり合点にきめこむのも」、思想の力の働きとしては同じ、ただ「正負の符号」が違うだけだが、その符号の上に「通俗人生観の根を植えるという手続」によって、「強者側ではいよいよおれはほんとうに強いという実感を捏造して行くことになる」のであって、それで現実の生活の意味が充実していくと考えるのだろう、と説き、「これをほんとうの軽薄という」と一編を結ぶのである。

## 53　尾崎一雄様方　夕顔御許に　　尾崎一雄

同じく一八九九年に生まれた作家からもう一人、尾崎一雄をとりあげる。三重県宇治山田の神宮皇學館教授の長男として生まれたが、家は代々神奈川県下曽我に住み、祖父の代まで宗我神社の神官を務めた。一雄は旧制中学在学中から文学に惹かれ、病を得て退官した父親と対立、早稲田の文科志望も反対される。古い雑誌で志賀直哉の『大津順吉』を読んで感銘を受け、以後志賀に傾倒。父の死去で自由の身となり、父の遺産を食い潰す。新設の早稲田高等学院を経て大学の国文科に進む。『早春の蜜蜂』が雑誌『新潮』の新人号に掲載され、丹羽文雄らと同人雑誌を起こし、早稲田派を率いる。金沢生まれの天真爛漫な少女山原松枝と結婚し、『暢気《のんき》眼鏡』『虫のいろいろ』『痩せた雄鶏』を発表するも、胃潰瘍による大吐血で永い病臥生活に入る。『まぼろしの記』、自伝的回想『あの日この日』でともに野間文芸賞を受ける。

＊

一九七六年四月三十日の午後、例の雑誌の作家訪問の企画で、小田原下曽我の尾崎一雄邸を訪ねる機会を得、広い座敷で一時間半ばかりおしゃべりした。志賀直哉に惹かれたのは創作態度の倫理性かと問うと、即座に、それにきまってますよ、ほかの人の小説を読んでも芸術的興奮もないし、人生的にどうってこともない。その雑誌の中で志賀直哉だけ当時は無名で、僕はチョクサイ（なおや）と読んでいたという。志賀の文章はよく谷崎と対照的だと言われるが、流麗派より簡潔派を好むということも関係しているかと水を向けてみた。すると、谷崎の文章は和歌調で、円地文子などはそういうのを好むが、自分は俳句調が好きということだった。そこで武者小路の名を出すと、天衣無縫といえばたしかに武者さんで、総合的に大きい、志賀さんは小さいことに拘るくせがある、その点では武者さんだが、こっちは小説を書こうという気があるから、少しは文章に気をつけてほしい、野放図すぎるというのである。芥川は学問をひけらかしすぎる、知的な謎を仕掛けて読者をひっぱる。島崎藤村は昔から嫌いだったが、ずっと後になって、志賀さんも藤村の文章はだめで、ちょっと読んだだけで放り出したことを知った、この作家の率直な弁舌は続く。

話題を変えて、『暢気眼鏡』に始まる芳兵衛ものの「芳枝」という人物は、かなり事実をふくらませてあるかと水を向けると、芳兵衛のモデルが新聞のインタビューで、自分はだんだんあの女に似てくる気がすると言ったとか。そういえば、先ほどお茶を運んで現れた奥様にそういう雰囲気を感じたかも知れない。『なめくじ横丁』に「泥棒と思った拍子に、坐ったまま五寸も飛び上る」とあるのは、いくらなんでも誇張と言いかけると、「いや、ほんとに飛び上がったんですよ。声が出ないんです、びっくりして」と即座に否定した。最後に、男性的な文章とか大人の文学とか評されるのは、感傷がないことかと問いかけた。すると、間髪を入れず、「愚痴を言いたくないのだ」と言い換え、円地文子は「愚痴の相手としてこんな頼りにならない人はいない、聞き流しで慰めてなんかくれない」とボヤくだけでなく、小説家の資格がないとまで言う。なるほどベストセラーは書けないはずだが、繰り言が嫌いなんだ、文章でもくどいのは嫌、読者が想像力を働かす余地がない。作者が書かない部分、余白の意味を重要視するのだという。説明も爽やかである。

ちなみに、この対談は中村明編『作家の文体』（筑摩書房）に収録されたほか、この部分は尾崎一雄著『ペンの散歩』（中央公論社）にも再録されている。

＊

『病状記』の中の「日録」にこんなくだりがある。「とても綺麗なリボンだ、これどうしたの？」と聞くと、娘の圭子は「これねえー」とにやりと笑って、手柄話は自分でいうより、傍《はた》に言わせたほうが効果的だ、という顔を母親に向ける、そう書いて、「これは私のかんぐりではない、その位の心得は、子供でも持っているのだ」と解説する。子供ながらに、演出効果ともいうべき知恵が早々と身についていることを察知しているのだろう。

近所のYさんの息子が陸軍の現役兵として出征し、レイテ島へ行ったが、その後は不明。しばらくして、レイテで戦死の公報が届く。Yさんは、この世には神も仏もないことがはっきりし、「屋敷内にまつっていた稲荷の祠を鍬で叩きこわした」とある。

＊

『冬眠居日録』の『夕顔』と題する随筆は「この頃、私方では宵ごとに夕顔が咲く」という一文で始まり、ヴェランダに箱植えされた夕顔は直径一尺五寸、高さ三尺ほどの筒型といった説明が続く。Nさんという三十近い娘さんからもらったものという。父親が亡くなる前から、病気で今も闘病中の身だそうだ。病気になる前は村の踊の花形で、尾崎の雑誌の愛読者でもあるらしい。ひと頃は自分で作った菊や矢車草を、坂を登って届けてくれたこともあったが、昨今は坂が大儀なのか、姿を現すことがなく、たまに手紙を送ってくる。昨日ははがきが届いたが、宛名が「尾崎一雄様方夕顔御許《みもと》に」となっている。自分宛ではないが、勝手に開けてみると、文面がこう展開する。

「涼風が立ち始めて参りました　貴女のことが想い出されて……昼中のあの暑さ箱植の貴女には随分こたえるでしょう　でも頑張って下さい　そして夕方になりましたら自分の本分を発揮して美しく夜をいろどって下さい　私方でも今夕一つぽっかりと咲きました　今に蝶が飛んで貴女の様子

とこちらの様子とを交換してくれるでしょう」とあり、最後に「では御家族の方達にくれぐれもよろしく」と結んである。「御家族」というのは尾崎家の人たちをさすのだろうか、それとも、「夕顔」の家族というつもりなのだろうか。いずれにしても同じ人びとに行き着くだろうから、実用上の問題はない。

ともあれ、こういうウィットに富んだ心やさしい便りを受け取った作家の心境はいかがなものだろう。「少しひねくり、尾ひれをつければ」短編小説ぐらい書けそうだとして随筆を結んであるが、書かないような気がする。その前に、「Nさんの便りの特徴は、こっちに返事を要求する気持の無いことだ」とあるが、「夕顔」宛てに書いたのも、もしかすると、そういう配慮だったかもしれない。いずれにしても、いい話だと思う。

＊

『冬眠居閑話』に移る。「炬燵に深くもぐって、あの蛙は、あの蟇《がま》は、あの蛇は」などと考え、どこかにもぐっていても、自分のように考えてはいないだろうと思う。夏から秋にかけて庭の同じ場所に雨蛙が動かずにいる。「置物そっくり」に見える。十一月に入ると姿が見えない。「五尺ぐらいある青大将の夫婦」は前からいてなじみになっている。彼らを従えて冬眠に入ったつもりでいるが、雪でも降ると子供や犬ころなみに飛び出すから「不純な冬眠」だと、原稿を書かずにいる自分を楽しんでいる風情が横溢《おういつ》した随筆である。何かに、「尾崎冬眠」という号にしようかと思いつき、天真爛漫な夫人に「永眠」よりはいいと茶化されるくだりがあったような気もする。

＊

その逆に、『生きる』と題した随筆には、この作家の死生観が語られている。「永遠に死なないと仮想するほど恐ろしいことはない」と書きだし、「いつまでも、どこまでも、どんな状況下に陥っても、決して死なない、いや、死ねない、と考えると背すじが寒くなる」と続ける。有無を越えた絶対を説く人間からは、「小我にがんじがらめにされた迷蒙《めいもう》の徒」と思われるだろうが、それでいい、「この世がいっぺんこっきりで、あとも先も空無」と思っているから、「この世にある限り、その時間を重く、厚く、濃く受容したい」。巨大な時間のうち、たった何十年というわずかな区切りのうちに、偶然共にある生きもの、植物、石などとの交わりは、「いつ断たれるかわからぬだけに、切なるものがある」。だからこそ、それらと深く交わるのが、自分の生きることだと考えるのである。

例のインタビューでも、自分は汎神論か、無神論か、とにかく一神論には同じられないと力を入れた。作品に、「神」や「超越体」は抵抗の対象として出ることが多いという事実を当方が指摘した際のやりとりの一節である。

＊

最後に『井伏、上林両氏の色紙』にふれる。井伏氏らの一行が下曽我にやって来たのは、その年の六月十三日、「玉川上水に入水《じゅすい》した太宰治に関する用件」で、その近くに住む太田静子に会うためだったようだと書いてある。その折、井伏は何も話さず、尾崎も一切訊ねなかったようだが、井伏が「つらい役目だな」と呟いたことだけは記憶に残るという。静子は当時の愛人、太宰の『斜陽』はその日記を小説に仕立てた作品。妻をもその愛人をも残し、別の女山崎富栄と自宅の近くの上水に身を投げ、しばらく死体が発見されなかった、その間のことと思われる。その晩、井伏は持参のウイスキーで飲み始め、八時に帰ると言いながら、十一時過ぎに立ち上がったがふらつき、尾崎の妻と長女に支えられ、頭のてっぺんから出るような声でしゃべりながら宿屋へと坂を下って行ったらしい。永い間ずうっと面倒を見てきた年下の友人に、流行作家になった戦後は取り巻きが多くて近寄れず、注意することばさえ投げかける機会のないまま、しかもこんな死に方をされた井伏の悔しい気持ちは、痛いほどよくわかる。それから何日か経って、少し下流の井の頭公園にほど近い万助橋のあたりで発見される。そのずぶ濡れの死体を引き揚げるという、なんとも辛い仕事をこなした出版社の人物とも尾崎は会ったはずだ。ともに多くを語らなかったような気がする。

# 54　葡萄酒に似た液体

三好達治

翌一九〇〇年に大阪市の印刷屋の長男として生まれた三好達治は、父の意向に沿って陸軍幼年学校に進む。秩父宮と同期で、ともにフランス語を学んだが、中途退学し、京都の旧制三高に進学、桑原武夫、貝塚茂樹、丸山薫らと親交を結ぶ。堀口大学の訳詩集や室生犀星や萩原朔太郎の詩集を愛読。東大仏文科に進み、小林秀雄・中島健蔵・今日出海と同級となる。梶井基次郎らの同人誌に参加し、『乳母車』『甃《いし》のうへ』『雪』などの詩作を発表。病気療養中の梶井を湯ヶ島に見舞い、川端康成、萩原朔太郎らを識《し》る。詩集『測量船』を発表して名声を博す。ボードレールの『悪の華』を小林秀雄と共訳。堀辰雄、丸山薫と詩誌『四季』を創刊、立原道造、津村信夫、萩原朔太郎、室生犀星、井伏鱒二、中原中也らを加え、四季派と呼ばれるグループを形成し、詩壇の主流となる。ほかに詩集『花筐《はながたみ》』『駱駝の瘤にまたがって』などが広く知られる。

＊

この著名な詩人の『梶井基次郎の三十三回忌を迎えて』と題する文章を随筆の一つとして紹介しよう。「梶井基次郎も私にはもう遠い名前になってしまった」という一文で始まり、その事情を述べる。梶井はわずか三十一歳で亡くなり、このたびの法会が三十三回忌だから、このほうが「年うえ」になってしまったし、また自分たちは梶井の二倍も生きたことになるから、申しわけないような気がするのだという。梶井の最初の作品集『檸檬』が出たのは昭和六年、当人が郷里の病床でそれを手にしてから一年も経たずに亡くなったから、それが最後の詩集でもあり、生涯にわたってそれ一冊しか出せなかった。

彼にとっては最後の著作となった『のんきな患者』のあとで、「小説というものを、僕はまだ書けてはいないない、いないいんだ」と念をおすように言ったという。「しょぼたれた感じのまったく伴わない」「壮烈な」言い方で、いつまでも耳に残ったらしい。三好は「一つの展望が新しく展《ひら》けかかっていた」のだと残念でしかたがない。

「おい、と梶井は隣の部屋からある晩私を呼びよせて、葡萄酒を見せてやろう」とコップを突き出した。見ると、なるほど葡萄酒によく似た液体だが、今喀血して自分でしばらく眺めていたのを、君にも見せてやろうというのだ。「なかなかの思いつき」だが、いったいどういう料簡だったか、何もかもバカにしたようにも思える。

そんな彼はあるとき、志賀直哉の小説七、八十枚を清書したのを見せて、よく納得がいくと言い、「この目方まで」とつぶやいたらしい。

「矛盾は矛盾ながら、何もかも遠方におさまりよく遠のいてしまった」と一行を添えて、三好は一編を結ぶのである。

## 55　聞いたような名

網野菊

　同じ一九〇〇年に東京麻布の馬具製造販売の店の長女として生まれた網野菊は、小学校入学の年に実母が家を去り「二度目の母」が来る。女学校時代に作文の才能を国語教師に認められ、日本女子大学英文科に進学、中条（のちの宮本）百合子と同級になる。漱石門下で『三太郎の日記』の作者として有名な評論家・哲学者の阿部次郎の推薦で『婦人公論』に短編小説を応募し、掲載される。翌年から早稲田大学の露文科の聴講生となる。関東大震災に遭い、「一期の思い出に」と京都に志賀直哉を訪ね、その縁で短編集『光子』を刊行。志賀に従って二年間奈良に住み、志賀家に入りびたった。『風呂敷』や戦後の『憑きもの』『金の棺』『さくらの花』のほか、短編集『一期一会』や『遠山の雪』などが知られる。自己凝視の冷酷な眼と深い諦観、虚飾を去った端正な文体の底に、心のぬくもりを湛え、独特の味わいで読者の胸を包む。

＊

　一九七六年の八月二十七日、やはり筑摩の雑誌の企画で、東京大塚、護国寺裏にあるこの作家の自宅を訪ね、一時間半ほど懇談する機会に恵まれた。『私の文学修業』の中に出る綴り方のことだとか、伊藤康安先生のことだとかと、まずは身近な話題から入った。すると、綴り方は小学生の時からわりに得意だったが、女学校（千代田高女）のときに早稲田の五十嵐力先生（『新文章講話』の著者）のお弟子さんだった伊藤康安先生が大学を卒業してすぐ国語教師として来られて口語体の綴り方（作文）を書かされたという。褒められたという話は口にしなかった。実はその先生に自分も教わったと、昔の文学部の二階で中世文学の講義を聴いた話を出した。当時だから学生のデモ隊が行進して出てゆくのを二階の教室の窓から見下ろし、「おお、僧兵が行く」とつぶやかれたことも添えたような気がする。教授は沢庵禅師の品川東海寺の僧侶でもあったから、ごく自然な連想だったのかもしれない。

『心の歳月』という随筆集の「あとがき」に、小説のつもりで出した『烏頭《うとう》』が随筆集に入っているのは自分のだらしなさだと書いてあるが、とジャンル意識を問うと、編集者がそうしたのだが抗議しなかった、自分の書く小説は随筆的だからと笑う。私小説家とスタンプを捺《お》されると肩身が狭いから、ほんとはフィクションを入れたものを書きたいのだという。志賀直哉から学び取ったものは何かと伺うと、間髪《かんはつ》を入れず「文章の平明さ、わかりやすさ、率直さ」と答え、「わかりやすくって直接心に訴える」ものが一番という。そして、もう一人、上林暁の名をあげ、娘さんが女子大を受験するのについて来て、試験が終わるのを待つ間、自分のアパートでお話ししているとき、英国でチャールズ・ラムが人気があると言ったら、「英国人って大人なんだな」と言った。上林さんだってエッセイ風の小説だけど、読むと心に残る。やっぱりわかりやすいのが一番、むずかしい文章の小説は読む気がしない、悪いけどと結論した。

網野菊は淡々と語る。ことばはつねに少なめ、こちらのぶしつけな問いに率直に答え、それ以上は話さない。つなぎの下手なインタビュアーとの対話は、ときおりプツンと切れる。が、そこに気づまりな沈黙というものはまるでない。どちらも声を出していない時間がしばしばあっただけである。礼を述べて腰を上げると、手つかずにあった和菓子をさっと懐紙に包み、差し出された。その無造作な所作に、思わず眼を瞠《みは》った。さりげなく、やさしく。これが現実を凝視した作品にこもる、不思議な体温なのかもしれない。今なお心に残る対談である。

それから一年ちょっと経ち、この作家の『風呂敷』を含む五十編の文章を鑑賞したずばり『名文』と題する著書を刊行した際、一冊贈呈すると、「御本有難うございました／いづれ退院の節御挨拶申上げます／二月二十一日／中村様」というはがきが届いた。しかし、心待ちにしていたその日は、ついに訪れなかった。

＊

『桔梗の花』という随筆から入ろう。冬と夏とどちらが好きかとなれば、自分は冬だという。寒さは何とか凌《しの》げるが、夏の暑さは気が違いそうに苦しく、芥川龍之介が七月二十四日という暑い日に自殺したのは無理がないと考えたりするという。夏は嫌いだが、夏の東京は好きで、異母弟妹たちが海へ行くと、「自分から留守番役を買ってでて」、誰に気兼ねもなく読書ができるのがありがたかったというからさすがだ。父親の食事を用意しなければならないが、豆腐と蕎麦が好きで、冷やっこを毎日つけても文句を言わないし、寝しなにはきまって盛り蕎麦を食べる。毎晩お蕎麦を註文するので、註文しないでいると逆に蕎麦屋から電話がかかってくる、というからほほえましい。

＊

次は『幸福について』。冒頭で、トルストイの『アンナ・カレーニナ』の書き出しを引用して始まる。「幸福な家庭というものはお互いに似かよっているが、不幸な家庭というものは個々別々いろいろに不幸だ」というのがそれだ。まったくそのとおりだと思うらしい。それでは、幸福な家庭の共通点は何だろうと考え、それは「和」だと思う。貧乏でも何でも、「和」さえあれば、ひとまず「幸福」があるように自分には思われるという。ここまでは理屈だが、それは自分が「和」のない家庭に育ち、「和」のない親戚の家庭を見すぎたせいかもしれないとして自身の話に入る。

自分は少女時代から「取越し苦労をして悲観的に物を考える癖」があり、いまだに抜けないという。自分のことだけでなく、知り合いの人たちのことでも、不幸と思われる点ばかり考えて気になるのだというから本格的だ。離婚問題でも持ち上がるのではないかと、かげながら心配していた年下の友人からの年賀状に「今年は、何だか、よいことがあるような気がしています」とあって、ほっとしたり、「久しぶりに、みんな、病気をせずに元気でそろってお正月を迎えました」という文面で元気をふきこまれたりともある。

夫婦が差し向かいで歌留多《カルタ》に身を乗り出し、八十近い養父が朗々と札を読み上げているようすを「思い描いたら、ニッコリせずにはいられない」ともある。ささやかながら幸福な家庭の象徴的な一景と見えるのだろう。

＊

『幸せな死』はこんな話だ。都電の停留所に歩いて行く途中、金物店に黒白のくじら幕が張られ、花輪がいくつか立っているのに気づいた。用事を済ませて帰りにそこを通ったときに、誰が死んだのかと思って見ると、息子がモーニング姿で腰をかけていて、壇上に母親の普段着の姿が横向きになった写真が飾ってある。「亡くなったのですか？」と驚いて声をかけると、「昨日の朝、亡くなりました。五分程で、急で、少しも苦しみませんでした」と相手は笑顔で答えたらしい。家に入る前に弟の家の窓口からそのことを告げると、小学校一年と幼稚園の兄弟がついて来て「どうして死んだの？　年とってるから？　伯母ちゃんも死ぬ？」と聞く。「死ぬわよ」と答えると、自分も死ぬのかと重ねて聞き、みんな死ぬのかと問う。「その代り、赤ちゃんが生れる。みんな生きっぱなしだと、人間でいっぱいになっちゃうから」と、自分に向かってのように笑いながら答えたという。

＊

『きもの』という長い随筆の「赤い帯」という見出しのついた文章に、こんなやりとりがある。相手の赤い帯を見て、近所の蕎麦屋のおかみさんが、「あああ、私ももう一ぺん、赤い帯をしめる年に返ってみたいねえ」と言ったのが忘れられないとある。そう言われた側の反応はちょっと複雑だ。あのおかみさんは、ほんとにそう思ったのだろうか？　それとも、おせじでああ言ったのだろうか？

そうして、自分は、若い人を見て、「若さはいいなあ」とは思うが、「もう一度若くなりたいという気はしない」、というのである。その気持ちは自分にもよくわかる。必ずしも、これまでの苦労をくりかえすのはもうごめんだという意味ではないし、作者の気持ちもどうやらそうではなさそうだ。いったい、どういうわけか知らん？

＊

最後にもう一つ、『先生のユーモア』と題する志賀直哉に関する随筆をとりあげる。同じく志賀門下である尾崎一雄は、志賀直哉が洒落をとばしても網野菊は「はあ、さようでございますか」と応じるほどで、洒落の相手として張り合いがないというようなことを書いていたような記憶があるが、ユーモアそのものを解さない人ではない。

志賀の親切な配慮に関して、その親切や配慮を前ぶれして相手を喜ばせることはしないと、自分に関する思い出を書いている。一九三一年の満州事変当時、網野は中国の奉天（今の瀋陽）にいた。ある日、風邪を引いて寝床で新聞を読んでいたら、『文藝春秋』の広告が出ていて、小説のところに目が行くと、「異邦人、××菊子」とある。「ああ、また新しい女の作家が出たな」と一瞬思ったが、なんだかその女の作家の名はどこかで聞いたような気がする。それもそのはず、自分の名前だったという。まるで落語じみた話だが、あとを読んでみると無理もないことがわかる。

その頃、結婚していて姓が変わっていた。志賀先生に読んでいただきたくて預けてあった原稿を、当人の知らぬ間に文藝春秋に渡したが、その原稿には題だけで筆者の名がないから、志賀夫人が新しい姓を書き込んだという。この件は、単に雑誌に原稿を載せてくれただけでなく、自分の名が軍部のブラックリストに載っていたこともあり、さらには原稿料のことまで気を配ってくださったことがわかり、師に深く感謝したことを述べて一文を結んでいる。

## 56　天には銅板がない　中谷宇吉郎

同じく一九〇〇年に石川県加賀市に生まれた中谷宇吉郎は、東京帝国大学物理学科で寺田寅彦に学び、その学風を受け継いで、同じく科学随筆に健筆をふるった。理化学研究所で電気火花を研究、英国に留学して長波長のエックス線の究明に努める。北海道大学教授となり、低温科学研究所の所長を兼ね、雪の結晶を研究して、世界初の人工雪に成功。物の理を学ぶ科学者でありながら、物のあわれを知る詩人的側面をそなえ、『冬の華』『続 冬の華』以下多くの随筆で、科学と文学との交点に結実した芸を示したとされる。

＊

ずばり『雪を作る話』と題した随筆から始めよう。「これは本当に天然に見られるあの美麗繊細極まる雪の結晶を実験室の中で人工で作る話である」と始まり、「零下三十度の低温室の中で、六華の雪の結晶を作って顕微鏡で覗き暮す生活は、残暑の苦熱に悩まされる人々には羨ましく思われることかも知れない」と続く。零下三十度の生活となると、だれも羨ましく思わないから、これは読者の関心をひきつける入り方と言えるだろう。

雪の結晶の研究を始めたのは五年も前だが、初めて結晶を覗いた時の印象は忘れがたい、として、その印象を語る。「水晶の針を集めたような実物の結晶の巧緻さ」は、教科書の顕微鏡写真とはまるで違い、「冷徹無比の結晶母体、鋭い輪郭、その中に鏤《ちりば》められた変化無限の花模様」、しかもまったく濁りのない透明さで、何に喩えようもない。これほどみごとなものが無数にあって、誰の眼にもとまらず消えてゆくのがもったいない気がする。十勝岳の中腹で見られる雪の結晶は、札幌とは違う一段の精緻さを見せ、種類も多く、夢にも思いがけない不思議な形の結晶が降ることもある。

自然では空気が冷えていて、結晶熱は対流と輻射《ふくしゃ》で取り去られて結晶が生長するのだから、実験室全体を冷却する必要がある。天には銅板がないことに気が付くのに一年かかり、結局、天然の雪の結晶ができるとおりに真似をすればよいという、きわめて平凡な結論に達したという。北海道大学に零下五十度まで冷やせる低温室ができたため、水蒸気の自然対流を適当に案配して結晶を作ってみたら、天然のものに負けない綺麗な雪の結晶の片割れが簡単にできた。出来たての雪は天然の雪よりみごとだったという。

そうして、この仕事は面白いが、「涼し過ぎるのが欠点であるなどと、八月の真中に友人に話して羨ましがらせているが、実はそうやさしい実験でもない」のだと結ぶ。

＊

もう一つ、『立春の卵』と題するスケールゆたかな随筆を紹介しよう。「コロンブスの卵」ということばがあるように、卵はふつう立たないものと相場がきまっている。ところが、立春直後の新聞に、立春の時刻に実際に卵が立っている写真を添えて、新発見と大々的に報じてある。それを見た中谷は「一新奇現象が、突如として原子力時代の人類の眼の前に現出」した現代科学に対する挑戦だと大仰に書きたてる。立春の時刻は場所によって異なるが、上海でもニューヨークでも卵を立てる実験をした写真が載っており、みんなが買いあさって卵の値段が十倍にはねあがったという記事になっている。こうなると、立春の時刻に卵が立つという現象そのものは疑えない。「立春は二十四季節の第一であり、一年の季節の出発点」で、「春さえ立つのだから卵ぐらい立ってもよかろう」と軽口をたたく。

問題は、立春になぜ立つかというその原因だ。気象台の説明は「寒いと中身の密度が濃くなって重心が下るから」となっているが、写真で見るかぎり服装などから暖房の効いた室内とわかる。ある大学の学部長の教授は「卵の内部が流動体であることが一つの理由」と述べているが、それなら立春には限らない。立春であろうがあるまいが、卵は立つのだと証明する必要があると考え、実験に挑戦する。新聞を読んだ朝、家に一つだけ残っていた卵で早速試みたが、出勤前の気ぜわしい時では無理とわかり、日曜日に再挑戦したら三、四分で立ち、拍子抜けする。寒さが関係するか、ゆで卵で確かめると、これも簡単に立つ。殻を剝いて切ってみても、黄味の位置も真ん中で、重心の下がったようすもない。「実験もしないでもっともらしいことを言う学者の説明は大抵間違っている」と、胸のすく一言を投げてフィナーレに入る。

卵が立たなかったのは、世界中の人間が何百年もの間、卵は立たないと思い込んでいたためであって、立たないと思ったら誰も根気よく挑戦なんかしない。このような盲点はほかにもいろいろありそうだ。「立春の卵の話は、人類の盲点の存在を示す一例と考えると、なかなか味のある話である」という結びは、「入口は小さく、出口は大きく」という小論文の典型的な文章構成になっており、まさに知的で小粋なエッセイに仕上がっている。

## 57　切符切りでパチンと

梶井基次郎

次は一九〇一年に大阪に生まれた梶井基次郎。小学校入学の年に父の転勤にともなって東京芝に移り、二年後には三重県鳥羽に移転。京都の旧制三高理科に入学。学業より文学・音楽に熱中するも、翌年、肋膜炎に罹り大阪の家に戻る。が、ともかく卒業して東京帝大英文科に進み、外村繁らと同人雑誌『青空』を創刊。『檸檬』『城のある町にて』『泥濘《でいねい》』『ある心の風景』などを発表。健康が許さず卒業論文の提出を断念。伊豆湯ヶ島で静養中に川端康成との交際が始まる。『筧の話』『冬の蠅』『ある崖上の感情』『のんきな患者』などを執筆するも、病状あらたまり力尽きる。

＊

『ある午後』から始めよう。「今、空は悲しいまで晴れていた」と、雲ひとつなくきれいに晴れわたっている空を眺めていると、なぜか悲しい気分に誘われることを述べる。頭の上一面に広がる巨大な空間に対比して、自分という人間というものの存在があまりにもちっぽけに思われて情けなくなる、そんな感傷的な気分なのだろうか。梶井はそんな気持ちのありようにはまったくふれず、「そしてその下に町は甍《いらか》を並べていた」と概括し、目につくものを点描する。

「白亜の小学校。土蔵作りの銀行。寺の垣根。そして其処此処、西洋菓子の間に詰めてあるカンナ屑めいて、緑色の植物が家々の間から萌え出ている。或る家の裏には芭蕉の葉が垂れている。糸杉の巻きあがった葉も見える。重ね綿のような恰好に刈られた松も見える。みな黝《くろず》んだ下葉と新らしい若葉で」云々と写生が続き、改行して「遠くに赤いポストが見える」、さらに行を改めて「乳母車なんとかと白くペンキで書いた屋根が見える」と続く。小説という物語にとりかかる前に、実景の描写で腕を鍛える習作のように展開する。

＊

次に『冬の蠅』。「日を浴びるときは殊に、太陽を憎むことばかり考えていた」などと書き、こうした感情は日光浴の際に体が受ける生理的な変化、「旺んになって来る血行や、それに随《したが》って鈍麻してゆく頭脳」といったものから生ずる感情らしい。「鋭い悲哀を和らげ、ほかほかと心を怡《たのし》ます快感は、同時に重っ苦しい不快感である。この不快感は日光浴の済んだあとなんとも云えない虚無的な疲れで病人を打ち敗かしてしまう」と述べ、そういう嫌悪が憎悪を胚胎《はいたい》したのだと臆測する。読む側はなんともつらいが、病人の気持ちがからだの奥までしみこんでくるような筆致である。

＊

今度は『愛撫』の書き出し、しばしば話題にのぼる一節をとりあげよう。「猫の耳というものはまことに可笑しなものである。薄べったくて、冷たくて、竹の子の皮のように、表には毛が生えていて、裏はピカピカしている。硬いような、柔らかいような、なんともいえない一種特別の物質である」という書き出しで、猫の耳の質感をよくとらえた感覚的な描写となっている。

雑誌の作家訪問シリーズの第一回として吉行淳之介を、原稿執筆のために宿泊中の帝国ホテルの一室に訪ねた折、好きな作家あるいは作品を尋ねると、「強いて言えば」と前置きし、梶井基次郎の名をあげ、「梶井にも気にいらなくて読まない」のもあるが、好きなのは『愛撫』と一編をあげ、「猫の耳見てると改札のパンチで穴をあけたくなるというところから始まるあれなどは好きですね」と答えて、「文章が自分と波長が合う」と説明してくれた。原文のほうはそのあと、「子供のときから、猫の耳というと、一度「切符切り」でパチンとやって見度《た》くて堪らなかった」と告白し、「これは残酷な空想だろうか？」と続けている。

このような「児戯《じぎ》に類した空想も、思い切って行為に移さない限り」、アンニュイの中にいつまでも生きつづけるとある。そうして、「とっくに分別の出来た大人が、今もなお熱心に――厚紙でサンドウイッチのように挟んだうえから一と思いに切って見たら？」などと考えているのだと続けている。感覚的な発見であり、独創的な記述と言えよう。

＊

最後にもう一つ感覚的な発見の例を『闇の絵巻』から引いて結ぼう。山間の療養地で過ごしたころ、「好んで闇のなかへ出かけた」という。「渓ぎわの大きな椎の木の下に立って遠い街道の孤独な電燈を眺め」、「深い闇のなかから遠い小さな光を眺めるほど感傷的なものはない」と思う。その光がはるばるやって来て、自分の着物をほのかに染めているのに気づく。

「渓《たに》の闇に向って一心に石を投げ」ていると、石が柚の葉を分けて戞々《かつかつ》と崖へ当たり、「ひとしきりすると闇のなかからは芳烈な柚の匂いが立騰《たちのぼ》って来た」ともある。こういう視覚と嗅覚との思いがけない出あいもまた、読者の感覚を目覚めさせ、しばし思考を立ち止まらせることだろう。

## 58　ささ濁り　河上徹太郎

翌一九〇二年、河上徹太郎はたまたま長崎で生まれたが、家は代々岩国の吉川《きっかわ》藩の家老をつとめた名家という。東京府立一中、のちの日比谷高校に進学、富永太郎と同級になり、一級下の小林秀雄との交遊も始まったが、文学への関心がめざめたのは東京帝大経済学部に進んでからだったらしい。中原中也や大岡昇平らと同人誌を刊行。存在論的文学論を掲げて文壇批評で活動、『文学的人生論』を発表し、次いで『文學界』編集の中心となって亀井勝一郎らと交わり、戦後は『私の詩と真実』などを著し、近代批評をリードした。

＊

岩国の縁で『錦帯橋流失』と題する随筆をとりあげることにしたい。その時、岩国にいて、「雨水が滝のように庭の泉水に降り注ぐ音を聞き乍《なが》ら、夜更けまで酒を飲んだ」というが、前夜までの豪雨は静まっていたらしい。酒の勢いで熟睡し、翌朝になってみると、自分は煤まみれのシーツに寝ていて、戸袋の中には壁が落ちていて戸が開かない。

錦帯橋の美しさは、対岸の柳桜を混ぜた京都風の家並、背景の城山の茂み、錦川の澄んだ水流を合わせて生まれるという。空襲を免れた岩国は有数の城下町だが、射的場も猿の檻もなく遊覧地に入らず、安芸の宮島と抱き合わせで「その付録」みたいに扱われてきたという。しかし、全景をぱっと見た一瞬の眺めは近代感覚にうったえるらしく、小林秀雄は「いいね、文句はねえや」と「苦々しげに」言ったそうだ。また漫画家の清水崑《こん》は「これは小村雪岱《せったい》の景色だ」と、とっさに日本画を連想したという。

橋が流れた数日後に、英文学者で評論家でもある吉田健一、あの吉田茂の長男が現れたが、あいにく橋の景色の自慢はできない。しかし、水のおかげで「脂ののった鮎をふんだんに御馳走できた」ようだ。出水当時の黄濁から白濁に変わっていたが、吉田はその色を綺麗だとほめちぎり、ふだんの清冽な色をいくら説明しても納得しなかったという。その夜、酒を飲んでいるときに、土地の人からその水の色を「ささ濁り」と言うことを教わった。この場合の「ささ」は「少し」という意味だが、「笹の葉の裏白のように明るい色」なのだとある。

## 59　人間になりつつある動物

小林秀雄

同じく一九〇二年に東京神田に生まれた小林秀雄、父は日本ダイヤモンド社を創立。妹はのち漫画『のらくろ』の作者田河水泡、本名高見澤仲太郎の妻となる。日比谷高校の前身の府立一中で富永太郎、河上徹太郎を識り、東京帝大仏文科に進んで中原中也の恋人長谷川泰子と同棲、『中央公論』誌に『Xへの手紙』、『改造』誌に『様々なる意匠』を発表。さらに『モオツァルト』『ゴッホの手紙』『近代絵画』『考えるヒント』『本居宣長』などを執筆し、その深くえぐる洞察、切れ味鋭い論理、歯切れのよい文章で幅広い批評を展開し、文学のみならず音楽や美術、さらには思想をも含めて批評活動全体をリードする存在であった。作家の永井龍男と初めて会ったのは、文章心理学の祖、波多野完治の荻窪の自宅という。ちなみに、その波多野先生は自分が卒業論文で文体論に挑戦して以来わが終生の恩師でもあり、勤子《いそこ》夫人と勢い余って仲人まで務めてくださった。有名な古書店巌松堂《がんしょうどう》の坊っちゃんだったからだろう。永井とは小学校の同級生、小林とは府立一中で同級だったという不思議な縁によるらしい。

＊

例の雑誌連載の作家訪問シリーズの最終回として、一九七六年十月二十九日の午後、鎌倉雪の下の自宅にこの叡智を訪ねた。「陥穽《かんせい》」といった硬い語と「しみったれた」といった俗っぽい話しことばとが同居するような文章の意図という話題から入った。要するに、形式が整っていないわけだと応じ、こういう文章を書こうと思って書ける時代は終わった。僕らが文士になったころは、ことばが乱れていて、文章の形式も失われ、もう好き好きってことになる。『ゴッホの手紙』の具体例をあげて、作品の終わり方の意識を尋ねてみた。「君は未だ人間らしく行動する方を選ぶ事が出来る、と僕は思う。併《しか》し、果してその甲斐があるか」という総決算とも言うべきゴッホのことばで終わる。最後を締めるとか、逆にふくらみを持たせるとか、そのへんの意識は？と水を向けると、そこは意識する、文章は音楽と同じで、余韻が大事だ、文章はそこで終わるが、まだ生きているという感じがなくちゃ。文章には結論というものはない、終止符があるだけだ。こんなふうに、応答には一つ一つ教訓が入っている。

調子に乗って、若いころの文章には気負いが感じられる、激しい語調だとか、月並みならざる表現だとか、ともかく人を酔わせる文章だから、それにとり憑かれたエピゴーネンが現れるのは当然だが、文章だけ真似ようとするとたいてい失敗すると、文体の話に誘いこむと、自分のはいつもナチュラル、ただ言いたいことを言ったら、それが批評の形式をとった、真似する人には、言いたいことというのがない、と明快に解説したあと、自分の批評を読んでみても、褒めたときの文章のほうがいい、貶すときは分析ができて悪口を言うのだが、褒めるときには必ず感動がある、先ず感動がなきゃ、僕の批評はなかった、とふりかえる。

このへんまでは調子よく運んだが、最後に「日本語観」を尋ねてこっぴどく叱られた。「国語というものをそんなふうに問題にしちゃいけない、日本人にとって国語問題は外部にあるのではなく、僕らが国語の中にいる。肌で感ずるどころか、国語は僕らの肉体なんだ」、と声高に諭される。そこで、日本語を批判的に見ているわけでなく、関係詞がないとか、テンスが心理的だとか、正書法が確立していないとか、そういう日本語の特色は、論理を運ぶ上で具体的なご苦労があるかと思って伺ったまでですと弁明に努めた。すると、言語学者のやり方と、作家のやり方とは違うのはあたりまえ。僕らは国語という大河に流されながら、その源泉を感じたいと努力しているのだと、まあるく納めてくれた。

＊

インタビューが終わって雑談に入ってからも、さまざまな教訓を頂戴したが、一つだけ禁煙の話を紹介しよう。体のぐあいが悪く医者に行き、診察を待つ間もシガレットをくゆらせていたらしい。はたして診察を受けたら、おまえの体には酒よりもタバコがよくないと言われた。帰りに廊下を歩きかけたら、医者が「忘れ物だ」と呼びかける。見ると、さっきまで喫《す》っていた巻きたばこだ、あそれは忘れ物じゃなく、診察を受けてタバコが悪いと言われたので、禁煙しようと思って置いて来たのだと応じると、相手は「おまえはタバコから逃げる気か、タバコなんてものはライターとともに脇に置いておいて、いつでも喫えるようにしておいて、それで喫わないでいられないようじゃ、とてもやめられるものではない」、と説教されたという話だった。ちょうどそのころ、こちらもタバコを休んで一ヶ月ほどになると白状すると、タバコには二の字のジンクスがあって、辞めようと決心すると、まず二十分後に喫いたくなり、次に二時間後に猛烈に喫いたくなる。そこを通り過ぎると今度は二日後に我慢できなくなるが、二の字のジンクスもそこまでで、二ヵ月後というのはないから、そこまでくればもう大丈夫だと勇気づけてくれた。禁煙ならぬ休煙は、そのおかげでもう半世紀以上も続いている。

＊

『無常という事』にこうある。本居宣長の「古事記伝」を読んで感じたこととして、「解釈を拒絶して動じないものだけが美しい」、それが宣長の抱いた最も強い思想だ、解釈だらけの現代には一番秘められた思想だ、とある。それがきっかけになったのか、小林はある日、たまたま傍らにいた川端康成に、「生きている人間などというものは、どうも仕方のない代物だな。何を考えているのやら、何を言い出すのやら、仕出かすのやら、自分の事にせよ他人の事にせよ、解った例しがあったのか。鑑賞にも観察にも堪えない」と言い、「其処に行くと死んでしまった人間というものは大したものだ。何故、ああはっきりとしっかりとして来るんだろう。まさに人間の形をしているよ」と続けたらしい。そうして、「してみると、生きている人間とは、人間になりつつある一種の動物かな」と言っても、川端は笑って答えなかったそうだが、この一種の動物という考えが自分で気に入ったようである。

歴史には死人しか現れないから、みな「退《の》っ引きならぬ人間」の相、動じない美しい形だ。「思い出となれば、みんな美しく見えるとよく言うが、その意味をみんなが間違えている」として、「僕等が過去を飾り勝ちなのではない。過去の方で僕等に余計な思いをさせないだけ」なのだという。記憶するだけではなく、思い出さなくてはいけない。上手に思い出すのは難しいが、心を虚しくして思い出すことが大事なのだ。「過去から未来に向って飴の様に延びた時間という蒼ざめた思想から逃れる唯一の本当に有効なやり方」という。そうして、「現代人には、鎌倉時代の何処かのなま女房ほどにも、無常という事がわかっていない。常なるものを見失ったからである」として一編を結んでいる。

＊

もう一つ、『失敗』と題するエッセイを紹介しよう。そんな奥深い話ではなく、ほんとの失敗談儀である。「酒の上で失敗した話を書かなければならない事になった」と書き出しているから、雑誌か何かでそういう注文が舞い込んだのだろう。「失敗は各所で各様に演じて来たので、どれを書いたらいいか迷う」ほどらしい。それに、「そんな事を書かせられる事になろうとは夢にも思っていなかったので、書くのに都合のいい失敗もして来なかった」という。誰しもそうだろう。「過去に遡ると書くに忍びない様な奴が出てくるから」、「近頃の割合に穏健な失敗を書く」とことわっているが、読んでみると、とうてい「穏健」とはいえない出来事だから、あっけにとられる。

鎌倉駅のそばに、「東京で呑み足りなかった酔っぱらいが、終電車ではこぼれて来るのを待っている小料理屋がある」として、「おい、なんでえ、おでん屋の癖にいつも湯豆腐ばっかり食わせやがって」とぼやく。その店のおかみさんは、自分のことを「終電車」と呼び、特に好意を持っていないらしい。奥に引っ込んだ際に、勝手に冷蔵庫を開けて「たね」を持ち出し、みんなに寿司を握って食わせたそうだから、当然のことだろう。

二時ごろにその店を出て、へべれけになったまま、もう起きている店はないかと、知っている待合を叩いたが起きて来ない。なんでもこのへんにも一軒あったはずだと、勝手口らしいところをめちゃくちゃに叩いて、戸が開くと上がり込んだ。「遅くなって済まなかったな、何んにも要らない、二、三本呑んだら直ぐ帰る」と周囲を黙殺して呑みだしたが、何となく調子が変だ。念のために、ここは待合だろうねと聞くと、冗談じゃない、別荘の留守番だと言う。「平身低頭して、明日改めてお詫びに上る」と外に出て、どう帰ったのか記憶にないが、ともかく自分の家で眼を覚ましたという。

どこの家だったか、今もって不明だが、狭い土地だから、先方は自分を何度か見かけ、「さぞこの野郎と思って」いることだろう。こちらはまったく記憶にないのだから、その家にお詫びに行きようがなく、どうすることもできないという。仕方がないのだが、なんとも落ち着かない気分だろう。とても他人事とは思えない。

## 60　食事の場面は照れくさい

上林《かんばやし》　暁《あかつき》

同じく一九〇二年に高知県に小学校教員を父として長男に生まれた徳広巌城《とくひろいわき》は、県立三中時代に大正文学に興味を持ち、特に芥川龍之介に傾倒して作家を志す。熊本の五高に進み、校友会雑誌に応募して入選、戯曲に熱中。寮を出て上林町に下宿した縁で、のち筆名に用いる。東京帝大英文科に進み、卒業後、改造社に入社、編集部在職中、社員の執筆活動が禁じられていたため、上林暁の名で小説を書き、『新潮』誌に掲載。翌年、同誌に発表した『薔薇盗人』が川端康成に推賞され、出世作となる。妻が精神を病んで亡くなり、自身も脳出血に倒れるなどの不幸な生活を題材に執筆を続ける。『聖ヨハネ病院にて』『月魄《つきしろ》』『白い屋形船』『極楽寺門前』などの評価が高い。

*

『谷崎潤一郎と直木三十五』と題する文章は、上林が編集者として雑誌の創刊にかかわり、この両作家と初めて面会した折の相手のいでたちの話で始まる。暑い盛りで、「直木氏は白い猿股一つ、谷崎氏は白い褌一つ」で、雑誌記者生活の間でも、「奇観的な対照的印象」をとどめているという。直木は長編を書きに行った熱海から一枚も書けないで戻って来た日で、「午後の暑い陽が照り盛り」、槌の音が絶え間なく響いてきて、直木の神経が「刺《い》ら刺らと掻き立てられる」ように見えたという。柿を剝く女中を不調法だと叱りつける姿を見て、「暗い憂鬱に包まれ」、「虫歯の神経のように、全身の神経をむき出」しにして生活する直木の苦痛を思いやって心が暗く沈み、息苦しいほどだったらしい。「現代作家のうちで一番暗い作家だと感じ」て、もし先になって短編をお書きになるようなことがあれば、ぜひ自分の社のほうでよろしく、と脈をつないで帰ろうとすると、直木は「書くことはない」と吐き棄てるように言ったとある。「この素っ気なさ、この直情が」直木の場合は「愛想として世間に通用する」。そこに「非凡な風骨がある」と感じる上林もまた、後に作家となる気骨ある編集者であった、と思わずにはいられない。

＊

『甲州御坂峠』は井伏や太宰と連れ立って、上林がその地に実際に滞在した折の、対話がもとになった随筆である。「海抜千三百米、河口湖が眼下に見え、富士山が秀麗な姿で真正面に聳《そび》え、眺望絶佳」で、朝も晩も雲がなく、「一点非の打ちどころのない富士山の姿」なので感嘆していると、太宰は「毎日見ていると、やりきれなくなりますよ」と言う。言われてみると、そうかもしれない。「もう少し崩れた富士山の姿であったら、気安く親しめるであろうが、そこから見える富士山は、あまりに立派すぎて、かえって気が重くなるであろう」と上林も実感したらしい。一点非の打ちどころのない、あまりに整いすぎる美人に近づきにくい感じを受けるのとどこか似ているのかもしれない。わずかな欠点が人をほっとさせるのだろうか。いずれにしろ、凡庸な感覚ではない。

＊

『宇野さんを囲む会』では、宇野浩二を囲む会で出たモデル論議が考えさせる。モデルについてどこまでこだわるかという話題で、たとえば瀕死の重病人がいて、その人のことを書けば死ぬかもしれないというような場合、いい作品ができると思えば、ためらわずに書く、というのが宇野浩二の持論で、「作家魂の徹底していない」上林には「筋金を入れてもらった」感じだったそうだが、宇野としては「愛を以て書く以上は」という付帯条件がついているのであって、「対象に愛を以て向から以上は、モデルのことなど顧慮する必要はない」という考えなのだという。小説を書いていると、しばしばぶつかる問題なのだろう。

＊

『生れて初めての経験』から「入れ歯をすること」を取り上げよう。「子供の時分には、よその家の垣根の金網を嚙み切って、叱られた」ほど、歯に自信があったのに、その歯で苦労する話である。井伏鱒二、火野葦平《あしへい》らと荻窪で飲んでいるとき、意気投合して隣り合うことになった瞬間に歯が折れたという話である。卓を隔てて話していた漫画家の清水崑が席を変えて上林の隣にどかりと坐りこむ瞬間、清水のシャツが上林の「反っ歯」にひっかかった。翌朝、歯が痛むので歯医者に診てもらったら、折れていて抜くほかないという。またたく間に、歯かけになってしまった。あいにく、そのころ、終戦後初めての、久々の帰省という予定になっており、「父母から貰った歯を、酒の上で欠いて、歯かけになって帰るのでは、両親に合せる顔がない」と考え、早急に入れ歯を作った。

舌ざわりも違うし、ブラシでこすってもそこだけ手応えがない。それだけではなく、ある友人は「歯の欠けてた方が、愛嬌があってよかった」と言う。なるほどそういうものかもしれないと思う。「寸分の隙もなく、きちんと整っているよりも、どこかに欠けたところや抜けたところのある方が、愛嬌というものは生ずるものらしい」と悟った。さいわい入れ歯はよくできていて、ちょっと見ただけでは入れ歯には見えない。それをいいことに、郷里へ帰っても、入れ歯をしたことはおくびにも出さなかったという。

＊

『律儀な井伏鱒二』に移ろう。井伏が走って来るのを見た亀井勝一郎は「何か大きな円いものが転がって来るようだった」と評したとか、この作家は話題に事欠かない。上林と将棋を指したあと、ちょっと外に出ようと言えば酒場にきまっているらしい。自宅から出るときも「飲みに」とは言わず、「一寸散歩に出よう」と言うらしい。あるときは、「石鹸箱とタオルとを提げて」上林家に現れたこともあったという。家人のてまえ「一寸風呂に言って来る」と言って足をのばして来たと、上林は臆測する。

あるときは、上林が「井伏さん、僕は今日十四枚書いたんですよ」と得意げに言ったら、「君にそんなに書けるはずがない。ノンブルの打ち損いだろ」と相手にしなかったそうだ。単なる数え違いと反応せずに、とっさに「ノンブルの打ち損い」と日ごろの執筆活動をイメージ化したのは、さすが井伏だが、上林は、井伏はその日、「本日不漁」だったのではないかと解釈したらしい。

＊

『将棋名人戦』は、昔の木村名人が当時の塚田八段と名人戦を戦って破れ、名人の座から滑り落ちた、その名人戦の運命の一局が催された、まさにその対局室で、井伏と上林とが将棋を指すという催しがある雑誌社の企画で、実現した折の、上林の感想を記した文章である。井伏と向かい合いながら、「息づまるようであったにちがいない」名人戦当時の雰囲気を感じたらしい。「精神と精神が散らした火花が、まだその部屋に残っているような感じがしてならなかった」という。対局中に考えていたのは、自分もいつか機会があれば、「実際に名人戦を観て、精神と精神の戦いに触れたい」ということだったようだ。相手の井伏が何を考えていたのかはもちろん、その対局の勝敗についても一切ふれず、部屋の雰囲気に圧倒された感じで一文は消えてしまう。

＊

今度は、上林が病気をして酒を飲まないでいた日々に綴ったエッセイ『酒の卒業生は語る』『酒なき人生』をとりあげてみたい。「僕はもと大酒呑みだったが、今は一滴も飲まない。二年前に軽い脳溢血を患ってから、酒が怖くなったのである」という書き出しだけで事情はわかる。二日酔いで寝過ごし、「ビールを飲むと、胸がすうっと」するところから「向い酒」の味を覚え、朝っぱらから酒を飲むことを覚える。「酒は嫌いだが、酔ざめの水が好きなんだ」と言う友人もいるほどで、「ゴクゴクとのみ下した冷い酔ざめの水は、実にうまいものだった」とも思うが、自分が酒をやめてしまうと、昔の仲間が飲んでいるのを見ると間抜けに見えるという。

「酒を飲むのに時間を取られ、翌《あく》る日は二日酔いで時間を取られ」、いつも時間に追いたてられていたのに、今は時間がたっぷりある。大昔の酒仙、大伴旅人は、酒を飲まない人の顔は「猿にかも似る」と嘲っていて、自分も酒を飲まない人ほど退屈で間抜けなものはないと思っていたが、今はそれが逆で、酔払いくらい退屈で間抜けなものはないと思うようになり、酔払いの顔こそ「猿にかも似る」と嘲りたくなるというから、人間というものはわからない。その上林もたしか復活を遂げるはずだが、どちらにしろ猿に似ているのだから、さほど違わない。なんだか、鏡を見るのが怖くなってきた。

＊

今度は、上林の『聖ヨハネ病院にて』などの病妻ものを映画化した宇野重吉監督作品『あやに愛しき』に関する作者自身のエッセイを読んでみたい。なにしろ病妻ものというのは、「今は死んでいる私の妻の気の狂った生涯を書いた連作」で、子供たちにとっても、「母親のそういう惨めな姿が映画で生かされ、そしてその中には自分達の哀れな姿も当然出て来る」のだから、その気持ちも思いやられる。「田中絹代さんの扮した妻徳子は、亡妻の感じにそっくりだった」らしい。寝小便の場面など、映画では意外に笑いを誘う場面もあり、何よりも意外だったのは、セットの貧乏所帯が「実に立派な住居に見えることだった」という。

## 61 走者が砂を払う一瞬前

サトウハチロー

翌一九〇三年、少年小説『あゝ玉杯に花うけて』で名高い佐藤紅緑の長男として東京に生まれた佐藤八郎は、生後すぐ佐藤家に寄寓《きぐう》していた小説家・劇作家の真山青果に育てられ、小日向小学校に通う。同級生にのちに『姿三四郎』の作者となる富田常雄がいた。早稲田中学以下八つの学校を転々とし立教中学中退。詩人の福士幸次郎に預けられていたため、詩を書くようになり、福士の紹介状を持って西條八十の門を叩く。本名以外に山野三郎ほかさまざまなペンネームを用いたが、以後はサトウハチローで通した。詩集『爪色の雨』『いとしき泣きぼくろ』『おかあさん』のほか、「うれしいひなまつり」「ちいさい秋みつけた」などの童謡、「リンゴの唄」「長崎の鐘」「夢淡き東京」などの歌謡曲の作詞、『ユーモア艦隊』『ジロリンタン物語』『おさらい横町』『子守唄倶楽部』『露地裏善根帳』『愉快な溜息』ほかのユーモア小説など、多彩な執筆活動をくりひろげた。

＊

随筆集『昨日も今日も明日も』所載「野球さまざま譚」から始めよう。野球仲間の文士銘々伝《めいめいでん》のような内容もある。里見弴が一番打者を志願したから、相当の心得があると思っていたら、「ねえ、君、ピッチャーが投げるだろう、バッターは、その球がどの辺に来た時にバットを振ったらいいんだい」と質問する。振り遅れないように、三尺ほど前で球に当てるつもりで、と勘で答えると、その日、里見は四打数二安打だったという。その里見にホームスチールをやれと言われ、仕方なくキャッチャーに体当たりし、右手で足をすくってセーフになった。相手側から抗議されたが、知らん顔でベンチに引き揚げると、「ハチローの奴、けしからん」という声がする。見ると里見だ。あいう卑劣きわまるプレイはいかんと怒っている。酒の席で里見はコップを差し出し、「どんな手段を使っても勝つのはいいなア」と言い、「もうやるなよ、けれど勝つのはいいなア」と付言したという。

久米正雄という気の弱いキャプテンは、敵に文句をつけなければいけない時でも、味方をなだめると書き、「ことに僕をなだめる」と続ける。表面はいつもおだやかだが、そういう時に限って大物をかっとばすという。だから、久米が笑っている時は、実は怒っているのかもしれない、という見方もあるらしい。

映画こと活動の弁士あがりで漫談もこなす徳川夢声は、外野を守るときにグローブを二つ持って行く。なぜかと聞いたら、外野はくたびれるので、時々それを敷いて腰を下ろすのだという。野球の早慶戦のラジオ中継の折、「夕暮れ迫る神宮外苑の上空を烏が三羽ゆうゆうと飛んでおります」といった名文句を残したNHKの松内則三も参加したそうだが、マイクの前と実戦とでは勝手が違って三振。「ハクボがせまり、アンウンテイメイ」となって、何度目かのボックスから遠くの空を眺めても、「一羽のカラスもとんで来なかった」という。

『センチメンタル・スタンド』という文章に、ハチロー自身が野球の観戦中にセンチメントを感じる場面をいろいろあげている。「走者が二塁へすべりこむ。砂けむりが、陽炎《かげろう》を無視して、たちのぼる。セーフになった走者が、立ち上る。パンツについた泥を、手で払う、その一瞬前に」感じるという。「フレーフレー誰それと選手の名を呼んで、応援団が、しずまった時に」も、ホロリとするらしい。

*

『その頃の宵　この頃の夕』にはこうある。「浅草公園にたそがれがかかると、一番先に暮れて行くのは、仁王門の大提灯のふくらみだった」とあり、「どういうものか大提灯のふくらみからたそがれて行くのだ」とくり返される。詩人の繊細な感覚を思う。

三十四の時に芸者屋をしていたことがあると、その説明に入る。「隣りが、あんまさん、裏が五目の師匠、お向いが部屋が三つしかない待合」で、その芸者屋は「長火鉢に箪笥《たんす》、神棚、御神燈」のほか、ピアノがあったらしく、「ピアノのある芸者屋なんて、変な家はおそらく日本中に一軒もなかったろう」と書いてあるが、たしかにそのとおりだろう。そこへ玉川一郎が「八《や》ツ頭《がしら》をほうばった武田信玄みたいな顔をして来る。わが師匠西條八十《やそ》先生が、くたびれたきうりみたいな顔で来る」し、「狸のクンセイみたいな古賀政男」が来て、おまけに「女房がニコニコとして遊びに」来るので、芸者屋は一年足らずで解散したという。

「浅草は、憂い顔なスペードのクインである」とも書き、「誰がいたずらしたのか、おおきな泣きぼくろをつけたクインである。手垢と泪によごれた、デコレーションの上衣、指につまんだ造花の花も、バラやダリアやコスモスでなく、花片の散った牡丹。つぶやくともなく、人の気も知らないでを唄い、終りの方を、しゃくり上げながら、サノサ節で、泪をごまかすスペードのクインである」という。そうして、「浅草は、浅草でなければ、いけないのだ」として結ぶのである。

＊

次は『夢多き街』から。雲を見上げながら恋人に、「また来年ね」「きっとよ」と言う女の子に、「オジョウサン」と呼びかけ、「あなたは今年の雲が／来年も同じ形で／沖の空に浮かぶと思っておいでなのですか」と言いたくなる詩もある。また、「虹がうすれて行く時は／何か悲しい気がします」で始まり、同じ二行で終わる詩もある。どちらも詩人らしい感傷に思えるが、言われてみれば、読者も同じ思いにひたってしまう。

＊

『見たり聞いたりためしたり』から「割合にいい話」を紹介しよう。「焼けのこったビルヂングの横に、かけこむと、S巡査は、ズボンのボタンをはずした。青空が上にあり、ションは、気持よくほとばしる。S巡査は一寸いいキモチになった。と巡査は、もう一つのせせらぎの音に気がついた。ななめ後で、太った紳士がS巡査と、同じ作業を、いつのまに来たのか始めている」。S巡査はハッとし、紳士はにこりとした。S巡査はほっとして「残りを、ほとばしらせながら」、ベルギーのブリュッセルにこうした恰好の銅像があったと話しかけた。小便小僧のことらしい。今では、けしからんと法律で縛られ、犯罪者扱いにされかねない行為が、青空の下で展開する、こんなほのぼのとした美談となって現れるのが頬笑ましい。こういう大らかな時代が、気品はともかくこの国にもたしかにあったのだ。

しかも、その行為の主の一人は、本来なら注意する立場にある巡査なのだから驚く。ハチローも表現には気を配って、「ほとばしる」の主語を割愛し、その音を「せせらぎ」に喩え、行為を「作業」と曖昧にするなど、肝腎のことがらを巧みにぼかしている。そういうもってまわった詩人の手つきが、読者には滑稽に響く。それにしても、「太った紳士」とは誰だろう？　作者は一言もふれていない。しかし、そのすぐそばで「せせらぎ」の音を共演し、しかも、その折に発した巡査のことばを耳にすることのできた人物は、ごく限られている。

＊

最後に『落第坊主』と題する随筆集から、いくつか抜き書きしてみよう。近頃、ちょっとやそっとじゃ、手に入らないものとして「孫の手」があがっている。デパートで「孫の手はどこで売ってますか」と聞いたら、店員は「えっ？」「えっ？」と聞き返したあげく、「ございません」と応じたという。かわいい孫の手首から先を切り落として売っているとでも思ったのだろう。そういえば、近くのスーパーで「シナチク」はどこですかと尋ねたが通じない、とっさに「メンマ」と言い換えて用が足りた体験がある。「支那竹」に国の名がしのびこんでいることをうっかりしていたのだ。ハチローは味のある品物が次々に失われてゆく現象を嘆き、お茶までティーバッグになり、鮨屋で「あんな変なものを使うようなことは、ぜったいにしねえようにタノムゼと今から釘を刺しておく」と書いているが、さて、最近の鮨屋はどうなのか知らん？

昔は、足駄や日和下駄《ひよりげた》の歯が擦り切れると、新しい歯を入れてくれた。むしろの上にあぐらをかき、鑿《のみ》で歯を削るときにあぐらの中にかんな屑がとぶのを、子供のハチローは飽きもせずに眺めていたという。春はそのかんな屑の上に陽炎がはずんでいたとある。一仕事終えると、下駄をポンポンポンと叩く。その鼓のような音を「肩にのっけて」横町で遊んでいた。夜になると甘酒屋や稲荷ずしを触れ歩く売り声に「ほのかな哀愁が漂って」いたと書き、町の中に雑音というものがなく、それらの音が気持ちよく響いてくる。昔の澄んでいた美しい空気を懐かしんでいるところで、しみじみとした回顧談は幕が下りる。

もうひとつ、「母が残していったもの」にふれておこう。「母の日には／古いつりランプに灯をともす……黄ばんでしまった紙の笠が／昔とおんなじ影をおとす／それがなんともいえないうれしさ」といった詩を引用し「この夜だけは／盃に唇をふれず／母が好きだった番茶をする」そして「この日だけは／そういうボクでいたいのです」と結んで短いエッセイに入る。

「親不孝の見本みたいな子ども」だっただけに、今からでもお詫びがしたいという気持ちで、一日だけ「いい子」になるようだ。母の使っていたものや、母が買ってくれたものは、ふしぎに震災にも戦災にも焼けないで残っているという。兵児帯《へこおび》も「母がへそくりで買ってくれた縮緬《ちりめん》のしぼりの帯」で、ぼろぼろになりかけても箪笥の片隅に入っている。母が嫁入りのときに持ってきたという「蒔絵《まきえ》の手文庫」も残っていて、「母や姉の写真とボクのへその緒」が入っているらしい。「手文庫を開くと／なつかしい匂いといっしょに昔の唄がきこえる」という。だが、長くは開けておかない、「五分もあけておくと／涙になるから」とある。ハチローは五月の生まれで、「たけのこごはんが　姿を消すと／豆のごはんが　顔を出す／どっちのごはんの　上にも／かあさんが　ぷっくぷっくと顔を出す」。そうして、「ことしも五月が来ます。折り紙で母に教わったカブトでも折って、机の上にならべましょうか」と文章を結ぶ。読者の心もはるかな昔に向かい、忘れていた童心を思い出す。

## 62　随時小酌　　林芙美子

同じく一九〇三年、下関または門司に、林キクの私生児（相手ははるか年下の愛媛県人）として生まれたフミコは、小学校七箇所を転々とした後、尾道高等女学校に進学して文学書にひたる。女中、売り子、事務員、女給などをしながら、壺井繁治、平林たい子らと交わり詩作にふけったが、宇野浩二に小説作法を教えられ、徳田秋声を訪問したあたりから次第に小説へと向かう。林芙美子名で『放浪記』『風琴と魚の町』『晩菊』『浮雲』などを発表し、朝日新聞に『めし』を連載中に死去。

＊

『涼しき隠れ家』は、「われ、涼しき隠れ家の中に進み入れば、果実の匂いのいかに清涼に清涼なる、思わずためらいて耳を澄ます」というノワイエ夫人の詩の一節を引用して始まる。深夜に執筆する習慣があるため、「誰も彼も寝静まっている家の片隅で、自分のペンの音だけに耳をかたむけていると、何となく侘しくな」り、それが「ひどく老人くさ」く思えていらいらし、筆が運ばなくなることもある。「ペンを置いて瞼を閉じる」と、「洋灯《ランプ》の芯の燃えるジイジイジ……という音がしている」。

窓を開けてみると、夜明けが近いらしい。「もう小鳥達は起きる仕度なぞして、書斎の軒下でピチピチおしゃべりしている」。窓の下には「隣家からアカシアの大きな樹が伸び」てきて、「雨が降ると、夜中ザワザワと濡れていて、たった一人起きて仕事している私と相似た姿に思え」るという。

＊

もう一編、『ある一頁』を読んでみよう。「酒に呑まれてしまって、不断のたしなみを忘れてしまうような荒《す》さびた酒は感心しない」。「酒を呑んでトウゼンとなりまなこを閉じると大黒様のような顔や、サンタクロースのような顔が浮んで来るようになるのが好きだ」とあり、「ほろ酔いの人生」という活動（写真）のタイトルを思い出す。そして、「小酌《こじゃく》の気分のなかには心を染めるようなよいものがある」と筆を進める。

一人で浅草に出かけたところ、店の看板に「随時小酌」ということばを見つけ、それ以来、大切なことばとして「肝に銘じている」という。酒は「随時小酌」に限る。「酔った気分というのは、酒を呑んだ後ではなくて、呑む前の気持ちがいいのだ」とある。そうして、「酒をすこしも呑まない女のひとが、酒の座でトウゼンとした顔をしているのは仲々いいものだと思う」ともあって、その美意識に恐れ入る。

そういう目利きが、「ウイスキーがいいとか、葡萄酒がいいとか」よく聞くが、「洋酒の酔いざめはすこしかさかさしている」、その点、「唇に結ぶと淡くとけて舌へ浸みて行く」「日本酒の味は一つの芸術」で、「千も万もいいつくせない風趣がある」という。特に、「秋から冬へかけての日本酒の味は素敵」で、「肴は何もいらない。へたになまぐさいものを前へ置くと盃がねばってしまう」とあるあたり、本格的な酒仙の風格を漂わせる。

# 63　家族のダンテ

草野心平

やはり一九〇三年、福島県に小地主の次男として生まれた草野心平は、磐城中学から慶応普通部に進むが、中国に渡り嶺南大学に学ぶ。香港でタゴールに会い感銘を受けたらしい。山村暮鳥に会い、謄写版《とうしゃばん》刷りの詩集を出す。宮沢賢治、高村光太郎、伊藤信吉、萩原朔太郎らと交流があり、詩作を続ける一方、生活のために職を転々、焼き鳥屋を開いたりもした。定本『蛙』など蛙の詩人として知られるが、『富士山』の連作もある。

＊

ここでは、『動物同棲』と題する随筆をとりあげる。「一昨日からダンが私たちの家族の一員となった」という一行段落で始まる。「ダン」が何者かという説明が一切ないまま、石神井田圃を歩いて久しぶりに小説家の檀君の家を訪ね、玄関に上がる前に、鵞鳥《がちょう》や軍鶏《しゃも》のようすを見に庭に入ると、物置から猫が飛び出し、続いて「痩せた犬が尻っぽをふりながら出てきて私の手をなめた」という。この犬ずいぶん痩せているねと声をかけると、太郎が拾ってきたんだと応じた。ビールを飲んだりして帰ろうと外へ出ると、寝ころんでいた犬が起き上がって尻尾を振る。抱き上げると実に軽い。太郎がいやだと言ったら返すという約束でもらってくると、家ではみんなが歓迎した。そこで早速この犬に名前をつけることになり、「詩人の名前を探そうというところまでせりあがっていって最後にダンテ」に落ち着いた。それを呼びやすいように「ダン」と縮めた。太郎君がさびしがり、明日あたり迎えに来そうな気もするが、「檀《ダン》」という名前にしちゃったと言えば、「檀一雄は例の台風じみた笑いを爆発させながら太郎君をなだめるかもしれない」、そんな魂胆も働いたそうだ。

福島の郷里で山羊を飼った時、玄関の板の間に置くと「ぴょこんと畳にあがってくる」。縛っておくと、あのうら悲しい声で啼くので「囲炉裏ばたにつれてきて、胡坐《あぐら》のなかに入れる」とすやや寝入るのだが、しばらくすると「内股がぬうっとあったかくなる」。小便なので腹を立てて玄関にしばりつけると、またあの鳴き声。やむなくまた胡坐の中に入れて本を読んでいると、今度は「クレオソートのような丸薬が股の間にこぼれおちる」。

鯉を飼い、それから鰻、雷魚、川えび、鮒などを飼い、「西洋式便所に腰かけたまま、それらの魚を眺めるのが、毎朝の日課にいつのまにかなっていた」という。中国人は鰻を食わない、という話も載っている。「水面に泡を出すのは、念仏を唱えているのだという一部の伝説から、鰻などを魚のなかの仏者とみなしている」という話もある。

雉《きじ》については、「脳膜炎にでもなって馬鹿にならなければ人には馴れない。そうっと書斎のドアをあけると、大概は書棚のてっぺんにじっとしていて、浮世絵のような顔をこっちに向ける」と動物批評をくりひろげた最後に、犬を飼うことになった話に戻り、「ほろ酔いの加減だったか魔がさした」か、理屈はともかく、「ダンの運命はきまった」とし、「ダンダン、私が呼ぶとダンは境内から駈けてきてピョコンと座敷にあがってきた。よく見ると小林秀雄の顔に似たところがあ」り、なぜか「困った」と書いて一編を結ぶ。

## 64 指が痒くても

森茉莉

やはり同じ一九〇三年に、東京千駄木に生まれた森茉莉は、森鷗外と二度目の妻志げとの長女。仏文学者山田珠樹と結婚し、仏英独に遊ぶも離婚。のち東北帝大教授佐藤彰と再婚し仙台に住むも離婚。室生犀星に師事し回想的随筆『父の帽子』を刊行。父の深い愛に包まれて育った幼児性のために世間とぎくしゃくする面もあったようだが、幻想的な作風が独特の雰囲気を漂わせる。身辺に取材した『贅沢貧乏』、小説『恋人たちの森』『甘い蜜の部屋』を発表。ほかに『貧乏サヴァラン』『気違いマリア』『記憶の絵』などがある。

＊

『ベスト・オブ・ドッキリチャンネル』に、夫と共にヨーロッパへと旅立つ娘を見送った鷗外が、「一生の中で一番楽しい刻《とき》だ。俺の体が弱ったことを報《し》らせるな。危篤になっても報らせるな、死んだという電報も打つな」と、茉莉の母親に厳命したことが記されている。とかく厳格な人物と見られる森鷗外の、だからこそ断行できた配慮だったろうか。

＊

次に『ほんものの贅沢』を紹介しよう。「本物」の反対は「贋物」だ。このエッセイも、現代は「贋もの贅沢」の時代らしい、そんな痛烈な批判で始まる。電気冷蔵庫、クーラー、電気洗濯機、剃刀《かみそり》も、御飯を炊く釜も、紅茶の薬缶《やかん》も電気仕掛け。テレビも各部屋にある。犬はポメラニアンかコッカ・スパニエル、猫はペルシャかシャム。そうして、クーラーも戸外より低くして湿気をなくす。「人間が牛肉やハム並みに冷蔵庫に入っているなんて狂気の沙汰」と、胸のすくような展開で、たしかに脚気《かっけ》や神経痛にも悪そうだ。

しかし著者は、贅沢そのものがいけないと言っているのではない。むしろ、「贅沢を悪いことだと思っている人間の中に本当の贅沢はあり得ない」というのだ。ほんとに贅沢な奥さんは、一番いい着物で銀座を歩いたりはしない、近所の散歩の延長だから、お招《よ》ばれの時のようななりで出かける必要はないという。「隣の真似をしてセドリックで旅行するよりも、家にいて沢庵で湯づけをたべる方が贅沢」なのは千利休に訊くまでもない。「中身の心持が贅沢で、月給の中で楽々と買った木綿の洋服を着ているお嬢さんは貧乏臭くなくて立派に贅沢である」という精神論が骨格となっている。

＊

次は『ダイアモンド』をとりあげる。大昔、ロシア革命でロマノフ王朝が崩壊し、宮廷に仕える人びとの持っていた宝石類も大量に人手に渡る。その一つを森茉莉の母親がその父から贈られ、やがて茉莉自身の所有となる。暗く冷たく光る微かに淡黄色のその石が好きで、よく指に嵌めて見入っていたという。ところが、そのダイヤモンドが「指の上で耀く機会は」ごくわずかだったらしい。終戦後に一文無しとなり、とうとうそれまで手放してしまったからだ。「虚栄心はあって、それを嵌めて歩くのはうれしかった」のだが、「出かける時に嵌めるのを忘れる時が多」く、また、「嵌めていると指の根が擽《くすぐ》ったくなる」こともあり、「指の上で耀く機会は全くわずかだった」という。戦後に「売る運命だと知っていたら、もっと忘れずに方々に嵌めて行けばよかった。痒くなっても我慢して嵌めていて、自慢すればよかった」と後悔するのだが、人生そういうものかもしれない。

＊

『写真』に移ろう。「写真の科学現象を疑っている」という。自分の顔が「十五、六歳までは実物と同じ人間だということを誰も信じないほどの美人に写ったのが、現在では妖婆にうつる」からだという。悲哀を感じるのは、その写真を見る人が誰も驚かず、よく撮れているとか、お若く撮れているとかと祝福されるときらしい。そうして、「悪く写るという恐怖が悪く写る原因らしく、知らないでいるところを撮った写真は四十位の可愛らしいばあさんである」と結ぶあたりは、読者にも参考になるかもしれない。

＊

『貧乏サヴァラン』に、こんな執筆風景が紹介される。「マリアは毎晩徹夜で原稿を書いているようにみえるが、大抵の夜は睡《ねむ》っては目醒めて冷紅茶をのみ、満四つの子供が書いたような字を三つ位書いて又眠り、又目を醒まして冷紅茶、という、電燈も、冷紅茶も、何のためかわからない」と、その怠けぶりをおおげさに表現し、「それでは昼間は原稿を書くのかというと、昼間も大同小異である」と続ける。これを真に受けると、早朝にでも猛烈な勢いで執筆しないと、とてもこんな何冊もの著書が出せせない。

＊

『味の記憶』では、「私はそう困った家で育ったわけでもないので、品の悪い事はしないが、大体、貰うものは何でも大喜びで貰い」と書き、「一応、辞退はするが」と註釈をつけ、「辞退するそばから、顔が笑ってしまうのにいつも困っている」と白状する。それなのに、「人に遭る時にはいつも心の中に、ひそかに抵抗がある」という。人間誰しもそうだろうと、どちらの気持ちもよくわかるだけに可笑しい。正直な人らしい。

## 65　眩しい光線がたらたらと　深田久弥

同じく一九〇三年に生まれた作家として、もう一人、山岳紀行家として知られる深田久弥にふれたい。石川県に生まれ、福井中学から旧制一高を経て東京大学哲学科に進み、児童文学の福田清人らと『新思潮』を出し、作品を発表して横光・川端に認められる。かたわら改造社の編集部に勤務し、『オロッコの娘』が好評を得て大学を中退、作家生活に入る。随筆紀行集『わが山山』『山頂山麓』『日本百名山』『ヒマラヤの高峰』などを残し、日本山岳会副会長在任中に茅ヶ岳付近で脳卒中のため急逝。

＊

『わが愛する山々』から、まずは「九重山」。「ゆるい傾斜を登って、九州本島最高地点の頂上」に立つと、「九重山を形作っている近くの峰々はすべて」見ることができ、地形が複雑なため、

「うっかりすると方角を「見紛《みまが》うてしまう」」。途中で出会う重装備の女性の一人が「あら深田久弥さん」と叫んだので面食らった。「先日八幡の講演会でお眼にかかった者です」と言う。その会が終わって、会場の後ろの薄暗いところで、聴衆が退場するのを待っていると、つかつかと寄って来て「先生、握手して下さい」と言う女性がいた。男として当然うぬぼれ、「思い出としてそれを胸に秘めていた」。その相手だったのだ。ここまではよかったが、あとがよくない。その女性は「私は握手のコレクションをしていますの」と言う。なんだ、コレクションの一つだったのか。とたんに、淡いほのぼのとした思い出は色褪せたことだろう。

次に「天城山」へと飛ぼう。「侘しく飯盒《はんごう》のめしを食い、真っくらな部屋に帰って、借りた毛布をかぶ」って寝た翌朝、ロッジを飛び出すと、目の前に「大きく遠笠山が立ちはだかっている。これが最初の目標だ」。深田は、何ごとも近道というものを好まないという。その例として「フランス語捷径《しょうけい》」という語学書をあげるのには笑ってしまう。だが、この日は寝過ごしたのを取り戻そうと、その主義に反して近道をし、ほどなく「上半身真っ白になった富士山が、裾を靄《もや》にボカして浮かんで」いる姿をとらえる。その富士を見るたびに深田は「偉大なる通俗」という気がするという。「どんな山にも一癖あって、それが個性的な魅力をなしている」ものだが、富士の場合は平凡でただ大きい。小天才たちが「俗物め！」と「口惜しがっても、結局その包容性にはかなわない」という。

その富士、「白峰三山」ではこう描かれる。「明け方小屋の窓から、一点の雲もつけない富士山の大きなシルエットが眺められた」とあり、周りの山がすべて静かに眠っている間に、富士の空から

「夜が白んで」大菩薩嶺のあたりから「金色の円盤をしずしずと浮き上らせて」、太陽が「眩しい光線がたらたらと手前の暁闇の山並みを伝って流れて」くる。その「無垢の太陽が今日一日の晴天を予約してくれる」、というのである。それが「偉大なる通俗」のスケールを物語るのだろう。

## 66 蕎麦がうまいからといって　木山捷平

翌一九〇四年、岡山県笠岡あたりに生まれた木山捷平は旧制中学のころから文学にのめりこみ、樹山宵平のペンネームを用いて詩歌を投稿していたという。早稲田の文科に進みたかったが、父の反対で断念し、姫路師範に入る。小学校で教鞭をとりながら詩作に励んだあと、上京して東洋大学に進み、詩誌に発表、同人に草野心平ら。「海豹」の同人となってから井伏鱒二、尾崎一雄、太宰治らを識る。『河骨《こうほね》』で小説家デビューを果たし、戦時中に満州を旅行して『大陸の細道』『長春五馬路《ウーマロ》』の材料となる。ほかに『耳学問』『茶の木』など。野趣あふれる風景、ユーモアの底に哀感をにじませる作風が高く評価される。

＊

『文壇交友抄』から始める。最初は伊馬春部。「人格円満でも怪我は別物」、銀座のバーの階段からひっくりころげて骨折したと聞いて、骨折の先輩として「泣き面を見てやろうと」出かけたら、「先生案外けろりとしている」。そして当の病人が、「棚にウイスキーと日本酒とビールと、それからくだものジュースも入っているから、何でも好きなものを出して飲んでくれ」と言う。「病人の見舞に来て酒を飲むのもどうかと思った」まではまともだが、「ウイスキーを出して飲むことにした」と続くから、さすがである。

尾籠《びろう》な話もある。檀一雄が排泄したくなって公園までもたないとレストランに飛び込んだが、トイレに駆け込まず、「ライスカレーとビールを注文」、十五分ほどでカレーが運ばれてきたが席を立たず、カレーを肴にビールを二本たいらげてから、ようやく椅子を立ったという。「調法な尻だと感心した」が、駅の有料便所の千倍は支払ったことになるらしい。

もう一つ、青森県知事の語った逸話。太宰が金を貸せと言ってきた折、「郷里の新聞で懸賞小説を募集しているから、原稿を書いてよこせ、書いてくれれば当選させてやると返事を出した」ところ、「本名では照れくさかったと見え、へんてこなペンネーム」を使用して送って来た。「当選させてやると、よろこんで、以後太宰治のペンネームを大っぴらにつかいだした」という話だったそうだ。

＊

次は『酒中日記』から。三好達治の三周忌に偲ぶ会があり、会が終わってから、庄野潤三、森茉莉、萩原朔太郎の長女の葉子らと、達治の馴染みの店だった渋谷道玄坂の六兵衛ずしに繰り込んだ折、「女性がそばにいると見栄を張りたがる」木山捷平が、「三好達治の勘定はまだ残っていない？」と店の親父に訊いたという。もしも残っていたら、それを自分が払ってやって、いいところを見せようと考えたのかもしれない。ところが、「亡くなる三日前の晩に、きれいにすまして行かれました」と言う。木山の恰好をつける場が失われた可笑しみとともに、三好という人間のみごとさが心に残るエッセイだ。

*

次に、『自画像』と題するユニークな一編を紹介しよう。素人写真と称する一枚を掲げて、エッセイは、実物は「もっともっと男もよく、肉附《にくづき》もよい」、「何分素人写真師の事とて至って不出来」だと強調して始まる。さて「自画像」とは何だろうと、手元の辞典を引いても出て来ない。たぶん「自分で自分を描いたもの」という意味だろうと考える。そこから意外な発想を思いつく。「自画像」というと、たいていその人の顔が描かれているが、なぜ「その人の臍《へそ》であったり、足の裏であったりしたらいけないものだろうか」と考えるに至るのである。

「癇癪玉《かんしゃくだま》の父に土蔵の中」に入れられ、「泣きながらも、暗い土蔵の隙間から洩れて来る光を玩《もてあそ》んだり」した記憶。今でも「小さくて弱い、少しばかりさびしいような影を持って」いるという。それが自分の「お臍」であり、自画像のような気がするという。だから、今でも東京郊外の四畳半に住み、「カフェーに入ってコーヒーやカクテルを楽しむようなハイカラな事」と縁がなく、「番茶で沢庵を噛《かじ》っている方がたのしみ」なのだという。

＊

『ふるさとの味』に桃の食べ方が書いてある。岡山県の出身だけに、体にしみついているのだろう。「桃は熟すると木からおちるが、その木から落ちる寸前、プーンとあまったるい芳香を放っているやつを枝からもぎとって、うぶ毛のはえた、皮をクルクルッとむきとり、おつゆを地べたにたらたらたらしながら、食べるに限る」と、いかにも旨そうに描写し、それと対照的に、「金のナイフでむいて、銀のフォークでさして食べる形式なんか、ヤボの骨頂のように思われる」ときめつける。一読して、まるでザマー・ミロといった書き方に感じるのは、読む側の品性が疑われそうだが、そんなことはどうでもいい。ともかく旨そうでたまらない。

＊

『長門湯本温泉』にも、いかにも木山らしい逸話が登場する。「生うに、鯛のさしみ、アワビのつくり、エビのてんぷら、タコの酢のもの、アユの塩焼、山芋のとろろ」と、宿の料理を列挙してあるのは例のとおりで、記憶力のいいのに驚く。温泉権を持っている寺院は日本で二つだけだという、その一つの大寧寺を訪ねると「三十恰好の尼さん」が出てきて、大内義隆の墓を案内してくれた。

急な坂道で、石段に落葉がたまって「雅趣をそえてい」る。尼さんは人手が足りなくて掃除も行き届かないと恐縮する。すると木山はなんと、「ぼくは行き届かない方が却って好きですよ」と応じたらしい。「自然のままのほうがかえって風情がある」とか何とか、ものには言いようがあるだろうと読者は考えるが、ぶしつけにも「行き届かない」という先方の謙遜のことばを、そのまま事実として認め、そのほうが自分は好きだと答えているわけだから、もともと無理な、奇妙なお世辞なのだ。が、そのほうがかえって心がこもっているように響くのか、不思議に相手を怒らせない。不器用な言い方から、人柄が伝わるせいかもしれない。

*

最後に、一九三二年から一九六八年八月二十三日の死去に至る日記、『酔いざめ日記』のいくつかを拾い読みして結ぼう。一九三五年三月十七日、「太宰治のペンネームで文壇に乗り出した……津島修吉……井伏鱒二氏と横浜へ遊びに行った帰路、桜木町駅から飄然《ひょうぜん》と姿を消したので、十六日夜井伏氏は杉並署へ捜索願を出した。同君は芥川龍之介氏を崇拝して居り或は死を選ぶのではないかと友人は心痛」と新聞発表あり。一九四五年三月十日、「俺はのんでのんで死ぬるぞ。お前なんかナマイキなことばかし言って俺を苦しめたな。そうでもないか。お前は亭主おもいだからなあ」。一九五六年九月二十四日、平野謙の文芸時評に、木山捷平『耳学問』は「作者の持ち味を生かしたオットリした小説」「ソ連軍進駐当時の大混乱もこの作者の手にかかると、へんにユーモラスな日常茶飯事みたいに見えてくるのが妙」で、「かまびすしい日ソ交渉のニュースの中にこのささやかな作品をすえてみると、その周囲だけ空気が静かにすんできて、ああ、これが小説作品なんだな、と改めて読者も納得」云々の評を読みながら「今日ほど心たのしいことはない」と記す。

一九五九年四月三十日、「永井荷風急死」「死体は南向きうつぶせ、紺の背広、コゲ茶のズボンをはき、頭にコゲ茶のマフラーを巻いていた」云々の東京新聞の記事を記し、「孤独をたのしんだ晩年で、人間ぎらいは有名……いつも大金をボストンバッグに入れて持ち歩いていた」と解説したあと、「父と同年であったことで感慨無量」と添える。一九六〇年六月十七日、「自転車で吉祥寺に出る途中、八幡前交番十字路で横断。オートバイ三十キロにて走り来り怪我……警察より救急車にて寿美病院へ運ばれた……スネの骨二本折れている」。

一九六一年六月十九日、「桜桃忌。三鷹禅林寺にて。十四回忌」と書き出している。作品「桜桃」にちなんで名づけられた太宰治の命日の催し。「年々盛大になっているが、昔の阿佐ヶ谷会の井伏氏他の不参加」とあり、「何となく賑々《にぎにぎ》しい会であったが、小生は心にぴったりしないものがあった」と記している。最後の一九六八年の日記はやはり病気関連の記述が多い。いくつかを抜書きしておく。五月三日の分に、「妻の言葉の中に「肝臓、その他に転移していないので手術が出来る」云々――ひどい言葉だ！　泣くにも泣けないほど悲しかった。怒鳴りちらした。茶碗も投げつけてやった……」とある。七月二十一日の分に「珍品松たけを早速、汁にしてくれたが、口から入れて、香りと味をかむだけ」。八月五日の分には「胆嚢《たんのう》を除去したものが、何故その検査の必要があるのか。無いものを検査するというわけがない」。八月九日の分には「中山教授（当時、東京女子医大の教授で癌の手術で高名）回診は一秒くらい」などの記述あり。

## 67　遠い風景　　佐多稲子

同じ一九〇四年に佐賀の県立中学の生徒と同じく女学校の生徒との子として誕生した佐多稲子、本名イネは、祖母の弟の長女として届けられ、長崎市の小学校に入学。実父が三菱造船所を退職して上京し、弟とともに本所向島に住む。その叔父が早稲田大学在学中で島村抱月の芸術座に関係していたという。父に職がなく貧窮のどん底にあったため、稲子は小学校を中途退学して働きに出た。文学活動をしていた青年たちと出会い、中野重治らのグループに近づき、その一人窪川鶴次郎と結婚後、詩を発表。左翼運動に近づいて『キャラメル工場から』を発表し、小説家として出発。夫との亀裂を描いた『くれない』のほか、『樹影』『私の東京地図』『渓流』などがある。

＊

作家としての見る力を示した随筆『秋の風景画』をとりあげる。夕方の静かな田園を走る汽車の窓から景色を眺めているスケッチである。「木々に映えている太陽は、きらめきを無くし、ただまっ黄色な色彩となっている」とか、「波形に先き へ先きへと流れてゆく柔かな稲のうねりを見ていると、風の足跡がはっきり見え」るとか、まさにスケッチの連続だ。

その一つ、小さな森に弔いらしい動きを見つける。「まるで海の中にぽつんと出来た島でもあるように、何本かの松の木が肩を寄せ合うような恰好で円をつくっているその森の中に、十人ばかりの子供もまじった男女が白い提灯を持って並んで」いる。「松の木の下に墓があって、その前うしろにも人が立って」何かしているようだが、その「表情までは汽車の窓からは見えないので、悲哀や、愛情の、葬式に伴う人間の感情は伝わって来ない」と、あくまで観察に徹する。そうして、「声や表情の伝わってこない、森の中に死人を葬《とむら》う人間たちの動作は、黄色い夕陽のいっぱい当っている田圃の中では一種の遠い風景に見えた」という。感情という存在を深く考えさせる神秘的なスケッチだろう。

## 68 樹下思惟

堀辰雄

同じく一九〇四年、堀辰雄は生後すぐ、東京麹町平河町の裁判所に勤務する堀家の嫡男《ちゃくなん》となる。旧制一高で生涯の親友となる神西清に出会う。同期に小林秀雄、深田久弥。東京帝大国文科で萩原朔太郎、中野重治と交流。『ルウベンスの偽画』を発表後、喀血《かっけつ》して長い療養生活が始まる。長野県の富士見療養所に入院後、軽井沢に滞在し『美しい村』を発表。のちの『風立ちぬ』のモデルとなる矢野綾子と知り合って婚約するも、やがて死別。『かげろふの日記』を発表後、続編の構想を練っている折に宿泊中の追分油屋旅館の火災でノート類を焼失。「死のかげの谷」を含む『風立ちぬ』全編を完結。追分で知り合った加藤多恵子と新居を構える。ほかに『菜穂子』や長編随筆『大和路・信濃路』がある。後輩詩人立原道造を育て、中村真一郎、福永武彦らの活躍の場もつくった。

＊

『辛夷《こぶし》の花』から始めよう。「春の奈良へいって、馬酔木《あしび》の花ざかりを見ようとおもって、途中、木曾地をまわってきたら、おもいがけず吹雪に遭いました」。宿で貰った絵はがきにそんなことばを並べながら、汽車の窓から猛烈に雪の降っている木曾の谷を眺めていると、雪の勢いが衰え、薄日のようなものが車内にさしこむ。「その日ざしを慕うように」乗客が向こう側の座席に移るが、自分だけ強情に木曾の谷を見ながらがんばっていた。

すると、「向うの山に白い花がさいていたぞ。なんの花けえ?」「あれは辛夷の花だで」という夫婦のやりとりが聞こえ、急いで振り返って身を乗り出すようにして、その辛夷の花を探したが見えない。相変わらず本ばかり読んでいる妻に、「たまには山の景色でも見ろよ」と声をかけ、辛夷の木の白い花を眺めながら「旅のあわれを味」わおうとした。すると、「あら、あれをごらんにならなかったの。あんなにいくつも咲いていたのに」という意外な反応。そこで探すのは諦め、「とうとうこの目で見られなかった、雪国の春にまっさきに咲くというその辛夷の花が、いま、どこぞの山の端にくっきりと立っている姿を、ただ、心のうちに浮べていた」という。そうして、「そのまっしろい花からは、いましがたの雪が解けながら、その花の雫のようにぽたぽたと落ちているにちがいなかった」として、そのイメージとともに一編を結ぶ。

＊

『大和路・信濃路』のうち「樹下」という随筆は「その藁屋根の古い寺の、木ぶかい墓地へゆく小径のかたわらに、一体の小さな苔蒸した石仏が、笹むらのなかに何かしおらしい姿で、ちらちらと木洩れ日に光って見えている」という一文で始まる。しばらく後に、「或る秋の日にひとりで心ゆくまで拝してきた中宮寺の観音像」を眺めていると、「太子が樹下で思惟三昧《しいざんまい》の境にはいられると、その樹がおのずから枝を曲げて、その太子のうえに蔭をつくったという奇蹟」が思われることが記されている。そうして、あれはいったい何の樹だったのだろうかと思いながら、「ふと樹下思惟という言葉を、その言葉のもつ云いしれずなつかしい心像を、身にひしひしと感じた」とあり、「それはあの笹むらのなかに小さな頭を傾《かし》げていた石仏だったろうか？　それとも、それに見入りながらその怪しげな思惟像をとおしてはるか彼方のものに心を惹かれていた私」だったかと考えるのだ。

＊

『詩人も計算する』という文章に、「詩が生れるのは、一種の発刊作用だ。あらゆる精神上の散歩、スポオツ、格闘などがそういう汗をかかせる。詩とは汗だ」と書き、「だが、小説を書くには、それだけでは充分ではない。それにはもっと複雑な精神作用が」と続け、「百パアセントの虚構が必要だ」と、詩との違いを強調する。そうして、よい小説とは、いわば「嘘から出た真実《まこと》」だという。そのため、真の小説家は、「真実を語るため虚偽を使用する」。その反対に、「虚偽を真実のように見せかけて言う奴は、もっとも悪い小説家」であり、「小説家は命がけで嘘をつくべし」と結論する。明快な論理に見えるが、「詩」と「小説」との関係はもっと微妙で、対象に向かう作者の気持ちのあり方なども奥深くかかわっていそうな気もする。

*

最後に、『五つの書物』のうち「絵本」にふれておこう。小林秀雄が永井龍男に、志賀直哉を読むかと問い、好きだと答えると、佐藤春夫は?と重ねて問い、永井はああいうのも好きと応じた逸話から始まる。志賀と佐藤という、陰と陽のように相反する極を接触させて新しい火花を散らすのが自分たちの願いだと堀辰雄は考えるからである。

そして、もう一つ、ジャン・コクトーのことばで永井が大いに気に入っているのが、「わが国のあらゆる重要な作品の裏には、家とか、ランプとか、火とか、酒とか、パイプなどがある」という『鶏とアルルカン』中の一句だという。そういうものを永井は自作『絵本』という作品で表面に持ち出したと、堀は言いたいのである。

# 69 新調した風呂にもう一度

永井龍男

その永井龍男も同じ一九〇四年、東京神田猿楽町に活版屋の四男として生まれた。錦華小学校の同級生に、のちに文章心理学の祖となる波多野完治がいて、後年その家で小林秀雄と出会う。懸賞小説に応募した短編『活版屋の話』が菊池寛の目にとまり、短編『黒い御飯』を持って菊池寛を訪ねる。横光らの推薦で文藝春秋に入社、芥川賞、直木賞に携る。鎌倉に移り、二階堂に落ち着く。戦後、公職追放令を受け、文筆一筋の道に追い込まれて『「あいびき」から』『朝霧』『青電車』を発表。林芙美子の急死にともない、その後を受けて朝日新聞に『風ふたたび』を連載。ほかに『蜜柑』『青梅雨《あおつゆ》』『石版東京図会《ずえ》』などが知られるが、何といっても随筆の名手という定評がある。

＊

一九七六年の三月五日の午後、筑摩書房の例の雑誌の連載企画、作家訪問の第五回として、鎌倉雪の下の永井龍男邸を訪ねる機会に恵まれた。最初に、この作家が落語の桂文楽は小説的、古今亭志ん生は随筆的と評した話題から入った。すると、文楽は台本がきっちりできているが、志ん生はどの噺の主人公もみな当人で、その時の気分で勝手に進行してしまうと、判断の要点を解説してくれた。そこで、『杉林』『雀の卵』など随筆風の小説も見受けられるが、永井作品では、生の作者がどの程度表面に現れるか、当人の意識を尋ねてみた。すると、私小説を書くまいと思っていたから、なるたけ自分から離れた題材で小説を書こうと、以前は新聞の切抜きをタネにしたりした。若い時に鷗外の『諸国物語』を読んで感心してこういう短編を書きたいと思った。それでも、年をとると想像力が枯渇して、身辺雑記のようなものになる。そんな内省を語った。

『黒い御飯』で唐突に「父は咳が出た」とあったり、『日向と日陰』で「身勝手な計算も私にはあった」の次に、「永い夕凪であった」という一文だけの段落が現れたり、多彩な省略が見られることを指摘した際には、自分の場合は主語がやたらに省略されて読みにくいかもしれないが、それは日本の伝統だ。平安や室町の現代語訳をやって、「衣食住は変わっても文章の底にあるものは今のわれわれとちっとも違わない」、懐かしく感じたという。

東京で女の人がよく「あたくし」と言っていたが、このごろ使わなくなったので、そう書いてもニュアンスが通じないと思うが、「わたくし」じゃ感じが出ない、野暮ったくなってという話が出た折、アのほうには都会の女性の甘えが感じられると口を挟むと、「それと、教養をやわらかくしたような感じもあるかな」と補足し、そういう粋なことばが東京から消えるのを惜しんだ。ちなみに『日本語 語感の辞典』（岩波書店）では、「上品な女性が「わたくし」をやわらかかくちょっと崩した感じに発音する和語の語形」と説明し、小津安二郎監督の映画の例をあげておいた。

＊

『蛞蝓《なめくじ》日記』に、手相を見てもらいに行った女房が、西のほうの家に移るとよいといわれたが、鎌倉の西は九州まで続いていることに気がつかないとある。蛞蝓と蝸牛《かたつむり》との相違について没頭し、蝸牛は冬眠することができ、食用になる種類もあると知って感心するとともに、家は借りて住むものと思って暮らしてきたわが身が、「自分の殻を退化させてしまった蛞蝓に似ている」ことに気づく。歳時記に「身の果ては何処《いづこ》なるらんなめくじり」とあるのが、自分を嘲っているように思う。

『代書屋風の家』には、畳一枚の広さで執筆するようすが描かれる。芝居か相撲の升席に近く、身を横たえるどころか、膝を伸ばすのも工夫が要る。仕方なく近所の二階の一間を借りて仕事場にし、時には寝泊りする。「たった一人で深夜の猪口《ちょく》をたのしむ」ことを覚え、「酔いが廻ってくれば、誰はばからず独り言を云うので、昨夜は誰かお客さんがお泊り」かと階下の奥さんに聞かれることもある。

『八十八夜』に「春愁」という思いが語られる。明るく心の浮き立つ春にも、もの憂く哀愁を誘われ、ぼんやりと物思いにふけることがあり、そういうそこはかとない春の愁いをさすことばらしい。心の浮き立つ季節に、そういうそこはかとない愁いを感じるのは、東京の町中で育った幼いころからのくせで、七十に手の届くこの頃もそれは変わらないと永井は書いている。

『背中から』には、「風邪というやつは、前向きの体から引くものではない」と書いてある。寒風が前から吹きつけて注意を引き、風邪はその隙にこっそり背中からとりつくというのだ。「風邪という奴は、人間の世界を食い詰めて歩くすれっからしだから」、そういう「死神の真似なんかも、平気でやって見せる」のだという発想である。

『冬木の鴉《からす》』に進もう。「この谷戸の杉林の中に、からすの一家族がまことにのんびりと暮している」とあり、永井一家が三十年も住んでいるが、「からす勘左ェ門の一族はもっともっと以前から、曽祖父や曾祖母の代から地盤を守っているような落着きが感じられる」と続く。「一家族」「一族」「曽祖父や曾祖母」といった用語の選択に、人間並みに感じていることが知れ、仲間という意識が伝わる。しかも、そう思っているのが、単なる関係ではなく、「落着き」という観察した印象が軸になっているから臨場感がある。

『井戸の水』に子どもの頃の行水の思い出が語られる。たらいやバケツに水を汲んで日盛りに出しておくと夕方までにある程度のぬるさになる。それに大きなやかんで沸かした湯を加え、一日の汗を流す。「野天のことだから存分に涼風に吹かれ、星を見上げて大声で歌をうたったり、天下泰平であった」と書き、この作家は行を改め、「東京にも、そういう夏があった」という短い一文段落を投げ捨て、一編を閉じる。ひとしきり懐かしい余情がたゆたう。

『紅白』は桜餅の話題である。金田一春彦の『ことばの博物誌』にこんな話があるとして、田舎者が茶店で桜餅を「包んだ皮ごとムシャムシャほおばっている」のを見かねて、おかみが「それは皮をむいて召し上がるものですが」と注意すると、客は「隅田川の方へ向きなおって食べはじめた」と書いている。「皮」を「川」と誤解したという笑い話である。金田一は、東京の人間が東京アクセントを鼻にかける浅薄さが生んだ笑い話と戒めている。東京ではどちらの語も「ワ」のほうを高く発音する尾高型のアクセントが一般的だが、「川」を平板型で発音する地方も多い。永井龍男は「風流心という点からも、あらためて隅田の流れを眺めながら茶を喫する人の方が数段上であろう」と、風流を重んじるのである。

＊

『美の誕生日』にこうある。「初めて、美人を花にたとえた人は天才だが、二度目に同じことを云った人間は馬鹿だ」と言ったのはフランスの文学的思想家のヴォルテールだという。残念ながら若さは続かない。亀井勝一郎は人生に四つの誕生日があると言う。最初はもちろん母の胎内から生まれ出た日。第二は、青春時代の自我の目覚めの日。自分自身に対して問いかける日だという。第三は再生の祈り、発心《ほっしん》の湧き起こる日、宗教的な誕生日だそうだ。そして、最後の誕生日は死によって、神や仏に生まれ変わる、あるいは残された人びとの心に思い出となる日だというのである。人間の美の誕生も、それまで目立たなかった人がある時期から急に光り輝いたりすることだろう。逆に、美しかった人が急に若さを失ったりする。

『友達の顔』に家族のこんなやりとりが出てくる。永井が「面白いね、歳時記の冬の部に、狸や狐が入っている。冬眠同様にじっとおとなしくしている奴らを、冬の部に入れているんだ」と言うと、妻が「狐は、襟巻きにされるからでしょうか」と頓珍漢な合いの手を入れる。「狸が入っているばかりか、寝酒も冬の季になっていた。狸が貧乏徳利《どくり》を下げた置物を、そっくりそのまま思い出した」と語を継ぎ、そう言いながら考えていたことを地の文に白状する。「巣へ帰った狸が寝酒をしている姿を、ある知人の後ろ姿と重ねて楽しんでいた。ちょっと猫背のところも似ているわいとほくそ笑んでいたのだが、元日早々かりにも人をおもちゃにしてはならぬと自戒」したことにし、個人名を秘して結ぶ。

『朝顔の鉢』に昔の東京ことばの語感を述べたくだりがある。来客が孫娘を「オチャッピイ」と評したことがきっかけで、そのことばがまだ生きていたことに気づく。辞書を引くと、「多弁で滑稽なまねをする娘。おませな小娘」と説明してあるが、どうも自分の語感とずれている。「おてんば」なところもあるし、「おきゃんな娘」にも、「はねかえり」という、よく東京で遣われた俗語にも似たところがあるように永井は思う。下町にはそういう感じの小娘がいたが、「年頃にはまだ少し間のある、色気抜きの可愛らしさが、言外に含まれていたような気」がして、辞典の語釈がしっくりとこないのだ。

＊

『秋口』に、「家人と日々問答の間、この頃カンシャクの度数がしきりと上昇するのは、自らの行止りが間近な証左である」とあり、次の行に「カンシャクの後しばらくは、孤独である」という短い一文を投げ捨て、「一行アキ」という心理的にとてつもなく長い沈黙を挟む。

『日向ぼっこ』には、「家に籠って、手作業ばかりしている者が」鎌倉文学館に勤務することとなり、開館式の当日、玄関で「言ってくるぞ」と声をかけると、「おやもうご出館ですか」と声をかけて出てきた妻を、「ゴシュッカン?」と怒鳴りつけようとして、一瞬思いとどまる。「御出棺」でなく「御出館」だと気づいたのだ。その後、文学館の裏山にある五輪の塔に「不行儀な行為」をした人間が帰り道で怪我をし、すぐ館員が二人相次いで亡くなった。「おれはシュッカンを済ました身だから、仏さまが守ってくれている、魔につかれるはずがないと確信した」というから、何が幸いするかわからない。

『小作家の分際』と題した随筆にこんな話が出てくる。これから先どんな作品を書くかと問われ、「小作家のことだから何を書くとしても高が知れている」と謙虚に答えると、相手は「小作家」とはどういう意味かと迫る。「大作家には成りかねた男」のことだと笑顔を見せると、小作家と大作家とはもともと性格が違うのではないかと追及する。「小作家は生来才能が不足で、大作家には成りがたい人間」だから、同意したという。そうして、自分の訃報、遺稿の終りにはいたって素直に「もと作家」を用いたいと思うとして結ぶ。どんな大作家でも、ごくごく小作家でも、人生が終わればみな客観的に「もと作家」になる。そもそも、どう呼ぶかは読者の側の問題であり、自分の問題ではないのだから。

# 70　鏡の余白は秋の水色

幸田文

同じ一九〇四年に、明治の文豪幸田露伴の次女として東京向島に生まれる。幼くして母を、次いで姉と弟を亡くし、父に身辺や家事などをきびしくしつけられながら、女子学院を卒業。酒問屋に嫁ぎ、のちの文筆家、青木玉を生むが、性格の相違もあって離婚し、母子ともに露伴のそばで家を守る。露伴の死後に、父や自分の身辺を綴った『葬送の記』を発表して文壇の新人となり、『あとみよそわか』『みそっかす』のほか、その後は小説『流れる』『黒い裾』『闘』などを発表して作家としての地位を固める。斬新な比喩や独創的なオノマトペの生き生きとした、しゃきっとした感じの文章で人気を得た。

＊

『蜜柑の花まで』から入ろう。花というより重心は酒の話にあるのだが、何しろ独特の季節感が心地よい。数日前の山形は、まだ「梅の蕾がようやく膨れ、桜の幹もいくぶんてりを持ちはじめたかなという気候」で、翌日は雪が降りだした。一面灰色の空から「雪の一トひら一トひらは、なんとなく出てくる」。「天からふわあっと現れ出て、ゆるく降りてくる」という感じで、心をそそられ、酒がなくてはおさまらない見ものだとある。「雪の日にあたたかい鍋のものをしたくするのは人情だ」が、父の酒ではわざと潔く青い野菜を膳につけたという。「うちの者の声さえも籠るように深く降り積んだ晩だからこそ、ぴりりと辛いはっきりした食べもの」をこしらえるのは楽しかったらしい。その父のいない今、自分が酒を懐かしく思うのは、「父の酒には季感が付随し詩情」が漂っていたからだという。

＊

次は『余白』。部屋を広げて道具類がきちんとおさまるようにしたつもりが、うっかりして嫁入り道具の姿見がはみ出してしまった。「顔よりも楽しいのは鏡に季節のけじめや季節の深度を写してもらう」ことだという。この古い鏡は私の生活からも三十年も「はみだしつづけているのに、まだこのさきもはみ出す気なのか」、ざまあみやがれという気になったが、鏡面いっぱいに映っていたはずの自分の体が「幅も丈も急に縮まったようで」、鏡に納まるどころか余白があることに気づく。今、その「鏡の余白は憎いほど秋の水色に澄んでいる」。美しい秋の自然を「憎いほど」と感じる作者の心が、読者に痛いほど伝わる一編だ。

続いて、ずばり『雨の萩』と題する一編。秋の長雨が続き、「門から玄関への敷石道は、ずっと植えた萩に正体もなく突っ伏されて道がなくなって」いる。そこへ「白革の細い鼻緒にまっくろな爪皮《つまかわ》をかけた足駄」の中年女性が訪れたが道は通れない。すると、「蛇《じゃ》の目《め》を拡げてそれを横へ倒すと、自分はしおしおと濡れながら、たわわな萩の花を傘で軽く押しやり」、そのまま傘を緩く車のように廻しながら、「敷石を一歩一歩」進む。「濡れた萩は揺れて順々に起きたり返ったりしながら道を明け」る。父の露伴は「おしゃれと云われるほどの女なら、咄嗟《とっさ》にもそのくらいの風情はなくっちゃあねえ」と云い、「秋の庭へ足駄の跡を残したんじゃ興がさめる」、「おしゃれはそこだろうな」と評したという。

＊

季節感の縁で『夏ごろも』に移る。一編は「夏は、涼しく装いたい」と始まる。裸でいても暑い季節に多少とも布をまとうのだから、涼しいはずはないのだが、裸が涼しいともかぎらず、「炎天には一枚着ていたほうがしのぎいい」という。裸は「暫時」のもので、やがてもてあます。誰もいないのに、はばかりのあるような気持ちで、やむなく浴衣をはおると意外に涼しく、おやっと思うこともある。「好みのいい浴衣をしまりよく着て、足袋をはいたおんなが、涼しげにおすましして」いると、外国人にもきれいに映るような気がする。むろん、「よそいきの紗《しゃ》、絽《ろ》、上布《じょうふ》などは、すくほど薄くて軽くできている」が、それを買うと「財布もうすく軽くなる」。

その季節だけというものは哀れふかいと、幸田文は考える。夏の食べものを扱った『そうめん』と題するエッセイには、春の数日しか咲かない菜の花に翌年「また逢うときには、思わずじっと見つめてしまうほど、なつかしい」と書いている。真夏のほんのいっときしか着られない麻の着物は「木枯らしをきく炬燵《こたつ》におもいだしても楽しい」とある。夏の食べものの一つ、ずばり『そうめん』と題するエッセイで締めくくろう。

朝顔やカンナのように、「太陽のぎらぎら燃える時季だけに姿を見せる麺類」だから、味にも形にもそういう配慮が見られ、目にも舌にもさわやかにできている。真っ白で、細くて、滑らかで、冷たいという四つがつくりだす涼しい爽やかさ、上品な清々しさ。細さには冴えが感じられ、涼しさにも通じる。細いからこそ味が立つ。滑らかさは舌を軽くし、細くて冷たくてすべすべした冷麦そうめんは、さっと軽く滑ってゆく。咽喉を通すときの気持ちよさで暑気が払われる。「繊細で、きれいで、しかも夏の暑さをしのごうという強い意志が形にあらわされて」おり、「毎夏ひやむぎのひと鉢にむかうとき、その白く細い美しさの奥から、夏のうたが涌きあがってくるように」感じているというのである。

## 71　滅んだふるさとの花祭り　原民喜

翌一九〇五年、広島市の陸海軍官庁御用達の商人の家に生まれた原民喜は、広島師範附属の中学を修了後、ロシア文学に親しみ、慶応義塾の文学部に進み、山本健吉を識る。左翼運動に参加、のち酒や女とダンスに夢中になるも、女に裏切られ自殺未遂。船橋中学の英語教師となって『三田文学』に作品を発表。空襲が激化して郷里の広島に疎開するも原爆投下に遭う。この体験から『夏の花』『鎮魂歌』が生まれるが、のち東京の中央線、吉祥寺・西荻窪間の線路で自殺。

＊

『心願の国』のあちこちを紹介しよう。「ある夜、吉祥寺駅から下宿までの暗い路上で、ふと頭上の星空を振仰いだとたん、無数の星のなかから、たった一つだけ僕の眼に沁み、僕にむかって頷いていてくれる星があったのだ」とある。そして、「意味を考える前に大きな感動が僕の眼を熱くしてしまった」と続く。そして、しばらくあとに、「電車は西荻窪の方から現れたり、吉祥寺駅の方からやって来る」。「電車はガーッと全速力でここを通り越す」とあり、「僕はあの速度に何か胸のすくような気持がする」と続く。そうして、「全速力でこの人生を横切ってゆける人を僕は羨んでいるのかもしれない」とあり、「僕の影もいつとはなしにこの線路のまわりを彷徨っているのではないか」と記す。

少し先には、「死んだ母や姉たちの晴着姿がふと僕のなかに浮かぶ。それが今ではまるで娘たちか何かのように可憐な姿におもえてくる」と記している。しかし、その後に、「詩や絵や音楽で讃えられている「春」の姿が僕に囁きかけ、僕をくらくらさす。だが、僕はやはり冷んやりしていて、少し悲しいのだ」と続く。そうして、最後に、「佐々木基一への手紙」として、「ながい間、いろいろ親切にして頂いたことを嬉しく思います。僕はいま誰とも、さりげなく別れてゆきたいのです。妻と死別れてから後の僕の作品は、その殆どすべてが、それぞれ遺書だったような気がします」などと記し、「では御元気で……。」と結ぶ。

## 72　古本屋の幽霊

伊藤整

同じく一九〇五年、北海道に生まれた伊藤整、本名は「ひとし」だが、ペンネームは「せい」と読む。父は広島県生まれの軍人だが、退役後に北海道に渡り、教員生活の後、村役場の書記。整は小樽高等商業に進学、一年上に小林多喜二がいた。卒業後に中学教師として詩作に励み、『雪明りの路』を自費出版。東京商大（一橋大学の前身）に進学。そのころに梶井基次郎、外村繁、瀬沼茂樹らを識る。戦後、長編『鳴海仙吉』『変容』、評論『小説の方法』、翻訳『チャタレイ夫人の恋人』などを発表。『女性に関する十二章』、長編『火の鳥』などで人気を博し、大著『日本文壇史』の完結前に没した。

＊

『万物照応』に、雑誌の編集者からの注文に悩む話が出てくる。「創作するに当って何処まで作家は意識して表現し、何を抑圧し何を意図して書くか、その結果を逆に考えて見た時はどうなるか」というような要求らしい。伊藤は「飯を食う時に何遍嚙むか、その嚙みかたと胃腸の工合はどうか」ということに似ていると考える。「健康な人間は、食べ方について考慮する」ことはなく、「何をどういう風に調理して、何と取り合わせれば美味であるか」を考えるだろうと思う。ということは、健康な作者なら考えもしないことを、作家に考えさせる企画だということになる。執筆生活が食生活に似ていることを考えさせる。

＊

『私の五つの楽しみ』の女性論も読者の反響を呼びそうだ。「この世に、もし女性がなかったら、大変つまらないだろう」と書き、「女性というものがあるから、私は人生にまだミレンがあるように思う」とまで書く。ところが、その根拠がふるっている。「一本のペンで、女性を美しく描いて彼女等に溜息をつかせたり、女性をコテンコテンに攻撃してセッシヤクワンさせたりするのが、何よりの楽しみである」と続くのだ。「切歯扼腕」という漢語をわざわざカタカナ書きすることに象徴されるように、趣旨は女性批判ではなく、単にからかっているのだ。「十九世紀の小説や評論にあるような甘い言葉と公式しか理解」せず、「カライ味というものを、彼女等が好まず、それを敵視するとなれば、女性評論はやめる外ない」と、いかにも残念そうに書いてみせる。

そうして、男女平等を願い、男の浮気を嫌っているのなら、という条件をつけて、「胸やワキの下や脚などの露出戦術、眉、唇、その他顔面全体のメイサイ戦術をやめてもらいたいのだ。男性が浮気の傾きを持っている強さは、女性の美粧術に正比例する」というコートー数学を展開する。そうして、「男の浮気を誘発するために女全部が全力を注ぎながら、男性は浮気だと言うのは、ホンマツテントウと言うものである」という結論を導く。

もう一つ、『古本に埋もれて』を紹介しよう。「自分の本棚のスペースを数えて見たら、天井まで作りつけになった棚が十三間ほどある」とあり、さらに大型の本棚を二十本ほど買って並べたという。一般家庭では夢のような書庫だろうが、作家ともなれば無理もない。あやまって学者とも呼ばれるわれわれ文学関係の研究者でも本の置き場は悩みのたねだ。伊藤整家では、家族が三室使い、残りの八つほどの部屋は「近代日本文学の古本、がらくた本、古雑誌、切り抜き等で一杯になって、家全体が古本屋の倉庫のようになっている」。

「その中を白髪の、痩せ衰えた私が、うろうろと捜して、幽霊のように行き来している」とある。井の頭線の久我山駅の近くにあるその大邸宅を見上げながら通学した身には懐かしく、古本の間を幽霊のようにうろうろしている今の自分には他人事とは思えない。

＊

# 73　白紙の手紙　　円地文子

同じく一九〇五年、国語学者上田万年の次女として東京浅草に生まれた冨美は、日本女子大に進み、戯曲を発表、平林たい子らと交わる。東京日日新聞記者円地与四松と結婚。小説に、女の業、執念、怨恨をテーマに、抑制した官能美のこもる文章で『ひもじい月日』『女坂』『妖』『女面』『花散里』『なまみこ物語』などの作品を残した。『源氏物語』の現代語訳も完成させた。

＊

一九七六年二月五日の午後、例の雑誌『言語生活』の作家訪問の企画、その第四回として上野動物園の近く通称くらやみ坂の途中に建つ円地邸を訪問し、『源氏物語』の世界を思わせる広い庭を見下ろす瀟洒《しょうしゃ》な部屋で一時間半ほどのインタヴューをおこなった。いきなり『女坂』の成立過程から入った。モデルが母方の祖母で、母がいろいろ話してくれたが、若い時は「そんな忍従の生活なんかアホらしくて」興味がなかった。自分も結婚すると、世の中には理屈でいかないことが多いと実感するようになって、ああいう境遇にある女の人たちに愛情を感じるようになる。死んだ人たちが言い残したかったことが母の口を借りて自分に語り継がれたので、死霊や怨霊めくけど、書いたというより書かされた感じがするという。最後に、これまでの代表作を問うと、気に入った作品は一つもないと言い、立ち止まるとマンネリズムになっちゃう。年齢が自然に変わらせてくれる、五十代には五十代、七十代には七十代の作品があると概括した。

＊

その「女坂」の話から入ろう。『灯を恋う』と題するエッセイに、「過去の女の生きた道」という意味で、「女坂」ということばを耳もとでささやかれている気分でこの小説を執筆していたと書いている。『女坂』の主人公である倫が、死病にとりつかれた衰弱した体で雪の降る中、坂道を重い足取りで登って来るところを書きながら、「彼女と共に立ちすくみ、彼女と共に切ない息を吐いた」と作者は振り返る。「彼女の肩の凝りも、胸の息ぜわしさも、おもりのついたような足の重たさも、彼女だけではない私自身のものであった」と、その折の実感を語っている。彼女が現実に登って行った坂道は跡形もなく消えたが、今、自分が立っている坂道も、健康だったころに登ったはずだと思うと、足下から「言い知れぬ親しさ」が湧き上がってくるような気がしてならない。

＊

次は『花見』。平安神宮の内庭に四、五本並んで咲いている紅枝垂《べにしだ》れ、遠くから見ると、まさに漢詩の「紅雲」という形容そのままで、「派手で明るくてばかばかしいほど美しいというのが実感」だと述べたあと、「こういう渋味や苦味のちりほどもない美しさに素直な喜びを感じられるのも、私自身が若くないためかも知れない」と続ける。

次に『早呑込み』。茶の間に入って坐ると、テレビのスウィッチが入っていて、臨時ニュースという声に続いて、「福岡へ航空中の旅客機いるか号が遭難したらしい」というニュースを伝えて、もとのドラマに戻ったという。家人に伝えると、消息がわからないのではたいてい駄目だろうと言う。明日の新聞に出るだろうと、部屋に戻った。「その臨時ニュースが劇中のものだと呑込めたのは、あきれたことに半日もたった後のことだった」と続く。考えてみると、「いるか号」なんておかしな飛行機の名は聞いたことがない。何事も本質を見極めることが必要だと、大きな反省を述べて一編を結ぶ。

次は『近眼鏡』をのぞこう。若いころは近眼でないひとを羨ましく思ったが、今では眼鏡を掛けても掛けなくても自分だという事実がのみこめる。生みの親が「お前の顔中の取りえは眼だけだよと折紙をつけてくれた唯一つの宝」だからワクをつけないできたが、一度掛けると眼鏡はもうはずせない。しかし、人の顔などは眼鏡をはずしたほうが「輪郭がぼおっと霞んで美しく見える」。林芙美子は「眼鏡をかけると人のにきびの痕まで見えるからいやだ」と言っていたが同感だと一編を結ぶ。

＊

ここで、コトバ関係のエッセイ『男言葉と女言葉』に跳ぼう。日本語には敬語の種類が多く、使い分けるのも並大抵ではない。ここに、こぼれ話が紹介されている。ある有名な歌手の手帳を拾ったジャーナリストが中を開いてみたら、個人名を一切記さず、日附の下に「お出でになる」「見える」「来る」と三様に区別してある。これだけで通ってくる男の判別がつく仕掛けになっていたらしい。自分の遣うことばなのか、相手が使うことばなのかは不明だが、相手の人数が増えたら「いらっしゃる」「お出であそばす」、あるいは「来やがる」などと区別するつもりかもしれない。早く人気が落ちるほうが楽になる。

もう一つ、自分の子供に母親が乳を与える場合、「やる」でなく「上げる」と言う人が増え、「テレビのコマーシャルなどでも平然と使っている」と嘆く。今は「子供天国」らしいから、母親がわが子に「上げ」てもいいのかもしれないが、自分は好感が持てないと感想を述べている。よその子供には「上げ」ても、自分の子には「やる」ことに永年きまっていたから抵抗があるのは自然だろう。そういう知識、あるいは教養が欠如している現象だが、別の一面も考えられる。それは「やる」ということばに付着している、相手を低く見ているという姿勢が気になって、それを避けようという意識も働いているのかもしれない。だからこそ、相手がわが子でなく、飼い犬であっても「上げる」と言いたがる最近の世相も、笑ってばかりはいられない。

次は同じく、『おやじ・上田萬年』に移る。父親の思い出話が主なのだろうが、ここではもっぱら、ことばの問題を取り上げる。まず、自分の父親を「おやじ」と呼ぶ場合の語感の話題である。父親のことを他人に話す場合に「おやじ」と言うのは東京の下町ことばで、それも職人や客商売のうちの「小意気な女が、自分をも両親をも卑下して目上に言う言葉」で、当人は父の生きている間一度も使ったことがなかったという。ところが、戦後、幸田文が露伴翁のことを「おやじ」と話しているのを聞いて、これはいい言葉が見つかったと膝をたたき、それ以来、くだけた席の会話で使うようになったという。しかし、母親のほうは、その対になる「おふくろ」という「生活の味のどっぷり滲みこんだ人柄」でなく、使えないし、当人も草葉の陰で「気に入らない顔をするだろう」とある。

父親は言語学系の国語学者だから、日常語でも乱れた言葉遣いは嫌いだったという。たとえば、「とても」という語を肯定に遣うのは自分の女学生時代に流行りだしたが、父は嫌いだったという。最近は会話どころか文章にさえ「とても面白い」などと平気で書く人が出てきたが、自分は遣う気がないと明言している。もう一つの逸話は、無言の意味である。父万年の竹馬の友だった、小説『油地獄』の作者斎藤緑雨は晩年、貧困に喘いでいたという。その緑雨から使いが来て封書が届いた。開いてみると白紙で、何も書いてない。が、こちらは無知でも無神経でもない。父は「何も言わぬという洒落だよ」と母に言って、「札を手紙に巻き込んで返した」という逸話も出てくる。〝察し〟の文化だったこの国らしい逸話だが、今なら「なんて失礼な」と腹を立てる人もありそうだ。

＊

やや専門的ながら、『物語の書出し』に移ろう。「今は昔」と語りだす竹取物語や、「いづれの御時《おおんとき》にか、女御《にょうご》、更衣あまた侍ひたまひける中に」と始まる『源氏物語』に限らず、平安朝の物語の構成は「テンス（時制）から説き起し、主人公の未生以前にさかのぼって、それから徐々に生活を書記し主題の事件に入ってゆく」。この様式は平安朝に完成してからずっと小説様式の主流になってきたが、自然主義以降の小説には「平地からはじめて一合一合山を登ってゆくような書き方は、全くなくなってしまった」。どんな伝記風の小説でも、書き出しは「ナイフで中途から紙をたち切ったように」、突然始まる、と解説し、『源氏物語』の影響の濃い谷崎潤一郎『細雪』でさえ、「突如として幕が切って落とされる手法」になっている。これは短編小説的な構成だと円地には思えるのだろう。

## 74 池で上下、鏡で左右

朝永振一郎

翌一九〇六年、東京に生まれた朝永振一郎は京都大学で湯川秀樹と同期。量子力学の中心ドイツのハイゼンベルクのもとで原子核理論を研究。東京教育大学教授。量子電磁力学の研究でノーベル物理学賞を受ける。科学者の平和運動にも参加。

＊

『鏡のなかの世界』は、鏡に映る世界が左右逆になるという日常生活の話題から始まる。たしかに、胸のポケットが逆の側になっており、着物は左前に映る。理研にいたころ、これは変だ、上下が逆になって見えてなぜ悪いのかと疑問に思う人間がいたらしい。そういえば、湖面に映った富士の姿は上下が逆に見える。公園の池でも、もっと身近な庭の小さな池でも、その点は変わらない。理化学研究所の昼休みに、みんなでこんな議論が始まったという。幾何光学によれば、上にある顔は鏡でも上に映り、下にある足は鏡でも下に映り、上下が逆に映ることはない。それなのに、なぜ左右だけが逆になるのか、という疑問だ。鏡の前に立った人の右手から鏡に向かって引いた垂線の延長上に右手が映り、左手から引いた垂線の先に左手が映るのであって、けっして右手の向うに左手が映ることはない、という主張。純粋に幾何光学だけからいえば、左右でなく上下が逆になると主張しても反論はむずかしい。

重力場の存在が空間の上下の次元を絶対的なものにしているからという説、人間の体は上下には非対称だが、左右はほぼ対照的にできている、という説。人間の体は縦に長いからという説などいろいろ出たという。中には、二つの眼が横に並んでいるからという説もあったが、片目をつぶって見ても事情は変わらないと反論されてつぶれたという。

左右が逆になっているという判断は、鏡の横を通ってその後ろにまわって立った自分の姿を想定してのことで、鏡の上を通って向こう側で逆立ちしている自分より想定しやすいからだろうということになるようだ。それに、そもそも「鏡というものは自分の前すがたを見る目的で作られたものだから、鏡の向こうでは当然自分はこちらを向いているものだとの前提が暗黙のうちに認められている」こともあるような気もする。しかし、どうも奥歯に物がはさまったような気がして落ち着かない。物理学者はこんなたわいもない議論をする人間だという一つのエピソードなのかもしれない。

＊

もう一つ、『かがみ再論』を紹介して終わろう。デパートなどで壁や柱に鏡をはめこむことが増えたという話題から入り、まず、その効果を説明する。万引き防止の意味合いもあるが、鏡に映すことで品物を豊富に見せ、豪華な雰囲気をもりあげるのが狙いだろう。たしかに、ベルサイユ宮殿には鏡の間というものもある。

しかし、困ることもあるという。人と待ち合わせる時など、あ、やって来たと思って、にっこり手を上げると、待ち人が後ろから現れる。もっと深刻なのは事故の時で、逃げると鏡に衝突することもある。「出口」も「非常口」も、とっさの場合、映像と本物との区別がむずかしいからだという。そういえば、「火事」や「火災」も、「台風」や「暴風雨」も、「玄関」も「裏口」も「犬小舎」も、本物と鏡の映像とが紛らわしい。

## 75 御大切に

坂口安吾

同じ一九〇六年、新潟市に、大地主の十三人兄妹の十二番目の子として生まれた坂口安吾は、本名が炳五。家というものの空しさを知り、学校へもあまり登校せず、新潟中学を中退して東京の学校に編入。卒業と同時に代用教員となるが、この体験により求道に憧れ、東洋大学印度哲学科に進み、諸外国語を学ぶとともに文学仲間と交わる。『風博士』が牧野信一に高い評価を得て新進作家としてデビュー。戦後は『白痴』『桜の森の満開の下』『青鬼の褌を洗う女』を発表するなど、織田作之助、太宰治、石川淳とともに無頼派として人気を呼んだ。

＊

『ラムネ氏のこと』をとりあげよう。小林秀雄と島木健作が小田原にやって来て、三好達治の家で鮎料理で食事中、小林が「ラムネの玉がチョロチョロと吹き上げられて蓋になるのを発明した奴」は、「あれ一つ発明しただけで往生を遂げてしまったとすれば、おかしな奴だ」と言うと、三好が名前を知ってるぜと言い、ラムネはレモネードの訛りだと言われてるが、実は「ラムネー氏」の発明なんだ、フランスの辞書にも載ってるぜと言い出し、手元の字引を引いたが出てこない。安吾は後日、プチ・ラルッスを引いてみた。「フェリシテ・ド・ラムネー」という人物は載っていて肖像も出ている。「眼光鋭く、悪魔の国へ通じる道を眺め」ているようで、小林秀雄によく似ているという。だが、肝心のラムネを発見したことは出てこない。

身のまわりにあるものは天然自然のままあるというより、誰か発明したものが多い。河豚料理だって、あれが料理として通用するまでには、暗黒の時代があり、「殉教者が血に血をついだ作品」なのだ。鉱泉に茸とりの名人がいたが、自分が泊っている間に、自分の採った茸にあたって往生を遂げた。当人は後悔していなかったという。

＊

日本語の「愛」ということばに「明るく清らかなもの」がないのに困却した伴天連《バテレン》は、日本語の「愛」に西洋の愛撫の意味を与えて、「恋」には邪悪な欲望という説明を与えた。そうして、「アモール」（ラヴ）に相当する日本語として「御大切」という単語をあみだした。「御大切」とは、大切に思うという意味なのだ。「お大事」とは違うというのである。

## 76　混沌に目鼻　　湯川秀樹

翌一九〇七年、東京に生まれた湯川秀樹は、京都大学理学部の出身で同大学教授を務めた理論物理学者。中間子の存在を予言し、素粒子論展開の契機をつくって日本人で初めてノーベル賞を受ける。核兵器を絶対悪と見なし、論客として平和運動にも貢献。

＊

『具象以前』を随筆としてとりあげる。一編は「人生の最も大きな喜びの一つは、年来の希望が実現した時、長年の努力が実を結んだ時に得られる」と始まり、「研究者にとっては、長い間、心の中で暖めていた着想・構想が、一つの具体的な理論体系の形にまとまった時、そしてそれから出てくる結論が実験によって確証された時に、最も大きな生きがいが感ぜられる」と述べ、しかしそういう瞬間はごく稀にしか訪れず、人生の大部分は行きつ戻りつのくりかえしに費やされると続ける。

最近は、「人間の頭脳の一部までも機械が受けもってくれるように」なってきたが、「既に具象化された知識を適当な記号の形に変えた時にだけ質問として受け入れ」、その機械が与える答えもまた、具象化された知識に関するものだけに限られる。しかし人間はその具象以前の世界を内蔵しており、そこから具象化されたものを取り出そうとする。

「科学も芸術もそういう努力のあらわれ」であり、「いわば混沌に目鼻をつけようとする努力」なのだ。人生の意義の少なくとも一つは、そこにあるという。

## 77 神様は太っ腹　　沢村貞子

その翌年の一九〇八年、東京に生まれた沢村貞子は、兄に沢村国太郎、弟に加東大介、甥に長門裕之、津川雅彦という豪華な役者一家に育つ。日本女子大学在学中に左翼系の思想が治安維持法違反として検挙され、獄中生活を経験するが、同志の裏切りなどで挫折、転向して日活入り、のち東宝に移籍して映画女優の道を歩み、名脇役として知られた。晩年はエッセイストとして活動。自伝的エッセイがもとになったNHKの連続テレビ小説「おていちゃん」も話題になった。

＊

『あたりみかん』から。当たり年のみかんでも、大当りで景品にもらったみかんでもない。ちょっと傷がつくなどして、売りものとして店に出すにはためらわれるみかんのことである。いわゆる傷ものだが、味にかわりはないからお買い得だ。貞子が学校帰りに店の前を通ると、八百屋のおかみさんが「あたりみかんがあるよ。母ちゃんに、そうお言い」と声をかける。売る側にも「お前さんとこは、こんなものが身分相応さ」とさげすむ気持ちはさらさらないし、買う側の母親にも「うちはこんなものしか買えないと思ってるのかい、人をばかにして」とひがむ気持ちなどまるでない。そんな時代だった。

＊

次は『味噌汁』。一編は「浅草の路地の朝は、味噌汁の香りで明けた」という短い一文段落で始まる。そして、「甘味噌と辛味噌を適当にまぜて、すり鉢でゴリゴリすって、味噌こしで漉して、――だしは雑魚《ざ(じゃ)こ》をほうりこんで――下町のおかみさんたちのこしらえる味噌汁はおいしかった」と、その一例を具体化し、「亭主も子供も、自分のうちの味噌汁がいちばんうまい、と思いこんでいた」と往時をふりかえる。そこで改行し、「それを二杯も三杯もおかわりして、浅草の裏町の人たちの、一日がはじまった」という、やはり一文段落で、息はずむように一編を結ぶ。ぴちぴちとはねるような生き生きとした文章が印象的である。

＊

もう一つ、『極楽トンボ』をとりあげる。父親を偲ぶ、しみじみと可笑しい一編だ。父の世話で九州の旅興行に出かけた衣装屋の土産は、やっぱり神社の札。「今度のはよく効きますよ」と言う。なにしろ、そこへ一晩おこもりしたスカンピンの爺さんが米相場でおおやま当てたんだから間違いなし、と頼りない保障をする。ところが、上機嫌の父がその神様の名を訊くと、それさえ覚えていない。大道具の伸さんのは岐阜のお宮の札。「大きな声じゃ言えませんが、女にもてる」結構な守りで、「霊験あらたか……げんにあっしが」と言いかけて、お茶をいれている母に気づき、「いいえ、おたくはもてすぎる」から「こっちの災難よけのほう」と調子がいい。

父は毎朝、神棚にお燈明《とうみょう》をあげて長いことブツブツ言いながら拝むが、「祝詞《のりと》かお経か、よくわからない」。中には「今度こそ、大鳥居の寄進をいたします」と言いだすから、あとで、いくらなんでも大神宮の大鳥居なんて大げさすぎると注意をすると、「バカヤロー、嘘も方便だ、同じ嘘なら景気のいいほうがいいやな」と一蹴し、面白いことを言うやつだと許してくださる、「そこが神さまの太っ腹のところさ」とけろりとしている。これで、よく罰が当たらないと思うほど、いい加減な信心だったが、大儲けさせてくれとか、娘を玉の輿にとか、虫のいい願いごとはしなかったらしい。わがまま放題でも、愛嬌があって憎めないから、神さまもつい許してしまうのだろう。

戦後まもなく、八十四で亡くなったという。「あの世でも、けっこう神さまたちに可愛がられ、あっちこっちをとびあるき、人の噂ばなしに時を忘れる極楽トンボになっていることだろう」として、ほのぼのと結ばれる。筆者の視線のぬくもりが印象的だ。

## 78 新聞を日光消毒

大岡昇平

その翌年の一九〇九年、東京牛込に兜町の株式仲買人の長男として生まれた大岡昇平は、青山学院中等部でキリスト教の感化を受ける。成城二中に編入、アテネ・フランセに通う一方、家庭教師に小林秀雄を迎え、その縁で中原中也、河上徹太郎、今日出海に出会う。京都大学仏文科に入学し、スタンダールの魅力に目覚め、研究を発表。一九四四年に召集され、フィリピンのサンホセの戦線に参加、俘虜となる。復員し、小林秀雄の勧めで小説『俘虜記』を発表。続いて『武蔵野夫人』『野火』、さらに『花影』『レイテ戦記』と、華々しい活躍を見せるも、捕虜体験を恥じて栄誉をことごとく辞退。

＊

筑摩の雑誌の例の作家訪問の連載に先立ち、一九七一年の十一月四日の午後、東京成城にある鉄筋の大岡邸を訪問し、一時間半ほどインタヴューを行った。まず、文学を志した動機から入ると、好きだったから、自分の経験を投射して対象化することをやりたかったが、なかなか小説が書けない。そのうち小林秀雄さんなんかの批評活動が創作よりも上位に見えて……。それが小説に向かわれたきっかけは？と話を進めると、戦争で異常な体験をして、そういう衝動が生まれたという。戦場での思考について問うと、肉体的な衝動が人間に考えさせるから、認識がスポッと抜けて希望的観測になる。好きな作家を伺うと、樋口一葉、国木田独歩の名をあげた。執筆前の準備として筋や舞台をあらかじめ設定するかを尋ねると、それはもちろん、舞台となる家の間取りまで書くという。描写に矛盾が出ないようにするためらしい。それに「周りの地形を飲みこんどかないと気がすまない」という。『武蔵野夫人』で「はけ」の説明などに、関東ロームがどうのこうのと書いてあるのはその一例なのだろう。情緒的な日本語は『花影』のような和風の美しい文章には向くとしても、論理的な文章を綴る場合、特に表現に苦労することは？と伺うと、外国語の文脈を使えば何とかなるという答えだった。翻訳的な文章を織り交ぜて仕立てるのだろう。

＊

『ソバ屋の思い出』から始める。文学というものを教えてくれたのは小林秀雄だが、「先生顔」をしないから、こっちも「弟子顔」をしないという。小林は肝腎なところは他人に伝えられないということを骨身にこたえて知っている人らしく、いつも「孤独の影」がさしているのはそのせいだという。大岡家の応接間で初対面の時、小林は飾ってある鎧にとりつき、兜の内側をのぞいていたが、「これほんものかい」と訊いたという。骨董に限らず、「ほんもの」と「にせもの」の区別がいつも念頭にある。フランス語の家庭教師としてやって来たのだから日本語に訳すのが仕事だが、ボードレールの散文詩の一節を「ばばあの絶望」と怒鳴ったのには「度肝を抜かれ」、「堀口大学の「桃色訳」に彩られた」フランス文学にまったく別な一面のあることを知ったという。

『小林秀雄の世代』には、「理性は形式であり、直観が内容であるとすれば、直観には、彼の生理と共に、伝統が住んでいなければならない」とし、最近の小林は『考えるヒント』で荻生徂徠《おぎゅうそらい》から福沢諭吉に至る東洋的思考について、「天」を語ることに力を入れている、と書いている。

また、『小林秀雄の書棚』には、正宗白鳥や佐藤春夫の論理の先にあるのは「人間であり、美であった」が、初期の小林の論理の先にあるのは「主調低音」であり、「虚無」であった、と述べている。また、小林は、ポアンカレが馬車に乗ろうとステップに足を踏みかけた時に、重要な仮説を思いついた、という挿話を熱心に話したらしい。「直観」は長い研究の結果、霊感は探求の結果に出てくるというのである。

さらに『人生の教師』には、小林のこんな話が載っている。「モオツァルト」「ゴッホの手紙」「近代絵画」「考えるヒント」「本居宣長」など、戦後の仕事は音楽・絵画・哲学関係が多いが、深いところで文学につながる。「考え抜かれた堅固な思想」があり、文体に優しさ、柔軟さがある。たとえば、「モオツァルト」は短い断章から成り、各章は関連が薄く、論旨は飛躍して見えるが、「内面的論理によって説得的な系列を形づくって」おり、小林という人間の「精神の息吹き」によって各章がつながる。また、伝統とは、こういう「孤立した一流の個人の、不連続な実行の跡を数珠つなぎにしたもの」であり、一流の人物とは、時代と社会の諸問題を彼自身の問題として感じることのできる「才能」の持ち主だとする。

＊

『美男の文学』は永井龍男の人柄と作品に関するエッセイである。文藝春秋の編集業務の終わる八時ごろ、「よしのや」に現れ、手酌でちびりちびりやるのが日課だったようだ。大岡をそういう店に連れてくるのは河上徹太郎で、永井は「毎晩灯ともし頃の銀座を、二度往復しないと気がすまない」とか、「夜店の万年筆売りの真似と洒落がうまい」とか、曲がったことが嫌いで自分にも他人にも厳しい、そんな「こわい江戸ッ子」だと教えてくれたらしい。大学出たての文学青年が入って行ける店ではないのだが、河上や小林秀雄、中原中也などの間では、肩書きが物をいわず、「ひたすら人生と芸術に関してえんえんと論じる酒席」ということになっていて、永井はそこの師範代といった存在。それから十年、相手にからむ場所が鎌倉に移ってからも、大岡は背伸びして、中也、小林、三好達治、井伏鱒二ら飲み仲間と殴り合いに近い喧嘩を挑んできたが、永井とだけはそうした記憶がない。永井は荒れた席の「取り鎮め役」にまわるほかは、ほんとに酒を楽しむだけで、女にもててても近寄らず、「小説の中でうっかり、男女を差し向かいにしてしまうと、書斎で、ぽーっと頬を赤らめる」という「ふがいなさ」であると、大岡は書いている。

ちなみに、『息を整える』という別のエッセイでは、「どこでももてる」ことを「婦人サロン」つまり「婦人科」と書き、結婚を前提とせずに女性に手を出すことはないという「戒律」もしくは「潔癖」を持っていたことを述べている。

もとに戻ろう。永井龍男はまた、よく気のつく人だけに、賞がきまったとき、社員が電話で当人に知らせ、授賞式に呼び出したことを怒り、「芥川賞の時なんか、まず社員が家へ行って、受けて下さいますかってきいたもんだよ、受けますっていったら、そこで正式決定になる、それが順序じゃないか」と言ったそうだ。永井が賞の世話役だった時に必ず実行していたことらしい。たしかに、この賞を受けない作家がいるはずはないという社側の思いあがった雰囲気が消え、謙虚な態度に映る。

永井はもう一つ、記念の時計の裏側に名前が彫ってあるのも不服で、ちゃんと上へ彫ればいいという主張だったという。もっとも、「そうすりゃ、質屋だってこりゃ、流さねえなってわかるから、高く貸す」という理由だと言うから、どこまで本気だったかは不明。

もう一つ、『その構成――永井龍男作「青梅雨」』にふれておこう。新聞の三面記事から得た題材として、「七十七歳の老人が事業に失敗し、五十万円の借金が返せない。その妻と妻の姉、養女としたもと妻の看護婦といっしょに、一家心中を遂げる」と事情説明をし、「だれも生き残ったものはなく、神様のほかに誰も知るもののないはずの、死の直前の数時間の人間の心の動きを描いたもの」という冷静な解説を記し、内容に入る。

覚悟して死に向かう人たちの言動には、むしろ明るささえ漂う。「死衣装のユカタの膝が抜けている」ことも平静な目で眺められる。体を清めるために風呂に入るのだが、桶が洩るので急がねばならない。五十一歳の養女がダンスの真似をして風呂場に笑い声が響く。一家の主は死後にテーブルの上に置く四万円の金を工面するため家を留守にする間、誰も死ぬことを口にしないように釘を刺す老妻が泣き伏す場面さえ、作者は「その場の空気にふさわしくない」と評する。心の底にぱっくりと口を開けた深淵、そんな作品だと質感を語り、大岡の書評は消えてしまう。

## 79　顎を上にして　吉田健一

その三年後の一九一二年、東京千駄ヶ谷に、のちの宰相、吉田茂の長男として生まれた健一、母方の祖父は明治の元勲大久保利通の息子。父の赴任先であるフランスやイギリスなど外地で少年期を過ごす。暁星中学卒業後、英国ケンブリッジ大学に入り英文学を専攻するも翌年退学して帰国。

河上徹太郎、中村光夫、山本健吉らと同人誌を刊行。戦後、『英国の文学』『シェイクスピア』を発表し、文芸批評家としての地位を確立。随筆と小説の間のような『乞食王子』から長編小説『瓦礫の中』へと小説ジャンルへも進出する。

＊

『満腹感』と題する随筆を読んでみよう。いきなり、人間は食わないと死んでしまうというところから始まり、食わずに食ったふりをする「通人」になるには特殊な技術を要すると続く。そうして、自分は「食いしん坊」でありたいと意思表明をする。どうせやらなければならないことなら、楽しむのが一番、「食うのが人生最大の楽しみ」となれば、「日に少なくとも三度は人生最大の楽しみが味わえる」ことになるという。たしかに、論理的にそういう計算になる、いささか情けない気もするが。

それだけに戦時中はみじめだったらしい。配給の米でごく小さなおむすびを四つ握り、少しでも栄養価を上げようと、女房が油でいためる。勤め先の同室の女の子が、「吉田さんがお弁当を食べているのを見ているとほんとにおいしそうだわ、オッホッホ」と言ったときは、ほっぺたを張り倒してやりたくなったという。相手はたまったものではないが、ほんとはその何倍も食いたいのに、「雀の涙四粒」で我慢しているのだから、よほどガツガツ食っているように見えたのにちがいないと、わが身がみじめになったのだろう。

＊

戦後でも、腹が減ってくると「レジスタアの女にもかぶり付き兼ねない状態に立ち至ってくる」。ある日の昼休み、「本能を刺激するものがあって」電車に乗り、虎の門の先の飯倉の坂の途中で降りた。「休業」という札の下がった飲食店がほとんどで、「営業中」とあるのは昆布茶しかない喫茶店。蕎麦屋の「長寿庵」も「藪八」も「本日休業」。水色のペンキの剝げかかった支那料理の看板の店に入ると、天ぷらのようなものを売っている。しかも、「其の頃お決まりだったお一人様一皿」とは違い、註文しただけ運んでくる。「腹の中が久し振りに温い」のが、何とも言えず頼もしくて、自分にも嘗《かつ》ては「青春があった」ような気になる。いったいあの頃の我々は「数字で言って、どの位腹を減らしていたのだろう」と自問し、そうすれば「零下何十度」といった感じの数字が出てきただろうとある。それは「満腹感」ということばが発明されたことからもわかるという。

頃合を見はからって入れば、いろいろの店で雑炊の自由販売をしており、明治生命ビルの地下、帝劇の地下室、森永の食堂、日比谷交差点の店の四軒を順に回って、二杯ずつ食ったことがあるという。「日本政府認可の雑炊を八杯食うとどんな気持になるか」それは「筆舌に尽し難い」という。「下を向くと危いので、なるべく顎を上にして」重い足を引きずって会社に戻った時、「腹の中でおじやがごっぽんごっぽん揺れる」のを感じたらしい。

## 80　欅の梢が星を掃く

串田孫一

それから三年後の一九一五年、東京に生まれた串田孫一は九段の暁星中学に入学して間もなく山登りを始め、東京高校に進んで山岳部に入る。東京帝大哲学科在学中から山岳関係の雑誌に寄稿する一方、矢内原伊作、福永武彦らと文芸同人誌を始め、草野心平に誘われて詩を書き、また、絵も描いた。山の芸術雑誌『アルプ』を創刊。卒業論文のテーマは「パスカルの無限」。専門の哲学を基礎とした沈静な思索の書のほか、博物学的造詣も深く、詩的エッセイが高い評価を得たほか、絵画の個展を開き、画集を刊行するなど、幅広い芸術活動を展開した。いつか頂戴したはがきに、自宅の庭の落葉松《からまつ》の落葉がみごととあり、秋の軽井沢追分の山小屋で、まさに黄金《こがね》降るその落葉の光景を今度は自分の眼におさめたのが忘れられない。

思いもかけず贈られた随筆集『曇時々晴』に「九十一年四月十日曇」と毛筆で記されている。『冬の或る夜』にこんな場面がある。夜間にようやく書き上げた原稿を速達で送ろうと、冷たい北風が強く吹くなか、「外套《がいとう》を着て襟巻をして」ポストまで歩く。星がいくつも見える。その位置からすると、もう夜半は過ぎている。まるで「遠方へ来てしまって止むを得ず独り冬の夜を過ごしているような、頼りないが却ってどうしようもなく諦めた気持を過去の淀みから蘇らせる」とあり、「欅の梢が星を掃いている。そう呟いた過去の人の寂しい横顔が浮かぶ」という詩のような一行段落が続く。

次に『山上の麵麭《パン》』から。「一人娘を嫁にやり、それから一年間、腑抜けのような状態」なって、周囲の慰めのことばもまったく受け付けなかった知人の話。一滴も口にしなかった酒を飲むようになって、いくらか救われたかもしれないが、大酒飲みになってすっかり人が変わってしまった、という。

次は『最後の夏』。戦争が始まると、体は命令に従わざるを得ないが心は違う。心も従ったほうが気楽だと思う者も出てくる。互いに用心深くなって心を閉ざし合う。そんな寂しい交友関係の中で、「今年は最後の夏かもしれない」ということばが、さまざまな意味合いで語られる。そのことばを最後に別れた友人が何人も戻らず、という現実の「再び語り合う夏は訪れ」ない。串田は家を焼失したが生き残る。こういう心の擦れ違いも戦争の隠れた被害だった。

次に、思いがけず贈られた『曇時々晴』に移る。過去を想い返してみると、「晴れたり曇ったりというよりも、「曇時々晴」であってくれるのが一番願わしい」という。その「時々晴」というのも、期待してそのとおりに晴れるのではない。「散歩の途中で、突然雲の僅かの隙間から日光が洩れて来て、そこではじめてほっとしたように、思いがけない歓喜の時が向うから訪れて」くれる。「晴時々曇」のほうが、「曇時々晴」より日照時間は長いが、「曇」に変わるのは喜ばしいことではない。その点、曇り空から陽が射しこむ瞬間は喜ばしい。だから、人生もそのほうが幸せに思われるということなのだろう。「お住いも近くなので、いつかお目にかかる機会もあろうかと楽しみに」と書いていただき、「お質ね致したいことがいろいろありながらお目にかかる勇気が湧」かず云々と、大先輩に声をかけていただきながら、ご著作をもう少し読みこんでからとためらっているうちに、永遠に機会を失った。悔やまれてならない。

最後にもう一つ、『旅立つ火の粉』を紹介しよう。焚火のために枯木を集め、積みあげて火をつけると、火は燃え上がるが、あとは自分の流儀で燃えたがる。炎と煙と火の粉を見ていると、それぞれの役割を担って一つの舞台を作っているように思われる。燃えながら爆《は》ぜる音がすばらしい効果を奏し、生木が紛れこめば、水分が泡を吹きながら呟く。そして、火の粉の行方を追っていると、生命の旅立ちと終わりを連想するという。「火の粉となって炎から舞い上ってからは如何にも儚く消えて行く」が、木を育て、葉を繁らせ、花を咲かせ、実をならせ、「長い歳月を木と共に地上に過ごして来た生命の終りとして、満ち足りて何処かへ飛んで行く」。それを「見送ったものが灰として残る」のだという。

## 81　白焼きは芸術品　小沼丹

それから三年後の一九一八年、東京下谷に生まれた小沼救《はじめ》は小沼邁《すぐれ》、涙子《るいこ》の長男、真理枝という妹が一人。祖父の代までは会津藩士、父は牧師。母方の小林家は信州の名主の家柄。筆名の「丹《たん》」は、敬愛していた親戚の寄生虫学者、小泉丹から。明治学院高等部在学中に学校の機関誌「白金文学」に『千曲川二里』を発表。掲載誌を井伏鱒二に贈り、葉書をもらった機会に自宅を訪問し、以来、終生の師と仰ぐ。早稲田大学英文科に進学。『寓居あちこち』が谷崎精二教授に認められ、『早稲田文学』に掲載。大学卒業後、中島飛行機工場に近接する盈進《えいしん》学園の教師となり、学園長の長女と結婚、のちの作品『藁屋根』の舞台となる家に住む。勤務校が空爆で倒壊し、信州の疎開先に自身も合流。戦後、早稲田高等学院教師を経て大学英文科の教授となる。三浦哲郎はその受講生。『汽船』『村のエトランジェ』『白孔雀のいるホテル』、女の素人探偵もの『黒いハンカチ』や、大寺さんもの『黒と白の猫』『古い編上靴』『銀色の鈴』、あるいは『懐中時計』、さらには長編のロンドン滞在記『椋鳥《むくどり》日記』などを発表。

＊

『名文』と題した著書で『懐中時計』をとりあげ、「上質のユーモアは文学最高の理念である」という一文で論評を始めた。当時は一面識もなく、しばらくして早稲田の研究室を訪れ、大学院の演習の切れ目に、初対面の挨拶をした。別れ際に「あなた、お酒召し上がる?」と訊かれ、「たしなむ程度」と応じたのがきっかけで、しばしば自宅を訪れ、そのつど「たしなむ」こととなった。その初日も、ビクトリア朝の倫敦に迷い込んだような瀟洒《しょうしゃ》な屋根裏部屋で将棋の初手合わせをした。一勝一敗で座敷に移ったが、後日その話題に及ぶと負けたほうの将棋は記憶にないらしく閉口した。

いつだったか、宴会に流れこんでしばらく経ったころ、荻窪の鮨屋「ぴか一」から電話が入り、井伏先生がいらしてお酒を召し上がっている、小沼を呼べとまではおっしゃっていないがお知らせしておく、という微妙な言い方だ。井伏の高弟として無視するわけにはいかない小沼さんが立ち上がると、われら孫弟子もお供をすることにした。井伏師は時に酔客の品行をたしなめたり、太宰のことが気になるのか、文学碑なんてものは建てるもんじゃないと自らを戒めたりしながら、悠然と盃を口に運ぶ。前に一度、作家訪問の仕事で井伏邸に伺ったなどということばはおくびにも出さず、こちらはひたすらご高説を拝聴しながら、目立たぬように盃を重ねたような気がする。そんな夢のような時間はいつか流れたらしく、深更に及んだ。ようやくご帰還の折に、青梅街道でタクシーに無事送り込み、こちらも小金井の自宅に帰ったら、東側の広場の空はもう白み始めていた。

＊

『猿』という随筆に、最初は素知らぬ顔で「役者」として登場する猿が「妙な横眼で」「ちょいと視線を外して」「頗《すこぶ》る不満らしい顔を見せ」「この野郎とでも云うように」「知らん顔をして」「何やら憂鬱そうに空を仰いだり」と、ひどく人間じみて描かれる。猿だけではない。『犬の話』という随筆では、「本人、ではない本犬の同意を得たかどうか」と、犬を人間並みに待遇し、『駅二、三』でも「犬も、気を附け、のつもりでいたように思われる」と書く。小説『黒と白の猫』の猫は「素知らぬ顔でお化粧に余念が無い」「何やら心得顔に」「猫は礼も云わずに」と、まさしく人間扱いだ。最晩年の小説『水』には、驢馬《ろば》が、ねえ、小父さん、と親愛の情を示そうとすると、山羊が、止せよ、うるさいな、と相手にしない風情に見える、と脚色する。

こういう擬人的空想癖はこの作家の文体的特質であり、相手は哺乳類にとどまらない。随筆『巣箱』などはほとんど全編その調子で、二羽の四十雀《しじゅうから》について「どっちが亭主でどっちが細君か知らない」と書き、巣箱に「貸家の札を貼っても、借手はないだろう」と書く。晩年の随筆『郭公とアンテナ』では「近頃の郭公のやることだから」と、近頃の若者を嘆く老人の口癖で導入し、「どう云う料簡でひょっこりアンテナに止まったのか、郭公に訊いてみたい」と人間並みに待遇する。相手はペットになるような鳥獣だけではない。『梅と蝦蟇《がま》』の蝦蟇などは「哲学者みたいな顔をして」「深刻に考え込んでいる風情」を示し、「かくて世は事も無し」と立ち去る。動物だけでもない。『つくしんぼ』には土筆《つくし》について「袴を取る」「スカートを脱がせる」という表現が出てくるし、『梅檀』でも「色香を含んだ風情で、羞《はじ》らいがちな女性を見る気がし」、しばらく見とれる。

相手は動植物だけにとどまらない。『炉を塞ぐ』に出る「自在鉤は天狗の部屋で無聊《ぶりょう》を託つ風情」だし、『珈琲の木』では「巴里土産の珈琲は疾《と》うに草臥《くたび》れて隠居して、いまは三代目」と擬人化のネットワークがはりめぐらされる。『筆まめな男』という随筆に、岩波書店の要職を退き、今は外国で日本語を教えている旧友から届いた手紙を、いかにも嬉しそうに紹介している。野良犬がすっかりなつき、「学校に行く時に随《つ》いて」来て、授業が終わるまでおとなしく待っている。そのことを手紙で「教室の隅っこに坐って聴講するようになった」と紹介してある。へたに運べばナンセンス漫画になりかねない題材を、言語表現の絶妙な働きで、ほのぼのとした味わいに仕立てる。この作家は、生活の雑事を並外れた擬人的発想でほんのりと薫らせる、こういうとらえ方が好きなのだ。人生に潤いがにじみだし、この世に生きている悦びがほとばしる。読者も至福のおこぼれにあずかり、ひとしお充実感の増す思いがひろがる。

早く花をつけろと珈琲の木のてっぺんを軽くつかみながら、「子供の頭を撫でて、いい子いい子をしてやる気分に似ているかもしれない」とつぶやく『珈琲の木』のフィナーレに象徴されるように、この作家のひどく擬人的な文体は、行き逢う人の、犬の、鳥の、花の、あるいは、共に生きてきた街並みや、時代というものの頭を撫でながら、過ぎ行く人生をいとおしんできたような気がする（この作者のこのような擬人的表現の文体効果に関しては、著書『文体論の展開』〔明治書院〕の「小沼丹随筆作品の笑い――比喩的・擬人的表現を中心に」に調査データを含め、詳細に論じた）。

もうひとつ、『黒と白の猫』の「細君」といい、『懐中時計』の「上田友男」といい、『竹の会』の「谷崎精二」や「青野季吉」といい、小沼丹の作品に登場するのは、ほとんどが、すでにこの世にいない人物である。犬も花も街並みも同様だ。過去になったものをその過去から描く。作品の現在はすでに失われた時代であり、未来もまた、そうありたかった未来である。作品は古風に彩られ、なつかしい風景が展開する。もう現実にはふれることのできない夢のなかで、読者はしみじみと笑い、やがて物悲しくなる。それが小沼文学の世界であり、その文体の質感なのだろう。

＊

ごく初期の随筆『地蔵さん』から始めよう。早稲田の近くを車で通ったら、「白い衣の上に浴衣を着て、古ぼけた茶色の鳥打帽」をかぶった「背の低い朴訥な感じの」爺さんが祠の前に立つ「赤い涎掛を掛けた石の地蔵さん」に顔を近づけて「睨めっこ」を始めた。「爺さんと祠の四囲《まわり》だけ時間の流が停止したように」、そこだけ「ひっそり、ささやかな別世界」に見え、心惹かれたが、車を停める程酔狂ではない」と一編を閉じる。

次は『障子に映る影』。「冬の日、障子に陽差が落ちているのを見ると何となく落着いた気分になる」と始まり、「穏かな午後の陽差が、白い障子に冬枯れの樹立の影を映しているのを見るのも悪くない」と続く。「そんなとき、ひょっこり遠い昔の記憶が甦る」として奇妙な体験を語る。伯母の一周忌で寺の本堂に坐り、長いお経に閉口しながら、ぼんやりしていると、「襖が開いて」死んだ伯母の妹が入って来て女中に会釈した。田舎に引っ込んだきり一度も上京したことのない人が「ひょっこり姿を見せた」から珍しいと思った。が、気がつくと、その姿はどこにも見当らない。「幻覚と気が附いたのは、長い読経が終ってから」だが、幻覚と気がつきながら、その伯母が会釈した相手の女中をまだ探していたというから尋常ではない。そうして、「障子に映る樹立の影を見ていると、古い記憶が思いがけなく顔を出すことがある。それは障子に映って消える小鳥の影のように、心の窓を掠《かす》めて消えて行く」と、しっとりと結ばれる。読者には、一編がそのまま鳥影のように消える。

＊

今度は早稲田関係の人の話題で『大先輩』に言及しておこう。一編はいきなり「青野季吉氏はたいへん怒りっぽかった」と始まる。当方も学部時代に大教室で青野先生の「文芸批評」の授業を受けたが、とにかく野球が好きで、うまく早慶戦の話に引き込めば、講義中の休憩時間が大幅に伸びた。この随筆にも「早慶戦はあれは青春の祭典だ、どっちが勝っても負けてもいいものだ」という青野のことばが出てくる。ところが、これはたてまえで、負けた晩などは「何だ早稲田のあの様は……なっとらん」と本音をさらけだすらしい。酒の会で憤然と席を立ち、幹事の小沼が出口まで送って行くと、レエンコオトを忘れた、黙っていても後輩は持って来て着せかけるのがヒューウマニズムだとどなる。そんなヒューマニズムは御免蒙ると席に戻ると、青野は土足のまま座敷まで追いかけて来たという。それから何年か経ったある晩、酒場で肩を叩かれたので振り返ると、「青野さんの春風駘蕩《たいとう》の笑顔」があり、あっちで一緒に飲もうと誘われたらしい。記憶に残るのはその上機嫌で温和な顔だが、「怒りっぽい青野さんでないと青野さんらしくな」く、「寂しくてならぬ」として結ばれる。その気持ちは実によくわかる。

＊

もう一つ早稲田関係の先生の話題を届けよう。『お墓の字』は、谷崎潤一郎の弟にあたる谷崎精二に関する思い出を綴った一編である。われわれの学生時代に文学部長という要職にあった先生だが、大先輩にあたる小沼丹はその教え子にあたり、早稲田に勤めてからはその部下でもあった。その英文学の恩師が生前に墓を造ることになり、小沼の文学の師匠である井伏鱒二にその字を書いてもらう話である。間に立った小沼が井伏に話すと即座に「いやだよ」と断られる。が、それから二、三年経って、井伏がようやく承諾し、小沼家に両先生をお迎えして「お墓の字を書く会」を催したという。その後、小沼たち教え子の連中が二、三人で、正月に谷崎の自宅に新年の挨拶に伺うと、そのたびに、先生は「御足労掛けて恐縮です、今年は間違無く墓に入りますから来年は御迷惑は掛けません、御安心下さい」と笑うので、弟子たちのほうも「そんなことを云う人に限って百まで生きるから安心出来ません」と、そのつど冗談を返したという。

＊

今度は親しい作家『庄野のこと』を紹介する。小沼教授が早稲田の在外研究休暇を利用して半年ばかり英国などで過ごした間、飲み仲間でもある庄野潤三は「定期便のように」手紙をくれたという。その律儀さはありがたく、読むのは嬉しかったが、時には困ることもある、としてこんな例が出てくる。たとえば、一家そろって新宿の鰻屋に行った話。そこには庄野と二人で前に何度も行っているから店の構造もよく知っている。ああ、あのへんに坐ったのかと思って読んでいくと、「肝吸とか蒲焼とか白焼とかうな茶」などが出てくる。庄野は小説でも食物の話をいかにも旨そうに描く作家だから、その手紙を読んでいくと「鰻屋の前で匂を嗅がされているよう」でたまらない。早く日本に帰って鰻が食いたいと「懐郷の念に駆られる」。特に、「白焼きは芸術品のようでした」などと書いてあると、「何だか溜息が出る」。だから「困る」というのだが、なんだか庄野の目的も案外そのへんにありそうで、読者も思わず笑ってしまう。それにしても、奇妙な友情がほのぼのと伝わる。

次は『お祖父さんの時計』。これもその折の蘇格蘭すなわちスコットランド旅行での話題だ。小さな町の宿に泊ったら、階段の広い踊り場に大時計があり、振り子がゆっくり揺れて時を刻んでいる。「グランドファーザーズ・クロック」という名前もよく、知らない家庭の爺婆《じじばば》の顔が浮かぶような気がする。倫敦の骨董屋で見かけることもあり、買えない値段ではない。しかし、無事に自宅に届いたとしても、座敷には置けないから、洋間を広げなければいけない、椅子やテーブルも絨毯《じゅうたん》も、それに合わせて買い換えたい。そんなことを空想するのは愉快だが、実行するには莫大な費用がかかる。倫敦の大時計に振り回されて赤字を背負い込むことになりかねない。骨董屋で眺めるだけで買わなかったことを後悔しているわけではないが、今でも「頭のなかで大時計のある部屋を設計していることがある」という。人間というものの愚かさが、しみじみと胸に沁み、深く心に残る。それが「ヒューマー」というものなのだろう。

＊

『地蔵』という、いささか物騒な随筆を紹介する。庭に三尺ほどの地蔵が立っていて、「ときどきこの地蔵の丸い頭を撫でて、好い子、好い子、をしてやる」が、むろん「地蔵はうんともすんとも云わない」。まさか「どこから無断で失敬して来たのか」とあからさまには訊かないが、意味ありげににやにやする人もある。井伏鱒二は「何だ、君は地蔵迄」と言いかけて口をつぐんだらしい。「失敬して来たのか」ということばを飲み込んだものと解釈し、知り合いの画家からもらったと説明したところ、井伏は「では、そう云うことにして置こう」と応じたという。いつかは酒の席で、甲州のどこそこに古い石の道標があって、右どこそこ、左どこそこと彫ってあることを話し、井伏は「君なんか見たら……危い、危い」と笑ったという。そうして、小沼が、甲州のどこですかと訊いても口を割らなかったところから、「御自分で所有なさろうとする下心があるのではないか」と勘ぐったようだ。でも、まさか当人にそんなことは訊けない、として一編を閉じる。こんな狐と狸のやりとりを読んでいると、心を許しあった師弟関係がほほえましく、読者もそのおこぼれにあずかる。

＊

別の随筆集から、例の在外研究を利用した半年間の欧州暮らしの別の逸話を紹介したい。『以心伝心』に英語と日本語が奇妙に交錯するケースがいくつか出てくる。スコットランドの町の小さな宿で、茶色の大きな犬が人懐っこく、宿泊している自分のあとについて部屋の中まで入って来る。「こら、駄目だぞ」と言っても出て行かない。ここは日本じゃないと気がついて、「出て行け」と英語で言ったら、とたんにおとなしく出て行ったという。見たところ犬に変りはないから「英語しか解さないとは咄嗟に気が附かない」とある。ふつう誰でもそうだろう。また、こんな話もある。こちらはロンドンで、バスを待っていてもなかなかやって来ないので「ちっとも来ないな」と独り言を言ったら、隣で待っていた親父がうなずいて「今日は土曜日で車が混むからね」とあいづちを打つ。そのときはなにげなく聞いていたが、考えてみると、「日本語の独言に先方は英語で相槌を打ったのだと気がつき」、おかしかったという。ことばはわからなくとも、「何となく感じで判るのかしらん？　以心伝心ということもある」として絶妙な結びを披露する。

＊

最後に、『間違電話の話』を紹介して、読者とともに呆れよう。勤務先の学校から知り合いの本屋に電話を掛けたら「あら、嫌ですわ、先生」と年を重ねたらしい色気のある声が聞えて来て、「どうぞ御贔屓に」という。どこかの料亭か待合らしい。一瞬、声の主を検分したくなったが、「このこのこ出向いては、みっともない」と自重する。

夜の学部の授業中に事務所から急ぎの電話が入ったと呼びに来た。人の生命に関ることだという。相手は将棋連盟の丸田さんで、観戦記者の山本さんが仆《たお》れて生命も保証できない状態だという。本名山本亨介、筆名天狗太郎で著書も多い。授業を中止し、タクシイで中野の連盟に駆けつけて、当人に声を掛けると、紙と鉛筆をとって「ひんしの重病です」と書いてみせる。のちに別の知人が、本人が瀕死なんて云う場合は心配無用、「大体、瀕死の病人が字なんか書きますか？」と笑ったとあり、この場合も、貧血でちょっと失神した程度で、翌日はけろりとしていたそうだ。勘違いではあるが、間違い電話と言えるかどうか疑問だ。

今度は昼間の授業の折、やはり事務員が吉岡（友人の作家吉岡達夫）という方から電話で、重要な用件なので連絡を頼むとのことですと伝えに来た。早速電話すると、先方は「今夜あたりどうだい？　一杯やろう」と言う。いくら親しい友人でも、授業中に呼び出すのは無神経で、非常識ではあるが、これも間違い電話というイメージからは少々ずれる。

次に出てくる例は、何人かで酒を飲んでいる時に、これから阿佐ヶ谷の酒場へ行こうということになり、その店のマッチを見て電話する一件だ。電話を掛けた人間が、違う家にかかると妙な顔で戻ってきたので、別の一人が電話すると、やはり変だ。酔っぱらっているからダイヤルをちゃんと回さないんだと、もう一人が掛けてみると、その三人目はぺこぺこお辞儀をしている。やはり変だ、相手は怒っていると言って戻って来た。そこで小沼が自分で確かめようと、マッチ箱に刷ってある番号をまちがえないように回すと、つながった。そこで先手を打とうと「サルビアかい？」と酒場の名を言ったら、とたんに頭に響く女の声で「あんた方、何か恨みでもあるの？　夜分、入れ替わり立ち替わり失礼じゃありませんか。悪戯も好い加減にして頂戴」とどなられた。マッチ箱の番号が違っていたことが判明したが、そうかといって、「先ほどは失礼しました」なんて改めて電話したら、はたしてどうなることか。

失敗談をもうひとつ。神楽坂に住む友人の家に何人かで遊びに行くことになり、近所の喫茶店に集合した。そこで、「みんな揃ったから、これから押しかけるぜ」と友人に電話すると、先方が「何事ですか？　こちらは牛込警察署ですが」。吃驚《びっくり》仰天して電話を切った。

## 82　ハカナサと胡散《うさん》臭さ

安岡章太郎

その二年後の一九二〇年、安岡章太郎は高知市に陸軍獣医の長男として生まれた。父祖は土佐の郷士、この地方の名家という。幼時から父の転勤に従い、京城、弘前、東京など軍隊の所在地を転々。長い浪人生活中に永井荷風や谷崎潤一郎らの耽美小説に熱中、慶応義塾大学の文学部に入るも、ほとんど登校せず、やがて入営して従軍。その部隊はフィリピンに移動し、レイテ島で全滅するが、安岡は胸部疾患で内地送還となり終戦を迎える。病床で書いた『ガラスの靴』が注目を浴び、『陰気な愉しみ』『悪い仲間』『海辺《かいへん》の光景』『幕が下りてから』などの小説から、次第に批評やエッセイに中心が移っていく。

＊

まずは、『好きな詩』と題する井伏評。「つくだ煮の小魚」という井伏鱒二の詩を引用して始まる。水たまりにこぼれ落ちた佃煮の小魚は、鰭《ひれ》も尻尾も折れていないし、顎のあたりには色艶がある、それでも水たまりで泳がない、生き返らない。小さな生きものに対す作者の思いやりがにじみ出す詩だ。安岡はこの詩を読みながら、酒席での井伏の言動を思い出す。器に盛られた鮎の子のうるかを眺めて、「このなかに何万びきの鮎の子があるんだろう」とつぶやきながら、「小さな溜め息をもらし」したことを記し、「盃と盃の間にホッと一息つくようなこの吐息」は、井伏文学に不可欠の

「間」だと評している。

＊

次に『書けなかった手紙』を紹介しよう。芥川賞を受けた直後に、母校の九段高校から依頼され、生徒のやっている「九段新聞」に載せた短文がもとになって「サーカスの馬」という作品ができているので、それが副題となっている。依頼にやって来た生徒は、昔の自分たちのような制服ではなく、ワイシャツにジャンパーをひっかけ、髪を伸ばしている。そして、妙な話をする。自殺が流行して、この半年の間に何人も死んだという。自分達のころは空襲の現場に「人間の焼死体が、焼棒杭《やけぼっくい》のようにころがって」いて、「まだ眼底に残って」いる。そういう戦乱の血なまぐさい記憶もようやく薄れはじめた頃になって、高校生の自殺が流行するとは、と暗い気持ちに襲われたらしい。

あの暗かった時代にも、「落第すれすれの劣等生だった自分」でも、優等生と一緒にわいわい遊んでいたし、その気になって頑張れば、学校の成績ぐらい取り戻せるという気持ちだった、誰でもそうだったはずだ。思い出となると、むしろ明るいものが多い。そんな自分を「学校の隣にあった靖国神社の大祭のときにやって来るサーカス小屋の裏手につながれていた一頭の痩せ馬」に置き換えて語った作品なのだという。その作品を教科書で読んだ中学生たちの手紙にどう書いたらいいかわからず、まだ返事が書けないでいる、という。

＊

今度は『ハカナサと胡散臭さもサーカスの魅力』に言及する。サーカスの魅力は何かと考えると、「ある日忽然とあらわれて、またある日何処かへ消えてゆく」。そして、一度見失うと二度とめぐりあえない、そんな「ハカナサと胡散臭さ」も魅力だという。小舎が取り壊されるときの、何ともいえないはかなさ、物悲しさを思い出しても、子供心にそんなことを感じていたのかもしれない。

帰りがけに楽屋をのぞくと、芸をしているときは「縫いぐるみの人形のようにおとなしかった熊」が、「物凄い唸り声を上げて鉄の檻をぶち破らんばかりに暴れている」のにはぎょっとしたという。ほんのちょっとの間、「ネコをかぶっていた」にすぎないらしい。

＊

最後にもう一編、『犬の愛情』と題する心あたたまるエッセイを味わい、滑稽なぬくもりにのんびり浸ることにしたい。犬を飼って「コンタ」と名づけ、そのことをいくつかの雑誌に書いて「多額の原稿料と印税をかせいだ」が、人間と違って「不服も言わないし、モデル料を請求することもない」という。むろん、しつけがいいからではない。ある日、知人から、「うちの娘が、そろそろ具合が好さそう」だが、明日あたり連れて行ってもいいかという電話が入った。なんだか見合いのような話だが、「娘」というのが実は紀州犬の雌で、それをお宅の「コンタ」の相手にどうか、という誘いらしい。前にもそんな申込みがあり、試みたが、先方の発情期が終わっていたらしく、うまくいかなかった。そうなると、自分の犬が「相手にフラれたような心持」になる。なにしろ、「ノラ犬らしい雌犬」が「鼻をうごめかせながらコンタのそばにしたい寄る」ように見えると、「あら、コンちゃん、おひさしぶり。朝の散歩だなんて、しゃれてるわねえ」と言いたげに感じる作者だから、交尾しない日々を「聖僧のごとき生活を送っている」と書く。その相手に「じゃ、明日の午後四時、娘を連れてうかがいます」と言われると、自分が「女性にデートを申し込まれても、多分これほど緊張しないだろう」と思うほど、こちこちになったそうである。

## 83　生田の山の親分さん江　庄野潤三

翌一九二一年、大阪市の住吉に帝塚山学院長の三男として生まれた庄野潤三、兄に児童文学の庄野英二がいる。帝塚山学院を経て住吉中学に進み、詩人の伊東静雄に国語を教わる。大阪外語の英語部に入学。チャールズ・ラム、内田百閒、井伏鱒二を愛読。九州帝大で東洋史を専攻。復員後、中学の教員をしながら『愛撫』『舞踏』を発表。朝日放送に入社。『プールサイド小景』の受賞に伴い文筆活動に専念し、吉行・安岡らと「第三の新人」の一角を担う。『静物』『夕べの雲』『絵合せ』『鍛冶屋の馬』『インド綿の服』など、崩壊の不安をひそめて流れ去る平穏な日々を、日常生活の断面の淡彩スケッチで照らし出す。

＊

一九七六年五月二十一日の午後、例の雑誌の一年間連載の作家訪問の第八回として、川崎市の生田の丘の上に建つ庄野潤三邸を訪ねた。玄関前にびっくりするほど大きな甕が伏せてあった。庄野文学には、平凡な日常生活に対する感動や憧憬がある、それは戦時下に青春を送ったところから来るのか、そんな質問から始めた。すると、「兄が戦地へ行く、無事に帰って来たかと思うと、今度は二番目の兄が戦争に行く、無事に家族が顔をそろえるのはむずかしい、やがて自分の番になるから、明日は保証しがたいということが、理屈ではなしに身にしみたのかもしれない」と応じ、「下宿に親しい友達が集まって餅を焼いたりできるのも、いつまで続くかわからない、後になってみると貴重なありがたい一瞬だったのかもしれない」と言う。そこで、『静物』という作品では金魚鉢が、そういういつ壊れるかわからない不安、平穏な日常に隠れている意外な脆さの象徴として扱われていると口を挟み、戦時下となると、さらに深刻なわけですねと促すと、「平和な世の中になれば、そういう感じは薄れるはずだけど、自分の性分もあるかもしれない」という。

最後に、「ふくらみのある文章」というあたりに、理想とする書き方が集約されると考えていいかと水を向けてみた。すると、はたして「ふくらみ」というのは、いいことばだとうなずいて、「彫琢《ちょうたく》した文章よりも内容が大事で、内容さえ優れていれば、おのずといい文章になる」と言う。

そこで、「文学作品は表現即内容で、両者は切り離せない」と補足すると、「巧言令色鮮《すくな》し仁」という気持ちで書いて、読後にふっくらとした印象が残るのがいいと言う。そこで、「美しい文章」と言われると抵抗を感じるかと問うと、それよりユーモアがあると言われたほうが嬉しい、読んでいるとひとりでに笑えてくる文章だと付言する。こちらが、滑稽味というより「ヒューマー」ですねと確認すると、「人間がまともに生きて居るのを見ると、どっかしらおかしい。まじめなところしか、おかしみも悲しみもない、それが僕の文学観なんです」と、にこやかな笑顔を見せた。

そういえば、『実のあるもの』と題する随筆で、「芸術というものは誠さえこもっておれば、下手なほどよろしい」という恩師、詩人の伊東静雄のことばを引いて、「この反対になることを、われわれは最も用心しなくてはいけない。誠がなくて、上手なように書いている文章がいちばんよくない」と書いてある。

＊

『幸福な家庭と不幸な家庭』から始めよう。小学校五年生の娘がいて、本を読むのが大好きで、「食卓では、突然何か珍妙なことを云い出してみんなをふき出させ」る。「この子がもし普通に女の人が結婚する年齢で無事に結婚してくれるものとすると、いま十一歳」だから、私の「家にいるのはあと十数年」ということになる。そう思うと、ちょっと不思議な気持ちになるという。これまで顔を知らない女の人を頭において、その見えない相手に向かって話すように書いてきたのだが、うからかすると、自分の家の中にそういう相手が現れるからだという。「軽薄な男は相手にするな」「酒を少しも飲まない男は気をつけたほうがいい」「どっしりとした感じの男でないといかん」と思うが、娘が結婚する相手がきまれば、もう何を言ってもはじまらない。その日が来るのが今から心配らしい。

＊

次に、『治水』と題するエッセイをとりあげる。福原麟太郎の随筆の題をタイトルにして、その思い出を語った一編である。東京駅の地下の食堂で生ビールを二杯飲み、福原との対談の行われるステーション・ホテルに着くと、相手の福原が一人で腰掛けている。勇をふるって初対面の挨拶をしたというが、「生ビール二杯がよかったのかもしれない」と注がついている。これは冗談だろうが、いくらか酒の勢いもあったらしい。帝塚山学院の校長をしていた父がヨーロッパに出かけるときに神戸から乗った船は、その二年後に福原がイギリスに渡るときに乗船したのと同じ日本郵船の香取丸だったそうだ。随筆でそんなことにもふれているのは、何かの縁と感じて嬉しかったのだろう。

「夜空にきらめく星の中」から光る星を探すように、福原随筆から傑作というべき名文句を選ぶのは困難で、「訥々《とつとつ》と話すのがいい」「できるだけ愚直に生きよ」「早く年を取れ」など数知れない。シェイクスピアのことばでも、ラムのことばでも、福原の身体を通って出てくれれば、もう福原の魅力になり、大きさは測り知れないとある。

＊

今度は『誕生日のラムケーキ』という一編だ。嫁いで今は南足柄に住む長女の夏子から、父親の誕生日に宅急便が届いた。開けてみると、ラムケーキとアップルパイが入っていて、手紙が添えてある。「生田の山の親分さん江」という書き出しから、「今年もまたお達者でお誕生日の佳き日を迎えられたことをお喜び申し上げやす」と続き、「ではこの辺で失礼さしていただきやす。ごめんなすって。金時のお夏より」と結んである。金時が産湯を使ったという夕日の滝に近い山の中腹の家に住んでいるから「金時のお夏」と名のったもので、毎年、この形式の手紙なのだという。そうでないと誕生日の気分にならないというから、いい家庭の雰囲気が伝わってほほえましい。

＊

『お多福かぜ』に移る。その長女のところの二番目の男の子がお多福かぜにかかっているが、心配はない。ただ、「ふだんからおにぎりみたいな顔をしている」から、「あれがふくらんだら、どうなるか」という心配はあるという。今よりさらに小さい時分から、「ひと口で食べるのはどうしたって無理だというものを、構わず、ゆっくりと口へ押し込む」と、それがたいがい入ってしまう。

時には、「行きも戻りもできなくなって、立ち往生」することもあるが、そのうちに不思議におさまる。今、それがお多福かぜだというので、「多分、あんな具合にふくらんでいるのではないか」と思いながら、妻と様子を見に出かける。どんなにふくれているかと思って当人を見ると、いつもと大して変りはなく、拍子抜けする。

＊

『一本の葡萄酒』は三浦哲郎のスペイン旅行のこぼれ話。貫禄のある給仕が葡萄酒を持って来て吟味してくれるしぐさを、三浦が水割りの入ったグラスで真似してみせる。「鼻先へ近づけて嗅いでみる、鼻のそばでグラスをまわし、かざして色を見る、「ひと口すすってみては軽く舌打ちする、また鼻先へ近づける、すする、ふたたび舌打ちする」。こうした仕草をくりかえし、「よろしい」と大きく頷いてみせる。もし、これでなく別のを持って来てくれなどと言おうものなら、栓を抜いたその一本分の代金も勘定書きに加えられるにちがいない。だから、誰も飲まずに返すようなもったいない真似はしないという。

＊

『夕べの雲』の丘、と題する短いエッセイを紹介する。『夕べの雲』というのは、日本経済新聞に連載した小説のタイトルである。この作品は、大浦一家の幸福な家庭風景を描きながら、「静かな感銘を残す」とか、「いまいるひとときを、喜び生きている家族の姿が美しい余韻を残す」とかと小沼丹が批評を寄せたことを伝え、「夕暮、どこからか、静かな合唱が聞えて来る。そんな感じがある」ということばは殊に嬉しかったと当時を振り返り、それから三十年を経た今、「主人公の大浦夫婦、つまり私と妻の二人は、今も『夕べの雲』の舞台である丘の上に住」み、「作中で活躍した三人の子供はみな結婚して家を離れ」、夫婦二人で「晩年の生活を楽しんでいる」と記した。ちなみに、それから半世紀を経た現在は長男一家がその家に住んでいるようである。

＊

文学の師匠にあたる井伏鱒二の人柄を描く『井伏さんの酒』をとりあげよう。雑誌『群像』に一挙掲載の長編を依頼され、筆が進まなくて難儀していたころ、井伏に仕事はどうかと聞かれ、書きたいことはあるが、どう書いたらいいかわからなくてと打ち明けると、井伏は「ハエがね、硝子障子から外へ逃げ出そうとして、こっちへ行けばさっと外へ抜け出せるのに、一つところを行ったり来たりしている。ちょっとした弾みで出られるのに。そういうことがよくあるね」と言ったという。気持ちを切り換えて書き上げたのが『静物』。『浮き燈台』のことは「屋形舟に大根積んだようなものだね」と一言。「悠長な書き方だね」という意味か、井伏の真意はいつもわかりにくいが、いずれにしろ、作者の労をねぎらったのだろう。

惜しまれつつ今は消えた大久保の「くろがね」という店で寄せ書きをした際、井伏は「ここを先途と飲む酒は」と書いた。まさにそんな勢いで飲んでいたらしい。深夜に及び、誰かが腰を浮かせると、井伏は「物事にはリズムがある」と一言。そこを帰ると、リズムをこわすことになりそうで、誰でも腰をもとへ戻す。威厳なのか、人徳なのか、いつも飄々とそんな雰囲気が漂っていたような気がする。

## 84　侘しい蝦蟇口《がまぐち》

吉行淳之介

その三年後の一九二四年、吉行淳之介は岡山市で、新興芸術派の小説家吉行エイスケの長男として生まれた。のちに上京し、番町小学校、麻布中学、静岡高校を経て、東京大学英文科に進む。母は美容師のあぐり、妹に俳優の吉行和子がおり、妹の理恵も詩人。戦後、「新思潮」などに参加するが、大学中退後、雑誌記者を経て、処女作『薔薇販売人』に次ぎ『原色の街』『驟雨《しゅうう》』で作家的地位を築き、安岡章太郎、庄野潤三らと「第三の新人」と呼ばれた。『娼婦の部屋』『闇の中の祝祭』『鳥獣蟲魚』『砂の上の植物群』『夕暮まで』などを発表し、性を突破口として精神と肉体との関係から人間の実態を認識しようとする。

＊

一九七五年十一月十四日の午後、例の雑誌の作家訪問のうち、一年間連載の企画の第一回として、原稿執筆のため宿泊中の帝国ホテルの一室に吉行淳之介を訪ね、コーヒーを頂戴しながら、ぶしつけなインタビュアーの質問に率直に応じていただいた。まず、現在の文体を構築した礎石として高校時代の話題を出すと、いきなり「文体は内容が決定する」という基本姿勢を示し、詩から散文に移るのが苦しかったという。発想がまるで違うためだ。フラグメントが一つで短編ができるとすると、それを五十ぐらい積みあげて長編になる。その全体の三角錐は全体で抽象的な問題に向かっている。そんな幾何学的な説明が何となくわかる。父親の影響に話が及ぶと、ああいうデコラティブなものでなく、プレーンな文章を好むから、ああいうんじゃない文章を書こうと思ったぐらいだという。

『原色の街』の下敷きになった地域を問うと、女の精神と肉体との相関を書くには娼婦の街が手っとり早い。「鳩の街」という猫撫で声みたいな名を出さずに曖昧にしたとのこと。「書き出し」と「結び」に関する意識を尋ねてみた。作品を書きだす前に体の具合が悪いような何日かがある、書き終えたら医者に行こうと思って、原稿を渡したら、とたんによくなる。書いていってどこかに辿り着いたような感じになったら、そこで終わると語り、結びに関する姿勢を熱く説いた。短編で一番いけないのは、ストンと落ちること。これは作者の衰弱だという。「そこを警戒しつつ、一度ギュッと締めて、パッと広がらせて終える。さりとて曖昧にぼかしてもいけない、ギュッと締めて、フワッと放してふくらます感じを出す、それはあくまで明晰な広がりでなくちゃいけない」。話も明快だ。最後に、作品や作家を解く鍵としての「キーワード」に話を向けた。志賀直哉の「こだわる」「拘泥」という例を出し、吉行さんの作品では「町の汚れ」「生活の汚れ」といった「汚れ」という語が気になると言いかけると、「それは気がつかなかったな」と言う。色彩語では「石膏色」と具体例をあげ、「あれは感動のない、倦怠感のようなものを象徴する色」なのかと水を向けると、「ええ」と大きくうなずき、その逆の「夕焼け」も多いと追加し、その二つには幼児体験があるという。「夕焼け」は何かの救いのようなものかと問うと、「いや、感動」と訂正し、「生理的な感動と言うのかな」ということばが返ってきた。

＊

まずは『酒中日記』から。週刊誌の連載対談のホスト役を担当した江國滋が、がんセンターの部長に、このところ知人や友人が何人も癌で亡くなっているという話を出し、もう二十年以上前から、五年もすれば治療のめどが立つと言われているが、一向に新薬のようなものが出ないと話題を向けると、医学が進歩しすぎて人間が死ななくなると困るから、その制御装置として、生まれた時から細胞の中にあるのではないかという反応。癌研や癌センターの院長とか所長とかがよく癌で死ぬという話題には、例外なくヘビースモーカーだったと応じたので、江國はその才覚に感心したという。

＊

次は『美人六百年周期説』。小野小町といえば美人の代表で、何となく細面だろうという先入観があったが、平安時代の美人の条件は、下ぶくれの丸顔らしい。わが国では六百年周期で丸顔の時期がやって来るという説があるらしい。もしそうであれば、すでに丸顔時代に入っており、二〇三四年に全盛期を迎えることになる。あと十年ちょっと、はたしてどうなっているか知らん？岸恵子、京マチ子、大竹しのぶ、和田あき子、泉ピン子、松田聖子、竹下景子などは丸顔タイプに属するから、たしかにかなりの数にのぼる。

対するうりざね顔と思えるのは淡島千景、有馬稲子、山本富士子、若尾文子、岩下志麻、松坂慶子、美空ひばり、島倉千代子などで、これも少なくない。桃井かおり、吉永小百合や司葉子などはその中間的な輪郭と言えそうだ。

しかし、「物凄い不美人が出来そこないの感じを与えるのと同じように、素晴らしい美人というものは、これもどうも出来そこないのような気がする」とも言うから、あまり真剣に考えないほうがいいのかもしれない。

ちなみに、『「族」の研究』というエッセイに「銀座のバーに入って行くと、見慣れない顔のホステスがいて、それが驚くほどのブスだった。凄惨で壮絶な感じのブスで、ここまでになると、絶世の美女と紙一重という存在感があった。絶世の美女も絶世のブスも、ともに神様の失敗作という感じを受けて、思わず笑い出」すところが出てくる。その女は野獣会のメンバーで「全ブス連」の副会長で、会長のミロに会ってみるかと誘われる。とっさに「ミロはミナイ」と言って「誤魔化」して、危うく難を逃れる。

＊

今度は『小道具たちの風景』をのぞいてみよう。「昔、菊池寛という親分肌の小説家がいて、金に困っていそうな相手がやってくると、着流しの着物の袂から、くしゃくしゃになった紙幣を無造作に摑み出して渡した」というエピソードから始める。「菊池寛」というのは戯曲『父帰る』や小説『恩讐《おんしゅう》の彼方に』『真珠夫人』などの作者で、雑誌『文藝春秋』を創刊、出版社は当初、菊池の個人経営だったらしい。若き日の横光や川端を支えた。

洋服姿の今で言えば、相手にポケットマネーを渡すことだが、菊池の場合、「数えもせずに財布代わりの袂から取り出すのだが、あとで調べてみると、それぞれの相手にふさわしい金額」だったという。野放図に見えて実は細心だということになるが、けっして気取っているわけではなく、両方の性格を兼ね備えており、無駄なお金を使わないのだという。ところが、結婚後は山の神の管理が厳しくなってこうはいかなかったようだ。「金がポケットから出てゆこうとするとき、そこでフト立止まらせる役目を財布が果たす」かららしい。自殺の名所の崖縁に「ちょっと待て」という立札があるのと同じ効果を財布がはたすのだ。

そのあとに、ソープ嬢が蟇口《がま》で無駄遣いを防ぎ、一億円を目標に現在七千万円貯めたという話が出てくる。「蟇口《がま》」というのは名前もいいし、形も愛嬌がある、金具をパチンと開くとき、やや「猫背になるところも侘しい」。どことなく侘しさがつきまとうところに、吉行は惹かれるという。

＊

次に『ふしぎなテープ』を紹介する。ある日、急に思い立って、部屋の整理を始めた。思い立ってから実行するまでに十年かかったが、いざ始めると、作業をしないと落ち着かず、一ヶ月近く続けて九分どおり片づいたときに、なぜか、やる気がすうっと消えたらしい。この期間に不思議なことがいろいろあったという。「行方不明になっていた森茉莉さんの選集」が見つかった、ちょうどその日の夜に、鷗外の娘、自身も小説家である森茉莉の死去が報じられた。吉行と同居している女優の宮城まり子のところに、森茉莉から掛かって来た三時間に及ぶ電話を録音したカセットテープが発見された翌日に、その電話の主の葬儀が執り行われた。電話の声は年齢を感じさせない若さだが、不思議な終わり方をしている。「ヨーコ（詩人萩原朔太郎の娘の著述家、萩原葉子をさす）とわたしは馬鹿同士でおもしろいのよ。わたしが死んだらね、吉行淳之介氏がかならず追悼文を書く、とわたしは信じているわけ。それを葉子に自慢したのよ、葉子はたちまち真青になって、わたしは誰も書いてくれないって、うろうろするの」というところでテープが切れた。ああいうことばで尽きるとは、計算してできることではない。八年前の四月、書評紙の対談のため、森茉莉が吉行家を訪れたときの逸話も出ている。

応接間に暖炉があり、焼却炉としてもよく使う。森茉莉はそれに興味を持ち、「この暖炉、いいわね。そおっと人間を焼くのに」と言い出した。吉行が「便利ですよ、人間も焼けるかもしれない。まず、風呂場で血を抜いて」と話を合わせ、「問題は臭いだ」と言うと、森茉莉の眼が輝いた。「だから、地下室でカラカラに乾燥させて」と吉行が想像話を続けると、それを受けて森茉莉は「わたし、ひとり殺してみたいと思ってるの」と乗ってきて、ドラマの話を始める。追い立てをくわせる家主に毒薬を飲ませると一緒にいた妹まで死んでしまう。姉のほうはクリスティのミス・マープルみたいに、殺人が済んで、また毛糸を編み始めながら、二人の死体を見て「あら、散らかっちゃったわ」と言う。その日、森茉莉はスリッパを履いたまま帰宅したが、別に珍しいことではない、として、この劇的なエッセイは結ばれる。

最後に『七つ数えろ』という短い随筆をとりあげて、殺伐とした空気を冷まそう。「です・ます」体の文芸批評家として知られた中村光夫が晩年、「発言したり返答したりするときには、まず七つ数えてからにしている」と言っていたという。怒りが収まらないうちに興奮して書いた手紙は、すぐに投函せず一晩寝かせて冷ませ、ということは昔からよく言われる。冷静に判断できるまで待つように、という注意だろう。恋文など、熱が冷めてからでは書く気にならないから、むろん例外もあるが、興奮状態で事を起こすと、思わぬ結果を招くことがあるから、一般には有効なアドバイスである。あの鋭く切り込む、筆鋒鋭い中村光夫にして晩年にはそう心がけていたことは興味深い。吉行自身もそう心がけているらしいが、「反射的に意見を述べたり、発作的に発言するクセはなかなか直らない」という。それに、年を重ねるにしたがって忘れっぽくなり、「七つ数える」こと自体をしばしば忘れるというから、いかにも人間的だ。ある編集プロダクションから電話が入り、吉行が祖父と妹の和子と三人一緒の写真という話が出たので、即座にそんな写真はないと否定すると、そういう写真の載っている本があると言われ、確認すると確かにそうだ。明らかに写真館で撮った写真だ。そう言うと、先方は、そのネガをお持ちなら貸してくれと言う。もし七つ数える余裕があれば、そんな要求はしないだろうと思ったという。たしかに、写真館で写してもらった写真のネガを持っているということはほとんど考えられない。

## 85　あるのは眼前の日々　藤沢周平

その三年後の一九二七年、山形県、現在の鶴岡市に生まれた小菅留治《こすげりゅうじ》は、旧制鶴岡中学、間もなく酒井藩の藩校の名を復活して致道館となる現在の鶴岡南高校を経て山形大学に進み、卒業後に中学教師となるが、のち上京して業界新聞の記者をしながら、藤沢周平のペンネームで小説を書く。『溟《くら》い海』『用心棒日月抄』『本所しぐれ町物語』『たそがれ清兵衛』『橋ものがたり』『驟《はし》り雨』『暗殺の年輪』『蟬しぐれ』などがよく知られる。念頭におく郷里の城下町の規模を縮小し「海坂《うなさか》藩」と称するのは、結核療養中に関係した俳句の雑誌の名称に由来するという。同県人という縁もあってか、藤沢周平の文体に関するエッセイを山形新聞に連載した。その縁か、藤沢周平の文学をめぐるシンポジウムに招かれて山形市で討論に参加。

＊

『初冬の鶴岡』から始める。「郷里では私はふだんより心が傷みやすくなっている」とある。誰しも、他人にやさしくして喜ばれた記憶よりも、「若さにまかせて、人を傷つけた記憶」のほうが鮮明に残っているのだろうが、藤沢は「身をよじるような悔恨をともなって甦る」のだという。そこに「冬潮の哭《な》けととどろく夜の宿」という自らの句を添える。

次に『母の顔』。印象が鮮明なのは、その日の仕事を終え、鍬をかついだ母の後ろから自分が泣きながら歩いていたことだという。歩くのにくたびれたわけでも、母に叱られたわけでもなく、「野を満たしている夕日の光を眺めているうちに、突然に涙がこみあげて」きたのだそうだ。記憶のほうは「影絵のように不明瞭」であっても、今考えれば、そのころの母は驚くほど自分の身近にいたのだ、とつくづく思う。

『大阪への手紙』に移ろう。業界新聞に勤めていたころ、関西ふうの経営戦略を調べる過程で、関西弁に浸った。漫才ではなく、こういうなまの取材を通じて微妙な味わいを理解し、今でも「わて」とか「そない言わはりますけどな」とか「そらあきまへんで」とかと、仕事中に「怪しげなひとりごと」を言うことがあるという。自分のような東北生まれの人間にとって、ことばは苦痛の種なのに、関西人は楽しんでいる。長い間日本に君臨してきただけに、背後に控える文化に「満々たる自信」があって、「軽々と言葉をあやつる」ことができるのだろう。そう考えた時に、「東京弁の不器用な硬さ、標準語の味気なさ」が理解できたという。京都の人たちはそういう文化を守ろうとしているように思われるが、大阪の人たちのことばには、全国で通じるはずだという自信がみなぎっているように、同じ東北出身の人間として思う。

『近所の桜並木』に、「鶴岡公園は庄内藩の城址で、花どきになるとむかしの二ノ丸跡になる広場は、桜の花に包まれる」とあり、その時期には物売りの屋台も出て「コンニャクを煮つける醬油の匂い、綿アメの甘い匂いなどが鼻先に漂って来て」、すっかりお祭り気分になっていることが語られる。何年か遅れて、その場の空気を吸ったはずだと、読んでいて昔のふるさとが懐かしく思い出される。

その縁で、『日本海の落日』を読んでみたい。「庄内平野と呼ばれる生まれた土地に行くたびに」、気はずかしいが、「やはりここが一番」と思う。月山、羽黒山、鳥海山、最上川、赤川、そして砂丘を越えて日本海。東京から特急に乗り、新潟県から山形県へと県境を越えると左手に海が見えてくる。折から海に日が沈むところで、窓外の光景に釘づけになる。いわゆる「落日の大観」だ。そんなときに藤沢は胸の中で、こんな美しい風景はよそにあるはずがないと呟く。気恥ずかしく、他人の前ではけっして口にできないことばである。風景に限らず、食べものでも人情でも同様。人それぞれのふるさとがあるからだ。

最後に、いつかは誰でも迎える『老年』。散歩で公園に行くと、「榎の一隅の枝をゆすって」弱い風が通りすぎ、「ひとつかみほどの黄色い木の葉が撒いたように空中に散り、日に光りながらゆっくりと落ちる」。それを見ただけで満足して帰路につきながら、若いころは紅葉などさほど心にとめなかったと思い、「こういう光景に気持をひきつけられるのも老年かと思う」。ある日、自分が徳永英明のテープを聴いているのに娘が驚く。が、「センチメンタルで甘い歌声や歌詞の一節にふと胸をつまらせたりする」のは感傷のせいではない。「返らない青春」という感傷であれば、現在と青春とをつなぐみずみずしい道が通じている。だが、「老年の胸をつまらせるのは喪失感」であって、もはや道は通じていない。今あるのは眼前の日々だけだという気持ちらしい。どうすることもできない「むなしさ」なのだろう。

## 86　境内に鰺焼く匂い

向田邦子

その二年後の一九二九年、東京世田谷に生まれた向田邦子は、実践女子大の前身である実践女子専門学校を卒業し、映画雑誌の編集者となる。その折に書いたテレビの台本が好評で、シナリオライターとして独立する。放送作家として、『七人の孫』『だいこんの花』『寺内貫太郎一家』『阿修羅のごとく』などが人気を集めた。乳癌の手術を受けて退院後、遺言のつもりで書いた随筆『父の詫び状』がよく読まれ、『花の名前』『かわうそ』などで小説家としてデビュー。ほかに『思い出トランプ』『あ・うん』などを残し、人気の絶頂期に飛行機事故で世を去る。

＊

突飛な連想、思いがけない展開という一編から入ろう。『ねずみ花火』もその一例だろう。父親の仕事の関係で転勤や引っ越しが多く、ひとつの土地で過ごす期間が長くなかったせいか、お彼岸やお盆の行事には縁遠かったらしい。そのため、「なすびの馬も送り火も精霊流《しょうりょう》しも」俳句の季題としての知識にすぎず、身近で行ったことはないそうだ。ただ、何かのはずみに、「ふっと記憶の過去帳をめくって」、あんな人もいた、あんなこともあったと、亡くなった人を思い出すという。その思い出というものは「ねずみ花火」のようなもので、思いもかけないところへ飛んで「爆《は》ぜ、人をびっくりさせる」と比喩的に展開する。自分にとっては、それが「お盆であり、送り火迎え火」であり、「顔も名前も忘れてしまった昔の死者たちに束の間の対面をする」と、はっとするような結びを記す。

＊

向田邦子の随筆を読んでいて、ぷっと吹き出すことはめったにないが、にんまりとすることはよくある。『父の詫び状』から始めよう。伊勢海老を籠から出して「どっちみち長くない命なのだから、しばらく自由に遊ばせてやろう」と思ったり、人間が「美味しいと賞味する脳味噌はいま何を考えている」のかと想像したりするのも、その一例だろう。父親に今日の客は何人かと尋ね、何のために靴を揃えているんだ、片足の客はいないと叱られる場面もそうだ。酔っぱらいの客が多いと、あとの掃除が大変だ。その場を見ても、ねぎらいのことば一つかけない。駅まで見送りに来ても「じゃあ」の一言しかない人間だから不思議はないのだが、東京に戻ったら父から手紙が届いていて、巻紙に筆で、文面もいつもより改まっている。そして、最後に「此の度は格別の御働き」とあり、そこに朱筆で傍線が引いてあったという。それが精一杯だったのだろう。昔の「おやじ」はこんなふうに不器用だったが、実があったと、にんまりする読者も少なくないような気がする。

＊

『魚の目は泪』には、目刺が苦手だったとある。鰯が嫌いなのではなく、「魚の目を藁で突き通すことが恐ろしかった」のだという。浜で炎天干しにして煮干を作る過程でも、「陽に灼かれて死んでゆくカタクチイワシが可哀そうでたまらない」。そう思って、よく見ると、「苦しそうに、体をよじり、目を虚空に向けた無念の形相に見え」、「断末魔の苦しみか、口を開いてこと切れた」のもいる、とある。このあたりの流れも心情的に、伊勢海老を思いやる気持ちとつながる。

＊

次に『隣りの神様』。「月給を貰ったら、まず祝儀不祝儀に着て行く服を調えるように」と父に言われていたのに、長い間、黒っぽい服で間に合わせてきた。最近になって註文したら、とたんに、母が心臓のぐあいが悪くなり、縁起でもないとキャンセルしようとすると、知り合いのデザイナーが「喪服を作ると思わないで、黒い服を作ると思うのよ」と助言するので気が楽になったという。

洋服簞笥にしまうときに、これを着るのは、天寿を全うした人か、縁の浅い人の儀礼的な葬儀であることを願ったのに、暮れも押しつまって、親しい先輩の放送作家が不慮の事故で急逝した。その告別式の当日、神楽坂の禅宗の寺で「しめやかな読経や弔詞」の声の続く「境内に魚を焼く匂いが流れてきた」という。昼過ぎの時分どきだから不思議はないが、鰺《あじ》の開きか何かを焼く匂いは、どうも似つかわしくない。客観的にはいかにもありそうな偶然だが、どこかちぐはぐで、想像すると妙に可笑しい。

＊

『チーコとグランデ』に移ろう。「食べものを見ればさりげなく横目を使い、大きい小さいを較べていた私も、人生の折り返し地点を過ぎ、さすがに食い意地の方も衰えたか、量よりも味の方に宗旨を変えてきたようだ」と思っていたが、亡くなった父親の法要の際に精進落しの鰻重の蓋を取りながら、自分が蒲焼の大きさを他と比べていることに気づく。これでは「泣く泣くも良い方を取る形見分け」という川柳を笑えないと思う。それが人間なのだろう。

＊

『お辞儀』の終わりに、「親のお辞儀を見るのは複雑なものである」とあり、「面映ゆいというか、当惑するというか、おかしく、かなしく、そして少しばかり腹立たしい」と続く。「自分が育てたものに頭を下げる」、「子供としてはなんとも切ないものがある」として結ばれる。これまで考えたこともないが、なるほどそんなものかと、気持ちがくすぐったくなる。

同じ作品の少し前には、母親が飛行機で飛び去るのを見送る場面が出てくる。母の乗った飛行機がゆっくりと滑走路で向きを変えると、急に胸が締めつけられるような気持ちになる。そして、「どうか落ちないで下さい。どうしても落ちるのだったら帰りにして下さい」と祈りたくなる。「帰りに」というのは、むろん母の帰りの飛行機ではなく、その飛行機が戻って来るときのことだろうが、大の大人が、そんな虫のいいことを祈るのだから、考えただけで可笑しい。だが、そう書いた当人がのちに飛行機事故で一命を落とす結果を知っている読者は、単純に笑う気にはならない。

# 87　町は低くなった

竹西寛子

同じく一九二九年に広島市に生まれた竹西寛子は、広島第一高等女学校時代に学徒動員を経験。

戦後に上京して早稲田大学国文科に進学し、近代文学の紅野敏郎・竹盛天雄・鳥越信と同級。卒業後、河出書房・筑摩書房で編集者を経験し、『往還の記』で文芸評論家としてデビュー。続いて広島での被爆体験を沈潜させた『儀式』で小説家としても世に出る。『遠吠え』『鶴』『兵隊宿』『五《い》十《す》鈴《ず》川の鴨』などの小説のほか、『源氏物語論』『式子内親王・永福門院』や、随想集『ものに逢える日』『庭の恵み』『山河との日々』『広島が言わせる言葉』などがある。古典の素養と繊細な感受性により幅広い文学活動を展開している。

*

『バッハ礼讃』で「いつ終わるともしれぬ海鳴りのような律動」、「単純だが力強く、質朴だが威厳にみちており、心の深みに、静かに呼びかける」、そうして、「やがて底のない深みに向かってか、見きわめのつかない高みに向かってか、思いを及ぼさずにはいられなくなる」と告白した竹西は、『モーツァルト交響曲第四〇番ト短調に』に、人は悲しみのきわまる時に涙をこぼしたり、喜びのきわまる時に歌を口ずさんだりするものではないとし、この曲の「上質のうすぎぬをまとっているような明るさ」には「人間の心とからだのすべてがこめられている」ことを見抜いた。「深刻に沈むことも、苦しさに濁ることもなく、軽やかに、そしてどこまでも優雅に、端正に撒かれ、重なり、ひびき合う音」は「のがれ難い人の世の苦しみ」を思わせるとして、「はかなさにいて永遠を夢みる心を刺激する」ことに驚嘆している。まさに、この曲の質感を深く鋭くえぐりとったことばの演奏である。

＊

自然もまた、見る人によって感じがまるで違う。まさしく『雲』と題する随筆に、「夏の終わりの入道雲には、見つめていると涙のにじみそうな輝き」があるという。山の上でも海上でも、勢力を感じさせ、逞しさのあらわれでありながら、すぐ弱まりそうな、いわば儚さの影を引いているように、入道雲の命が感じられるという。そして、夏の終わりには「やんちゃ坊主のあがき」のような可笑しさ、支離滅裂、破れかぶれ、「自分にじれて地団太ふんでいるような」おもしろさがある。「優雅で、いかにも品のよい雲」、「いまにも息絶えそうな雲」、「妙に気取った」雲といろいろあるなかで、入道雲は、「片肘張って生きる者をたしなめる。いい恰好して生きる」とくたびれるから、ぼろを出せとたしなめる、そんな相手に見えてくるというのである。

＊

最後にもう一編、やはり『暮れない空』を読んでみたい。夏の始め、東京から新幹線でふるさとの広島に向かう。宮島に渡り、厳島神社に入って厩舎の近くまで来たが、そばへ寄っても生きもののにおいがしない。「床を蹴る音もない」。海に向かって立つ白馬の姿は模造に変わっている。幼い自分の見た白馬は生きていて、声をかけられなくても、うまやの周りをひとまわりするようにしつけられていた。それがなぜか悲しかったのは、そこに「予感される人生」を漠然と感じていたのかもしれない。

西の空を燃え立たせて陽が落ちると、山際の光は衰え、金色の名残の雲は翳《かげ》り、山々は薄明に向かう。ホテルの二十一階から久しぶりに故郷の町を眺めているうちに、昔の光景が浮かんでくる。「穏かに暮れてゆく空に、夜半になってもいっこうに暮れない空が重なった。燃え上がり、焼けひろがる地上の熱で、朝方まで夕焼を見ていたような空である。それは一日だけではなかった。幾日も続いた。そうして、町は低くなった」。人類の愚かな行為によって故郷の広島を襲った非人間的な大惨事は、この作家の胸の底深くえぐり、ついに消えることはない。その惨禍はこうして読者の胸をも揺さぶり続ける。

## 88　ろうたける

青木玉

同じく一九二九年に東京に生まれ、東京女子大学の国語科を卒業した青木玉は幸田文《あや》の娘、したがって幸田露伴の孫にあたる。共に暮らした生活をふりかえるエッセイ『小石川の家』を母の死後に、安野光雅の装丁で講談社から出版。幸田家三代の文筆と注目を集める。

＊

大きな椋の木の生えた道に面した幸田家周辺を描いた安野画伯の絵の表紙をめくると、母に連れられて小石川の祖父の家に向かう際の注意事項がいきなりずらずらと並べられる。よろしくお願い申しますと挨拶すること、おじいちゃまに言われたとおりにすること、口ごたえや重ね返事、大きな声で騒ぐこと、やたら動き廻ること、家から勝手に外へ出ることはいけない、とにかく行儀よくおとなしくすると、母の文《あや》がきつく言いわたす。

お盆に載せて薬を運ぶと、露伴は「それは何だい」。「お隣の先生がよこした薬かい」「何のためのものか、おっ母さんは言っていたか」「お前は何も聞かずに持って来たのか」と畳みかける。こうなると、「はいも駄目、いいえはなお」、「聞いて来ますの一時のがれも利かない」。黙って畳のへりを見ていると、「そこに返事が書いてあるのか」、腰を浮かせれば、「返事もしないで座を立つことが出来るのか」、「申し訳ありません」と謝ると、「何を申しわけないと思っているんだ」と迫る。言い方は厳しいが、すべて正論だから反論の余地はなく、母親もこうやってしつけられて、たしなみを身につけたのだと思う。

母もしつけは厳しい。書き初めの稽古で、畳に紙を置いて左手を支えにして書こうとすると重心が前にかかって腰が浮く。すると後ろから蹴飛ばされ、「おでこが畳にこすれ」、墨だらけになる。「腰が決らないで字は書けないと、あれ程いったのに」と叱ったあと、「ひっぱたかれて痛いとあん

た は 泣くけど、母さんの手も痛いのよ」。これは利いた。
ある日、祖父の肩を叩き終え、布団を着せかけて部屋を出ようとすると、「お前はたけるということを知っているか」と尋ね、「芭蕉の七部集に、﨟《ろう》たげにやさしき娘かしづきて」という句がある。「可愛らしい姫君の優にやさしく、年老いた尼さんを労っている様を詠んだものだ」と教える。「蠟燭が熔《と》けるようにたらたらと柔らかになることかと思っていたが」、字引を引くと大違い。「上﨟女房とか大そう品よくたおやかな美しい女《ひと》」のことらしい。一度お目にかかった大河内さんのお嬢さん「河内桃子さんの、ちょっとはにかんで首をかしげゆっくり笑みこぼれたお顔立は正しく﨟たけていた」と思う。祖父の言うとおり、懐かしくよいことばである。

＊

いつも物静かで、露伴の話の思いを一滴も聞き洩らすまいとする歌人の斎藤茂吉がやって来て、「臼から取り上げたままの餅を納豆に芥子《からし》、ねぎ、醤油を入れた大鉢に一トロ大にちぎって入れる」と納豆餅の説明に身を乗りだして熱弁をふるい、「搗《つ》きたての餅を召し上って頂けないのは残念です」と、いかにも残念という顔をする話も出る。それを聞いた露伴が数日後に、娘の文にそれとなく催促したりする。

ある日、露伴は孫娘に「お前は学校で何を習っているね」と尋ね、「万葉集、古事記、十八史略」と答えたとたん、「十八史略なんざ、俺は五つくらいの時焼き薯を食べながら草双紙やなんかと一緒に読んだが、お前の大学はそんなものを教えるのか」とあきれ返った顔をして目をつぶったともある。

祖父が怒り出したので、二階の自分たちの部屋に逃げると、追いかけて勾配の急な内階段を上ってきた祖父は息が切れて顔が赤黒く目が光り、母に摑みかかったとたん足が滑って尻餅をついた。その後「幾日もの間、祖父も母もほとんど口をきかず、静まり返った家の中は衝突を避けるための緊張に秋の冷気が固くこごっていた」とある。

## 89　人間の脂

三浦哲郎

その二年後の一九三一年に青森県八戸市に、三浦哲郎は呉服屋の六人兄弟の末っ子として生まれた。自分の満六歳の誕生日に次姉が津軽海峡の連絡船から自殺、同年夏に長兄が失踪し、翌年の秋には長姉が服毒自殺。八戸高校から早稲田大学の第二政経学部に進み、次兄の世話になるが、その次兄も失踪。大学を中退して郷里の中学教師となる。父親の出身地岩手県の村で過ごす間に文学志望に転じ、二年後に早稲田の仏文科に再入学。作家の小沼丹すなわち小沼救の早朝の英語を履修した縁で井伏鱒二の知遇を得る。

雑誌『新潮』に発表した『忍ぶ川』以下、『恥の譜』『初夜』などの一連の私小説で、暗い血を背負う苦しみから、父が尋常の死をとげることに救われ、子供を持とうという決断をする心理的過程を描き出した。ほかに『幻燈画集』『愛しい女』『海の道』『ユタとふしぎな仲間達』『拳銃と十五の短篇』『白夜を旅する人々』などを発表。のちに未知谷版の『小沼丹全集』の編者を務めた折、監修の一人だった三浦氏の自宅を訪ねて歓談する機会に恵まれた。

＊

　のちに失踪する次兄と深川の木場を歩いていて、橋の一つを渡るとき、その兄は足許《あしもと》を指差して、「この黒いしみはなんだと思う」と話しかけた。丸いのもあり、箒で掃いたように線状なのもある。「わからない」と答えると、兄は「空襲のとき、炎が舐めた跡だよ。まるいのは、この橋の上で焼け死んだ人の脂。人間の脂だよ」と言う。その日、兄は自転車を担いで、折り重なった死人を跨ぎながら橋を渡ったと振り返る。今、木場にその兄の姿はなく、「人の脂を吸い込んだ橋も、いまは埃でただ白っぽく、なに食わぬ顔で日を浴びていた」として、重い一編をそれとなく閉じる。

　次に『郷里の雪』をのぞこう。雪を踏みしめる音は人によって違う。「若い女性のレインシューズは、リ、リ」。「男のゴム長は、リュイ、リュイ」。「農夫のツマゴ（藁で作った雪靴）は、リャッ、リャッ」。「年寄りの高下駄は、リーン、リーン」と聞えるらしい。そうして、「誰も通らなくなると、じいんと耳の奥に静寂の音が湧いてくる」という。そういう雪の降る晩の静けさは「まるで地の底にでもいるかのよう」で、「隣の部屋で本のページをめくる音」が、「まるで新聞を畳んでいるみたいにきこえる」と、老母にこぼされたという。

「夜ふけに、座敷の方から、びゅーん、という音がする」ので、「床の間の琴の糸がひとりでに切れたのだろう」と思うと、「崖下の凍った川が、雪の重みでひび割れる音だったり」するらしい。それが厳冬の雪国で自然に演奏される静寂のセレナーデ。

＊

『娘たちの夜なべ』は、病気の老母がものすごい力で暴れだし、看護婦の詰め所に応援を頼む話だ。なかなか言うことを聞かないので、「陽気で威勢のいい看護婦」が「こら、お婆ちゃん、おとなしくしてなきゃ駄目、こら」と笑いながら病人を叱ると、老母は色をなして、「こらだなんて、あんたさん、ご職業は?」と問い質した。それで、もうすぐ死ぬような人間は、相手の職業を尋ねたりしないはずだと、家族は胸を撫で下ろしたという。そこはいいのだが、その後、寝たきりになって、おむつが必要になる。米寿の祝いに郷里に帰ることになったのだが、まさかおむつを土産に帰郷するとは誰も思ってもみなかった。「生まれたとき、祖母が自分で縫って送ってくれたおむつで育った娘たちは、いま、なにやらくすくす笑い合ったりしながら祖母のおむつ作りで夜なべをしている」と、三浦は母と娘とのふしぎな因縁を思いながら、一編を結ぶ。読者も瞬間にやりとしながら、家族というものをしみじみと味わうことだろう。

＊

今度はその『笑顔』と題する一編にさっとふれておきたい。三浦が井伏の自宅を訪れていた折、上野の精養軒で広津和郎の出版記念会に出かけるが、君もどうだと誘われ、迎えに来た小沼丹、吉岡達夫と同道することになったという。文字どおり末席を汚したところ、近くに「石井立」という名を見つけた。以前、筑摩書房に問い合わせたところ、その名前で返事が届いたことを思い出し、確かめると、よく覚えていた。すると脇から小沼が「玉川上水から太宰の遺体を担ぎ上げた人だ」と小声で教えてくれたらしい。だが、まさかその折の感触を思い出させるわけにはいかない。

＊

最後は『一尾の鮎』で結ぼう。「短篇小説を書くとき一尾の鮎を念頭に置いている」と始まる。「鮎のような姿の作品」というのは、「簡潔で、すっきりとした作品」で、小粒でも早瀬に押し流されない力を秘めた作品。「素朴ながら時折ひらと身を躍らせて見る人の目に銀鱗の残像」をとどめるようなものだという。表現しすぎず、ごくわずかのことばで描ききることなのだろうか。そうして、いくぶんの羞じらいをにじませながら、「書くものすべてが生きのいい鮎のようであれ」と祈るように一編を結んでいる。

# 90　すきまの美意識

久保田淳

その二年後の一九三三年、東京に生まれた久保田淳は、東京大学大学院を修了。中世和歌の研究で文学博士号を取得。現在、東京大学名誉教授、日本学士院会員。主著に『新古今歌人の研究』『新古今和歌集全註釈』など。『和歌文学大系』の監修者。ともに明治書院の高校国語教科書の統括委員だった縁で、中島国彦、作家委員だった山崎正和、黒井千次らとともに、個人的な対話の機会に恵まれた。

＊

東京都江東区に「東雲《しののめ》」という町があり、東京湾を埋め立てて作った島の名。「曙運河」「朝汐運河」「黎明橋」など、東京湾岸の地名には「夜明けから朝にかけてのことば」が多く、新しくできた土地への希望や期待をこめたのだろう。地名以外にも「東雲新聞」「東雲節」があり、前者は明治二十一年に大阪で創刊された自由民権派の新聞らしい。「東雲節」は明治三十三年ごろから流行した唄で、「東雲楼」という遊女屋の事件から出たという。妓楼《ぎろう》ではなく娼妓《しょうぎ》の源氏名に由来するという説もあるという。

＊

「すごい」という語について、こんな経験が記されている。鉄道旅行のテレビ番組を見ていたら、「ドイツの美しい自然景観」に接して若手タレントが「すげーッ」と叫んだという。番組には日本語を勉強中のドイツ女性も登場していたので、これを格好いい日本語だと思われたら問題だと思ったが、「旧弊な年寄りの言語感覚なんかに取り合ってはいられない、いや、いられねえと、一蹴されるかもしれない」と危惧を記す。「いけない」を「いけねえ」と言って江戸っ子ぶるようなものだが、それがまっとうな日本語だと誤解されては困る。時と場合と相手によって多様なことばを使うのが日本語の伝統だから、適切に使い分けるならば何の問題もない。「すごい」という語を古くは、ぞっとするほど恐ろしいとか、背筋が寒くなるほど荒涼としているとかという意味合いで使ったが、現代では、震えがくるほどすばらしいといった感動を伝える例が増えたから、その感動が安売りされる現象なのかもしれない。

＊

日本の文学や芸術では「間《ま》」が大事とされてきたが、その一種である「すきま」に焦点をあて、古人がそれをどのような美意識でとらえてきたかを考えつつ、「幽玄」とのつながりを探る。「すきま」は「透き間」「隙間」と書き、「ひま」とも言ったようだ。何もする事なく時間が空いていることをさす「閑」もそれにあたる。「御簾《みす》」や「すだれ」越しに眺めることで姿や心をおぼろに美化する。「秋風にたなびく雲の絶え間よりもれ出づる月の影のさやけさ」という『新古今和歌集』の藤原顕輔《あきすけ》の一首について、江戸時代前期の国学者である契沖が「一天晴れたる夜の月をいはずして、かかる所を求めていふがをかしきなり」と評し、隙間からもれてくる光に焦点をあてた点を高く評価した。

一方、『方丈記』の作者として知られる鴨長明が、『無名抄』で「幽玄体」について、「言葉に現れぬ余情《よせい》、姿に見えぬ景気」、「心にも理《ことわり》深く、言葉にも艶」あると述べ、秋の夕暮れの空の気色《けしき》、うらめしきこと深く忍びたる気色、幼き子の片言いとほしき、霧の絶え間より秋の山見ればほのかなれど奥床しといった比喩を並べて説明したように、はっきりしないが、なぜか心惹かれるものがあるとき、そういう雰囲気を「幽玄」ととらえているようだ。吉田兼好が『徒然草』で「花はさかりに、月はくまなきをのみ、見るものかは。雨に向かひて月を恋ひ、垂れこめて春のゆくへも知らぬも、なほあはれに、なさけ深し」と述べているのも、それに通ずる。

また、時代は下って、九鬼周造がその著『「いき」の構造』で、女性が身にまとう「うすもの」を例にして、「うすものの透かしによる異性への通路開放と、うすものの覆いによる通路封鎖として表現されている」と述べた「いき」の内包、「意気」「粋」にも通じるものがある。あからさまな美ではなく、見えるような、見えないような、奥深くに感じられる、心惹かれる玄妙なけはいのようなものを、日本人はずうっと大事にしてきたようである。

# 91 「だから」は百万巻の御経

井上ひさし

翌一九三四年に山形県に生まれた井上ひさしは、仙台の高校から上智大学に進み、ユーモア小説や諷刺的な戯曲など、多様な執筆活動を展開した。『ブンとフン』『珍訳聖書』『藪原検校』『ドン松五郎の生活』『日本亭主図鑑』『イーハトーボの劇列車』『頭痛肩こり樋口一葉』『国語事件殺人辞典』『腹鼓記《ふっこき》』『吉里吉里人』などのほか『私家版 日本語文法』『自家製 文章読本』ほかの日本語論もある。劇団こまつの初日に招待され、打ち上げの宴で初めてお目にかかったおり、「お若いですね」と声をかけられ、とっさに「井上さんは昭和一桁のお生まれですが、私は二桁ですから」と応じたのを思い出す。九年と十年だから桁が違う。しかし、すでに当方の著書を何冊か読んでいたようだから、ひょっとすると、あの年寄りじみた文章のわりに、見かけは意外に若いと思ったのかもしれない。

＊

ここでは、日本語に関するエッセイを紹介しよう。まずは最初に出た『私家版 日本語文法』から。目次を眺めただけで、「振仮名損得勘定」と書いて「ルビはそんかとくかをかんがえる」と読ませたり、「区切り符号への不義理」と類音をくりかえしたり、「敬語量一定の法則」と科学じみたり、「素人の　古典まなびの　七五調」とタイトル自体をリズミカルにしたり、「のだ文」なのだ、とテーマを地で行ったりする凝りようだ。解説の文章自体も、「ペダンチックで、なにやらスノビッシュで、どうにもイディオチックで」とか「積極的、圧倒的、絶対的、驚倒的、信仰的、神懸《かみがかり》的、盲目的支持」と、まさにコトバの氾濫である。

『自家製 文章読本』ではまず「透明文章の怪」にふれよう。日本の近代的文体論を開拓した二人の学者の論争だ。言語美学の小林英夫は「真に名文と称すべきものは、文章意識を読者に惹き起させない」と述べ、文章心理学の波多野完治は「ある一つの事柄がまさに文章を通じて語られる、という意識をもちつつよまれることは名文の真の資格ではなかろうか」と反論した。のちに小林は実用文と芸術文との違いとかわして土俵を降りる。井上は志賀直哉の『城の崎にて』を例にあげ、難解な語を用いず、装飾を加えずに文構造を単純にする、これがまさに文章意識なのだと力説する。

接続詞の章では、『坊っちゃん』の結びの一文「だから清の墓は小日向の養源寺にある」をとりあげ、この「だから」は「百万巻の御経」にも値する「日本文学史を通して、もっとも美しくもっとも効果的な接続言」という大讃辞を贈っている。そうして、「伝達用の文章修業のためにさしせまって読本の必要はなく、表現用の文章修業のために読本などあるわけがない」と結論し、この本は筆者自身のための文章読本だととぼけて結ぶのだ。

## 92　ほんとうのことは言わなくていい　秦恒平

翌一九三五年に京都に生まれた秦恒平は、同志社大学を卒業、大学院を中退して上京、出版社に勤務して間もなく小説を書き始め、『清経入水』で作家デビュー。王朝文学に材をとる幻想的な作風で知られる。『秘色』『慈子』などのほか、随筆類も多い。

＊

ここでは、東京工業大学の教授職の体験を通じて考えたことをまとめた『東工大「作家」教授の幸福』をとりあげよう。まずは、「十七にして親を許せ」という諺じみたタイトルの章。講義中に学生にアンケートとして、学校の先生から強い印象を受けた「一言」を書かせたところ、そういう諺めいたことばが飛び出してはっとしたという。親にさんざん苦労をかけながら、その親の愚痴をいい、時には恨みさえして親の嘆きを何倍にもし、ろくすっぽ恩返しもせずに死なせてしまう。そんな後悔を減らすための試みらしい。人間は一般に、十七歳ぐらいのころになると、親に刃向かう気持ちが強くなる。「親を許せ」とは、親の言動にとらわれず、精神的に独立せよ、というような意味合いのようだ。たしかに効果がありそうで、格言めいた言いまわしがもっともめいて、気が利いている。「凜々と生きよ」と題する次の章でも、これを「胸の熱くなる名言」と讃え、次いで、「男は風邪を引くな」という一言にふれ、「言外の重みは、ずしんと沈んでいる」と、これも高く評価している。どうやら「凛々と生きよ、心して生きよ」という教えらしい。

＊

もう一つ、「言はで思ふぞ」という章を紹介しよう。これは著者自身が中学のころに「好もしく思う」先輩から「優しい京ことば」で教えられたことだという。「ほんとうのことは、言わなくても、分かる相手には分かる。でも、分からない相手には、いくら言っても分からない。だから、ほんとうのことは言わなくてもいいのよ」と優しく教えてくれたらしい。そのことを書いたら、京都大学の数学の教授の森毅先生が「京の女文化の伝統はすごい。中学生にして、これほどのことを言ってのける」と驚嘆したという。

## 93　読者は風景の中に

三木卓

同じく一九三五年、東京の淀橋に生まれた冨田三樹は、父の仕事の関係でまもなく満州の大連に移り、奉天、新京と、幼少期を外地に過ごす。戦後すぐ、両親の出身地である静岡市に引き揚げ、静岡高校を経て早稲田大学の露文科に進む。在学中に詩と批評に打ち込み、詩集『東京午前三時』『わがキディ・ランド』『系図』で詩壇に地歩を築く。ペンネームは本名の名を姓とした形。卒業後、実業之日本などの出版社に勤務し、児童文学の編集を担当するかたわら、童話『ほろびた国の旅』『時間の国のおじさん』を発表。次第に小説へと軸足を移し、『砲撃のあとで』の一編「鶸」で芥川賞。『ミッドワイフの家』『路地』『裸足と貝殻』『胸』などを発表。

＊

文芸雑誌『群像』に載ったエッセイ『わたしの読者』は「文筆の仕事をしていると、だれしも自分の読者というものが気になるはず」で、自分も例外ではないと書きだされる。しかし、それはふつう目に見えないから、実感はないという。著書が重版にでもなれば何千という数の人間が買っているはずだが、自分の本を持っている人を電車の中で見かけたことは一度もなく、また、雑誌に載っている自分の作品を読んでいる人を見かけたこともない。また、雑誌のグラビアや、テレビ画面に出てくる誰かの書斎の本棚に、自分の本らしきものの存在を発見したことさえないから、ほんとうは一冊も売れていないのを出版社の人が気の毒がってひた隠しにしているのではないかと勘ぐることさえあったという。

それでも、このごろになって、たしかに読んだ人がいたことを確信することがあり、生きがいを感じるらしい。若い人から、昔、中学生のときに作品を読みましたと直接言われたときには、「十年も前に読まれたものが、その人の心の片隅にずっと残っていた」ということで、「作者冥利につきる」という。こんな思いがけない例もある。原稿をファックスで送る必要があって近くのスーパーに行くと、レジの娘が「この間、あなたの本を見ました」と言う。これは珍しいこともあると思って聞いてみると、所有者は「廃品回収業のおじさん」とのこと。相模湾が一望できる場所を品物の集積地にしている業者が猫を何十匹か飼っていて、品物の上で「尻尾を立てたり、おいしそうに餌に群がったり」している牧歌的な風景が飼主の「人柄をしのばせる」ことを書いた文章らしい。まさか、その風景の中の人物が読むなんて想像もしない。「事実は小説より奇なり」とは書いてないが、一瞬うろたえ、「しみじみとした気持ちになった」とある。

＊

もう一つの奇遇。図書新聞の「特集　中村明の仕事」という紙面で、この作家が長い書評を展開したのだから、誰でも目を疑う。それはまず年賀状の話題から入る。むろん、名文の例としてではない。笑いを愛する人間どうしの響き合う親近感からだろう。毎年、「干支《えと》セトラ」と題し、新しく迎える年の干支にちなんだ洒落が並び、多くは辞典の体裁をとる。この書評で例にあげるのは未年で、冒頭の「未雲」こそ「丸みのある雲が帯状に規則正しく並んで羊の群れに見える高層雲」とまじめに始まるが、「未遂」は「羊が最後までやりとげること」、「未着」は「羊専用にデザインした純毛の着物」、「未婚」は「雌雄の羊がめでたく結ばれること」という珍妙な解釈が並び、読み手は啞然とする。この詩人には「笑い声が聞こえる」らしい。書評は、「文体論を専門とする国語学者」の最近の業績として『日本語 語感の辞典』を解説したあと、学者像・人物像に進む。故郷の鶴岡からＮＨＫの『アクセント辞典』を丸暗記して上京する心意気にふれ、また、「なんともいいようのないふくらみ」のあることばで独特な世界をかもし出す井伏鱒二や小沼丹の文学に惹かれる資質にふれて、「言葉が自由に向かって解き放たれていくのはユーモアを孕んだときで」あり、この著者は何よりもそういうふくらみのある言葉の味を楽しみたくて仕事をしていると、みごと正体をあばく。

## 94　美しくお暮し下さい

佐佐木幸綱

それから三年後の一九三八年、東京に生まれた佐佐木幸綱は、たしか成蹊学園を経て早稲田大学の国文科に進み、大学院修士課程を修了後、河出書房の編集者などを経て早稲田大学教授。歌人佐佐木信綱の孫にあたり、「心の花」の編集にたずさわった。個人の歌集も多く、ほかに『中世の歌人たち』『作歌の現場』『旅の詩 詩の旅』『うた歳彩』など著書も多い。長く朝日新聞の歌壇の選者をつとめている。

＊

まずは、はからずも届いた歌集『瀧の時間』から二首。「太々と銀河流せる極月《ごくげつ》の夜空を羽織り新年を待つ」「水時計という不可思議ありきひとと逢う瀧の時間に濡れては思う」。

今は昔、筑摩書房から全六巻の『講座 日本語の表現』を共同編集した折、「表現のスタイル」と題する巻で、この歌人に「手紙文を考える」と題する章の執筆を依頼した。今読み返しても興味深い指摘が多いので、その紹介から入ろう。「誰が見てもわれをなつかしくなるごとき長き手紙を書きたき夕」という石川啄木の一首を引き、電話が普及して手紙を書く習慣が失われつつある時代になっても、電話では伝えきれない「心渇き」を感じるとして本題に入る。

「はーい。先生、こんにちは」と始まる高校生の手紙、「まあ／あたたかくなって、いま菖蒲《しょうぶ》の人だのみの種まきやら」と「まあ」で始まる深沢七郎の手紙の書き出しもあれば、きまって「美しく、お暮し下さい」と結ぶ村上一郎の末文もある。型にとらわれる必要はない。次に、『三島由紀夫レター教室』を紹介し、手紙の第一条件として、宛名を間違えないことをあげる。「安倍」だか「安部」だか「阿部」だか、世の中には紛らわしい苗字がいろいろあるが、そこを間違えたら、どんなに丁寧なことばを並べても失礼は取り消せない。佐佐木自身、「幸綱」だの祖父の「信綱」だのという宛名の手紙が時折届くという。「佐々木」とあるのも、いい感じはしないそうだ。「なんとか新聞歌壇係」とあって敬称のない手紙も届くらしい。新聞社でも部屋や椅子があるだけでなく、その係をしている人間がいるのだから、敬称をつけるのが常識だ。

著名な歌人であり国文学者でもあった佐佐木信綱はいつも多忙で、しかも孫が二十人ほどもあったため、孫から見ると「打ちとけられない雰囲気」だったが、それでも筆まめで、菓子などを送る際には愛用の６Bの鉛筆で必ず手紙を添えてやるという。幸綱自身も「チバケンノユキツナサンニ、アタミノオヂイサマカラ」とか「ウタヲヨムコトナドモヲシヘテイタダイテ」とかと書いた長文の手紙を受けとったそうで、日常の祖父にはなかったやさしさや気くばりを受けたことを幸せに思っているると記してある。

＊

もう一つ、寄贈を受けた『万葉集を読む』を紹介しよう。昔、岩波市民セミナーでの連続講義をもとに『日本語文体論』と題する著書を執筆し、セミナーブックスの一冊として刊行した。現在は岩波現代文庫に入っている。万葉集に関するこの佐佐木幸綱著もまた、岩波セミナーブックスの一冊として刊行されたように、市民セミナーその他での講義がもとになっている。そのため、笑いをとる記述もまじっていて楽しい。近年、口ひげを伸ばしたら、「まん丸な眼鏡をかけると、佐佐木信綱によく似ている」と言われるので、「退屈な方は、あの男に丸い眼鏡をかけさせたような男」が『新訓万葉集』をつくったと考えつつ顔でも眺めていただければ」とおどけて講義を始める。

一般的な死者に対する「葬歌」から、特定の人の死を悼む「挽歌」が誕生したという。「あかねさす日は照らせれどぬばたまの夜渡る月の隠らく惜しも」という柿本人麻呂の挽歌は、日は照らすけれども月が隠れたのが惜しい、持統天皇は健在だけれども、草壁皇子が亡くなったのが残念だという意味の比喩だという。挽歌が誕生して古代信仰から解き放たれ、人の死を自分の感情で受け止めて歌うことができるようになった。

一方、恋歌も、「わが心」「わが恋ひわたる」と、自己を対象化し、それを眺めるもう一人の自分がいるととらえる社会性の芽生えは、窪田空穂の言う「文芸性への移行」と考えることができるという。

## 95 うしろ姿は寂しい　宮本輝

それから九年後の一九四七年、神戸に生まれ、富山、大阪などで暮らす。本名は正仁。追手門学院大学卒業後、『泥の河』で太宰賞、『螢川』で芥川賞を受賞して文壇にデビュー。『幻の光』『道頓堀川』『錦繍』『優駿』『青が散る』『夢見通りの人々』『約束の冬』『骸骨ビルの庭』『流転の海』『ドナウの旅人』など。

＊

エッセイとしては、サイン入りの本の届いた第一エッセイ集『二十歳の火影』のうち、まず『夜空の赤い灯』から入ろう。父に手を引かれて銭湯に行った帰り、「点滅する赤い灯が漆黒の空を横ぎっていく」。「飛行機や」と叫ぶと、父は真面目な顔で「ちがう、あれは流れ星やでェ」と言い、「光とおんなじ速さで飛んでいっても何百億年もかかるほど遠いところから、星のかけらが飛んできて、いまちょうど頭の上を通っていくんや」と、得意の話を始めるのだという。「宇宙という無限の空間と時間を語り、人間の限られた寿命のはかなさ」を教えるつもりらしく、「おまえもこれから大きくなって、そのうちおっさんになり、あっというまに爺さんになって、ほんでから必ず死ぬんや」と続けたらしい。その父が不遇の晩年を経て亡くなった日、病室の窓から星座が見えた。落ち着かない思いで父親から視線を外し、窓辺にたたずんで夜空を眺めたという。

＊

『二十歳の火影』にはこうある。「父には女がいて、晩年は殆どそこに入りびたりだった」。事業に敗れた逃げ場として女の家に滞在していたが、脳溢血で倒れる数日前に、夜遅く息子を呼び出し、近くの屋台に誘った。親子で酒を飲んでいるうちに雨が降ってきて、酔った父親を女の家に送り届けると、女は留守で部屋は真っ暗。電気を点けると、「真っ赤な長襦袢が目の前に」掛かっている。父を坐らせたときに、それが「畳の上に落ち、一呼吸ののち、部屋に沈んでいた女の匂いが浮いてきた」という。女の存在を感覚的に意識した衝撃だったろう。

＊

もう一つ、花火の話題にふれよう。『花火のあと』と題する作品だ。大阪の土佐堀川に住んでいた幼い頃の思い出から始まる。「冷たい川風が吹いていて、次から次へと天空で炸裂する花火は、もう永久に終らないかと思われるほど」で、「大輪の菊やしだれ柳が、息もつかせないくらい、虚空で咲き乱れて、まろびあって」いる。もっと近くまで行こうと走り出すと、母があわててセーターのそでをつかんで止める。「そでは長々と伸びてしまい、手首から先がすっぽりと隠れ」るほどだ。「おびただしい花火の光彩にまつわる感慨」は今なお心に激しく去来するという。あんなにも美しいものが一瞬のうちに消えてしまうことの哀しさと恐ろしさに動揺したのだろう。

大人になり、結核で数ヶ月入院生活を送る間も、「病める人たちと出逢いと別れを経験」した。その一つ、「二十年間も結核で苦しみつづけたひとりの婦人が死んだ日の夜」、病室の灯を消し、暗い気持で夜空を眺めると、球場の上空だけが照明で煌々と明るい。やがてそれも消え、深い闇に包まれると、「二十数年前の、あの虚空に炸裂していた無数の花火の色」を思い出し、夜空一面に光の花が見えるようだ。消滅とは何か、そんなことがこの宇宙でほんとにありうるのだろうか、スイッチが入るか入らないか、火がつくかつかないかというだけの違いではないかと思ったりする。「亡くなった婦人とつい二日前、言葉を交わしあったときことを思い浮かべながら、花火が、果てしなく果てしなく、咲いては消え、咲いては消えるさまを心に描いていた」とある。

*

もう一つ、『兄』と題する一編から「うしろ姿」の話題にふれておきたい。広告業界では、人のうしろ姿を使うのはタブーだという。うしろ姿だと、どのような使い方をしても寂しいからだという。なるほど、うしろ姿にはどうしても、「去って行く」という印象がつきまとうからだろうと納得したが、宮本はいつからか、「人のうしろ姿に惹かれるようになった」らしい。誰かを思い出すときに、きまってその人のうしろ姿を心に甦らせることから始めるという。あとをついて行きたくなるような、うしろ姿のすてきな人もいないわけではないが、去り行くイメージがどうしても強くなる。過ぎ去る時を惜しみ、昔が恋しくなる気持ちともつながるのかもしれない。

## 96 世界一寂しい人 俵万智

それから十五年を経た一九六二年、大阪府生まれ。早稲田大学第一文学部卒業。歌集『サラダ記念日』ではなやかにデビュー。歌集に『プーさんの鼻』『チョコレート革命』『オレがマリオ』『未来のサイズ』、ほかに『愛する源氏物語』『牧水の恋』など。

＊

エッセイに入る前に、思いがけず届いた手もとの歌集から、心ひかれる歌を一首ずつ引いて並べ、その勢いで最終章の本文に入ろう。『プーさんの鼻』から「ぽんと腹をたたけばムニュと蹴りかえすなーに思っているんだか、夏」、生まれる前の親子通信がほほえましい。『オレがマリオ』から「返信はお気遣いなく」と書きしゆえ気遣いされず来ない返信」、そういう時代になったのかと配慮の消えたこの国を憂えるが、ひょっとすると、真っ正直になったのかもしれない。『未来のサイズ』から「君の死を知らせるメールそれを見る前の自分が思い出せない」、すべてが無になったようなショック。しばらくして、来年は年賀状も届かないと思いながら、古い手紙を取り出すかもしれない。どの一首にもドラマがある。

＊

とりあげるのは『牧水の恋』と題する評伝エッセイ。歌人の感覚で読み解く若山牧水の作品鑑賞、伝記的人物評である。早稲田の文学部で「日本文学概論」を担当していた歌人の佐佐木幸綱は「白鳥は哀しからずや空の青海のあをにも染まずただよふ」という牧水の一首をとりあげ、白鳥は何羽か、空を飛んでいるか、それとも海上に漂う感じかと学生に問いかけたという。俵自身は、二、三羽が空を舞っている絵はがきふうのイメージを持っていたという。ところが先生の解釈は、飛んでいるとすると視線の動きが大きく慌しいが、「染まず漂ふ」にはゆったり眺めている印象があるから、海に浮いているほうがふさわしいし、孤独を読みとるには一羽のほうがぴったりするが、牧水の孤独には猥雑な感じがあるから、二、三羽というイメージのほうが牧水らしい、というものだったようだ。掲載された歌集の表紙は、平福百穂が牧水の依頼を受けて描いたはずだが、「一羽の鳥が、ややうつむき加減に飛んでいる」というから、専門家の間でも解釈が分かれるのが実情らしい。

＊

本名は若山繁。牧水の「牧」は母親の名「マキ」にちなんだという。次は失恋の実感を伝える一首、「爪延びぬ髪も延び来ぬあめつちの人にまじりてわれも生くなり」。これはのちに「あめつちの」の箇所が「やすみなく」と改作され、日常的な感じが強調されたという。つまり、「心が死ぬほど傷ついていても、日常の暮らしはいやおうなく続いていく」という違和感、そのことに「どこか救われてもいる」という現実もある。俵はそこに「「おまえとは結婚できないよ」と言われやっぱり食べている朝ごはん」という自身の一首を添えて牧水への共感を記している。

＊

今度は「白玉の歯にしみとほる秋の夜の酒はしづかに飲むべかりけれ」という、これも著名な一首。末尾はのちに「べかりけり」と改められ、その形で人の唇にのぼることが多いだろう。「白玉」は白い玉でも団子でもなく、白いものにかかる枕詞で、しみじみと心ゆくまで酒を味わいたいと願う牧水の気持ちを詠んでいる。が、現実にはそんなふうに静かに酒を楽しむ機会にめぐりあわず、むしろ体を傷める乱酔の日々をふりかえる感慨がこめられているという。

＊

そうして、最後はやはり、インタビューの折、帝国ホテルで吉行淳之介が理想を語ったように、一度ぎゅっと握った手をふわりと開くような結びで、やわらかく、おのずと消えるように終わりたい。そんな一首、「幾山河越えさり行かば寂しさの終《は》てなん国ぞ今日も旅ゆく」をとりあげよう。これもまた、広く知られる絶唱と言えるかもしれない。

若山牧水が息を引き取った九月十七日は、かつての恋人、小枝子の誕生日だったという偶然はどうでもいい。その最後の日のようすを見とどけた長女の岬子は、高等女学校の「校友会報」に自分が小学生だった当時をふりかえり、「お父さんは世界中で、一番淋しくて淋しくていた人ではないかと思う」と書いた。そうして、「死ぬ二三時間前の瞳の表情など、思い出すと、私は胸をしめつけられるくらいお父さんを、可愛そうに思う」と続けたという。「少女の眼にも世界じゅうで一番寂しい人として映っていた」と、その雑誌は解説しているらしい。

「心の旅は最期の瞬間まで続けられたが、寂しさのない国へは、ついにたどりつけなかった」ということかと、俵万智はしみじみと一編を結ぶ。その余情は読者の胸の中で、はてしなく広がるのかもしれない。

# あとがき　遙かなる航跡

東京杉並区の清水町先生こと井伏鱒二を自宅に訪ねた折、随筆と小説の意識の違いを問うと、「そりゃ君、原稿料の違いだよ」とはぐらかされた。初対面でてれくさかったのかもしれない。少し慣れたころ、嘘を書いたら小説ときっぱりと言いきった。井伏随筆の中にフィクションが皆無かどうかは別として、基本的にそれが作家の意識らしい。とすれば、随筆にはその人の生涯の実景が映る。文学関係を中心に百人近い人物のエッセイを紹介する本書は、書名どおり、それぞれの人生のさまざまな風景をおさめたアルバムとなるはずだ。

＊

「天上大風」という良寛の書に吸い込まれるずっと前、こどものころから良寛さんが大好きだった。きっと疑うことを知らない人柄に憧れたのだろう。そんな幼稚で天真爛漫だったはずの少年も、いつか夏目漱石の伝記を読むようになって、今度はつむじ曲がりの正義感に惹きつけられ、とうとう文学の道に迷いこんだ。なぜか数学好きの文学愛好者は早稲田大学第一文学部の国文科に進み、生涯の恩師波多野完治先生にめぐりあう。文学作品を数量的に分析する文章心理学という学問に吸い込まれたのはきっと、数学が最大の得意科目だったからだろう。履修した「修辞学」という古めかしい名前のその講義科目が、実質的には文章心理学だった関係で、学部三年の折のレポートが編者の一人、波多野先生の推薦で中山書店の講座「ことばの科学」の一冊『コトバの美学』に採録されるという思いもかけない椿事が起こった。青年はいい気になって、川端康成の小説では副詞の「ふと」を契機に作品が思わぬ方向に展開し、助詞「も」のぼかしで含蓄をつくりだすことに気づくなど、いつか語学的文体論・表現研究の深みにはまっていた。以来はるか半世紀を越えてその道ひとすじに歩いてきたらしい。気がつくと、すでに人間同様めでたく晩年を迎えようとしている、その跡を大筋たどってみよう。

＊

研究成果を著書の形にできたのは、国立国語研究所に勤務してからだから、いささか早過ぎた論文掲載から二十年近く冬眠した計算になる。一九七七年の二月に『比喩表現の理論と分類』と題する報告書が国立国語研究所から刊行された。それが秀英出版から市販される場合は、小津映画のタイトルバックを思わせる白っぽい厚地の布表紙でなぜか函入りの豪華本となる。同じ年の暮れ近くに、その報告書とは例も解説も異なる内容の『比喩表現辞典』が角川書店から刊行され、ほぼ同じ時期に、武者小路実篤、井伏鱒二、小林秀雄、大岡昇平、吉行淳之介ら十五人の作家をインタビューした際の対話記録が『作家の文体』という書名で筑摩書房から刊行された。結果として、この編著を含め、同じ年に三冊も著書を世に出したことになり、長すぎた冬眠によるブランクをあわてて埋めた形である。

＊

いったい自分はどこを漂い、何をしてきたのか、以下、本書に至る長い旅路をふりかえり、「遙かなる航跡」を眺めわたしてみたい。おおよそ研究分野ごとにたどろう。

主要なというより、手がけた順からいえば、第一の分野は、『比喩表現の理論と分類』『比喩表現辞典』でスタートした、比喩を含む表現技法すなわち《レトリック》の分野である。ここではその後、やはり角川書店から、同じ『比喩表現辞典』というタイトルで、旧版の内容を大幅に増補した函入りの豪華本が刊行された。筑摩書房の『文章の技』もその系統に属する。作家の文章の実例を分析して伝統的な修辞技法の分類を再編し、このレトリック分野を理論的に体系化しようとしたのが、岩波書店のその名も『日本語レトリックの体系』と名のる学術書である。この本はその後、文体論の分野の用語をも加えた東京堂出版の『日本語の文体・レトリック辞典』のなかに吸収され、一般書として刊行されている。レトリック分野の一般向け解説書としては岩波書店の『文の彩り』や東京堂出版の『文章を彩る表現技法の辞典』がある。そのうち特に比喩表現の技法については、その後、筑摩書房から『比喩表現の世界』を刊行した。作家の独創的な実例とは別に、「雪崩を打つ」「影が薄い」「柳に風と受け流す」「家賃が高い」のように一般に使われてきた比喩起源のことばをまとめた東京堂出版の『分類たとえことば表現辞典』なども、この分野の一般書に属する。

＊

新聞記事とかインタビューを受けた際などに専攻を問われると、たいてい「文体論」とか「日本語文体論」とかと答えてきた。第二の分野として、その《文体》関連をまとめると、当初からの主要テーマであるにしては意外に少ないことに気づく。論文のタイトルならば、早くから川端康成、井伏鱒二ら多くの作家のスタイルを論じる際、気軽に「文体」という語を用いてきたし、講談社文芸文庫で何度か小沼丹に関する作家論、作品解説などを担当し、作家自身の校閲を受けながら年譜も手がけている。これらの作業はまさに文体論の実践だが、著書ではない。また、早く筑摩書房から出た『作家の文体』は、前述のように実質的に対談集という編著であった。個人の著書においては慎重を期し、「文体」とは何か、その正体がある程度つかめるまで、著書に堂々と「文体」という語を掲げることを意識的に控えてきたから、当然といえば当然である。

満を持して書名にその語を堂々と掲げた最初は、岩波書店から出た『日本語の文体』だったような気がする。その本は今、『日本語文体論』という名で岩波現代文庫に入っている。一般向けの扱いになっているが、いわば中村文体論の理論編に相当し、のちに明治書院から学術書らしい体裁で刊行された『文体論の展開』はその各論という位置づけになる。早く筑摩書房から出した『名文』や『現代名文案内』、角川書店の『手で書き写したい名文』、NHK出版の『文学の名表現を味わう』などは実践例の一部であり、その後に岩波書店から出た『日本の作家 名表現辞典』はそれら数多くの実践例の一大集成である。岩波新書の『日本の一文 30選』は、いわばそのエッセンスを紹介したスチール写真のようなものと言えるかもしれない。

＊

第三の分野として《表現》関連の領域を設定すると、筑摩書房の『人物表現辞典』、明治書院の『文章プロのための日本語表現活用辞典』、集英社の『漢字を正しく使い分ける辞典』、東京堂出版の『感情表現新辞典』『類語分類 感覚表現辞典』『日本語 描写の辞典』『音の表現辞典』など、相当の数に上る。

＊

第四の分野として《文章》関連の領域を立て、文章の書き方のような文章作法を含めると、世の中の需要が多いらしく、昔から出版社の註文で数多くの作法書を手がけてきた。日本経済新聞社の『文章力をつける』、NHK出版の『文章をみがく』、筑摩書房の『文章作法入門』『文章工房』『悪文』、中央公論新社の『日本語のコツ』、PHP研究所の『表現力を高める辞典』『名文作法』『文体トレーニング』などはいずれもそのような本であり、東京堂出版の『センスをみがく文章上達事典』や、このたび講談社の学術文庫入りした『文章作法事典』も同様だ。やや特殊ながら東京堂出版の『文章表現のための辞典活用法』というのも、目的はそこにある。

＊

第五の分野として、日本語概説、日本語の批評や鑑賞を含め、《日本語論》といった領域を設定するならば、筑摩書房の『日本語案内』『たのしい日本語学入門』といった概説書のほか、やや個別ながら同社の『小津映画　粋な日本語』も粋な側面に光を当てた日本語論と言える。明治書院の『日本語の美』『日本語の芸』、青土社の『美しい日本語』『日本語の作法』『五感にひびく日本語』『日本語名言紀行』、それに本書『日本語人生百景』などもこの分野との関連が深く、それぞれの側面をとりあげた日本語論となっている。

＊

その後、比較的最近になって、みずから開拓した分野もある。その一つは、〈語感〉で代表される新しい研究領域だ。当時は中央公論社という名だったが、著書に『センスある日本語表現』というタイトルでどうかという話が来て、そんなふうにみずから名のるのは、あまりにはしたないので、せめてその下に「のために」を加えることを提案した。そのせいで、よけい長たらしい書名になり、副題として「語感について」と添えたせいで、さらに長い題になった。ともあれ、そこで、はじめて「語感」ということばを用いたような気がする。この本で口火を切った日本語の語感研究のあたりを第六分野として設定しよう。

自分も深く関与した『集英社国語辞典』を含め、国語辞典と名のるほとんどの本が、その語が何をさすかという、ことばの「意味」の解釈を主としており、どういう感じで用いられるかという「語感」に関する説明は、文語か口語か、文章語か日常会話でも使うか、というあたりに限られ、どういう場面にどういう感触で用いられるかという面にはほとんどふれていない。岩波書店から『日本語 語感の辞典』というタイトルで出た著書は、まさに、指示的意味の周辺の、そういう感情的・文体的な意味を中心にすえた初の日本語辞典ということで話題になった。世間を騒がせたほどではないが、新聞・雑誌のインタビューが続き、大学退任後はゼミ生の訪問も稀になり、日ごろは愛犬の居間と化した応接間がにわかに活気づいた。

あとから出た岩波新書『語感トレーニング』は、その一般向けの入門書、PHP研究所の『日本語の「語感」練習帖』は、単語だけなく言いまわしまで拡げて日本語表現の微妙な違いを説いた一冊である。

その後、三省堂から出た『新明解 類語辞典』は単語を五十音順でなく、意味によって配列した、いわば日本語の地図にあたる。その分野を区切って、微妙な意味の違いを解説したのが、同じ三省堂の『類語ニュアンス辞典』という関係になる。なお、岩波ジュニア新書の『日本語のニュアンス練習帳』は、単語の意味や語感だけではなく、言いまわしまで拡げて、発想・発音・文字・文法・敬語・伝達・表現・季節など一〇分野にわたって、それぞれの表現がもつ微妙な違いを、具体例で広くわかりやすく解説したニュアンス入門書という位置づけになるだろう。これら語感やニュアンスの研究領域を第六分野としてまとめておこう。

厚い本格的な国語辞典を個人で執筆することは考えにくい。『日本語 語感の辞典』も一万を越える語を対象にした厚い辞典だが、個人差のある感情的な側面を扱っており、何人も集まって議論したのでは果てしなく、へたをすると永遠にまとまらないかもしれない。そのため、すべて自分一人で執筆することに挑戦した。とはいえ、偏った独断を可能なかぎり避けるよう、若干の配慮はしてある。年代によるずれを考慮するために、少し齢の離れた複数の息子の意見を聴取し、性別による違いの見当をつける目的で単数の妻の考えを参考にしたことは、辞典の「あとがき」に、事柄の性格上それぞれの人間の略歴とともに明記した。それらを参考に複数の語感を併記した項目もあるが、それはごく一部にすぎず、基本的にはすべて個人で最終判断を下した。

だが、それはこの開発的な辞典だけのことではない。辞典であれ一般書であれ、そもそも著書というのは基本的にそういうものだろう。程度の差はあれ、結論の出ていないものごとに対する個人的な見解を世の中にぶつける、度胸と厚かましさ、無謀さと、時には楽観的な愚鈍さが必要なのだと、ようやく気がつき始めたようだ。

＊

嘲笑はまっぴらだし、憫笑も受けるのは好まないが、幼時から笑うことは大好きで、人を笑わせるのも愉快だった。そんな人間が還暦を過ぎての赤ちゃん返りか、あるいは先祖返りか、このところ笑いに関する著書がめっきり増えてきた。日本語の笑いを正面にすえた著書としては、筑摩書房の『笑いの日本語事典』や岩波書店の『笑いのセンス』あたりが先駆で、漱石の笑いを扱った岩波の著書の題名も、作品名をもじって『吾輩はユーモアである』とした。やはり岩波書店から出た『日本語 笑いの技法辞典』は大事業となったが、結果としてこの分野の著書を総括する位置にある。総括したあとで、しみじみと可笑しい〈ヒューマー〉だけに焦点をしぼり、『ユーモアの極意――文豪たちの人生点描』と題して同じ岩波書店から上梓した。デザートというよりエッセンスという格付けである。

加齢とともに格段に増えたこの華麗なる笑いの一群を、ラッキーな第七分野と位置づけ、めでたく終わりたい。この作業で著者も笑い皺が目立つようになり、貧相な面立ちが気のせいか福々しくなったような気がする。

＊

青土社との縁も、芳醇な日本語のヴィンテージが詰まった『日本語のおかしみ』で始まった。その後、『美しい日本語』『日本語の作法』『五感にひびく日本語』『日本語の勘』『日本語名言紀行』と続き、本書が実に七冊目の著書となる。そのほとんどで本文の校閲はもちろん、造本でも安野光雅画伯の懐かしい風景などを生かした雰囲気漂う本に仕上げてくれた村上瑠梨子さんの担当だ。その極上のセンスに期待し、あとは一杯やって仕上がりを寝て待とう。

二〇二三年三月

愛犬アーサー王の声に門先の侘助の白い花が散り、
海棠のピンクほころぶ東京小金井の自宅にて

中村　明

# 参照文献

『日本近代随筆選』全三冊（岩波書店）『鷗外全集』（岩波書店）『漱石全集』（岩波書店）『寺田寅彦全集』（岩波書店）『荷風全集』（岩波書店）『志賀直哉全集』（岩波書店）『佐々木邦全集』（講談社）『岩本素白全集』（春秋社）『武者小路実篤全集』（小学館）『里見弴全集』（筑摩書房）『岡本かの子全集』（冬樹社）『久保田万太郎全集』（中央公論社）『内田百閒全集』（講談社）『瀧井孝作全集』（中央公論社）瀧井孝作『釣の楽しみ』（二見書房）『福原麟太郎著作集』（研究社）『福原麟太郎随想全集』（福武書店）『高田保著作集』（創元社）高田保『ブラリひょうたん』（毎日新聞社）『定本 横光利一全集』（河出書房新社）『井伏鱒二全集』（筑摩書房）『川端康成全集』（新潮社）『尾崎一雄全集』（筑摩書房）『網野菊全集』（講談社）『梶井基次郎全集』（筑摩書房）『小林秀雄全集』（新潮社）『上林暁全集』（筑摩書房）サトウハチロー『サトウ・ハチロー随筆集 昨日も今日も明日も』（草原書房）同『夢多き街』（草原書房）同『見たり聞いたりためしたり』（ロマンス社）森茉莉『ベスト・オブ・ドッキリチャンネル』（筑摩書房）同『貧乏サヴァラン』（筑摩書房）同『記憶の絵』（筑摩書房）同『贅沢貧乏』（講談社）深田久弥『わが愛する山々』（新潮社）『木山捷平全集』（新潮社）『木山捷平ユーモア全集』（永田書房）『堀辰雄全集』（筑摩書房）『永井龍男全集』（講談社）『幸田文全集』（岩波書店）『伊藤整全集』（新潮社）『円地文子全集』（新潮社）沢村貞子『私の浅草』（新潮社）『大岡昇平全集』（筑摩書房）串田孫一『曇時々晴』（実業之日本社）『小沼丹全集』（未知谷）『安岡章太郎集』（岩波書店）『庄野潤三全集』（講談社）『吉行淳之介全集』（新潮社）『藤沢周平全集』（文藝春秋）竹西寛子『自選 竹西寛子随想集1 広島が言わせる言葉』（岩波書店）同『山河との日々』（新潮社）青木玉『小石川の家』（講談社）『三浦哲郎自選全集』（筑摩書房）久保田淳『「うたのことば」に耳をすます』（慶應義塾大学出版会）同『ことばの森』（明治書院）井上ひさし『私家版 日本語文法』（新潮社）同『自家製 文章読本』（新潮社）秦恒平『東工大「作家」教授の幸福』（平凡社）三木卓「わたしの読者」『群像』一九八八年十二月「特集 中村明の仕事」（『図書新聞』二〇一一年一〇月二九日）佐佐木幸綱『瀧の時間』（ながらみ書房）同『万葉集を読む』（岩波書店）宮本輝『二十歳の火影』（講談社）俵万智

『プーさんの鼻』（文藝春秋）　同『オレがマリオ』（文藝春秋）　同『未来のサイズ』（KADOKAWA）　同『牧水の恋』（文藝春秋）

＊ 中村明の関連著書：『講座日本語の表現4　表現のスタイル』（筑摩書房）『日本の作家名表現辞典』『ユーモアの極意』（岩波書店）『日本語の勘』（青土社）

**中村 明（なかむら・あきら）**

一九三五年九月九日、山形県鶴岡市の生れ。県立鶴岡南高等学校を卒業。早稲田大学第一文学部国文専修を卒業（論文指導：波多野完治）。早稲田大学大学院日本文学専攻（国語学）修士課程を修了（指導教授：時枝誠記）。研究分野の関係で近代文学の稲垣達郎ゼミにも参加。国際基督教大学助手として外国人学生に対する日本語教育を担当。同大学は生え抜きの女性教員と結婚したために退職。東京写真大学（現：東京工芸大学）工学部専任講師を一年、翌年、国立国語研究所員となり長く勤めた。室長の時期に成蹊大学教授となる。その間も早稲田大学の非常勤講師を兼ねていたが、五年後、正式に母校早稲田大学の教授となり、日本語研究教育センター所長、大学院文学研究科専攻主任等を経て、現在は名誉教授。その間、非常勤講師として東京学芸大学・お茶の水女子大学・大阪大学・近畿大学・実践女子大学・青山学院大学・国際基督教大学その他の大学で講義を担当。

著書・編著書に『比喩表現の理論と分類』（秀英出版）、『比喩表現辞典』『手で書き写したい名文』（角川書店）、『作家の文体』『名文』『現代名文案内』『悪文』『文章作法入門』『たのしい日本語学入門』『文章工房』『文章の技』『笑いの日本語事典』『比喩表現の世界』『小津映画 粋な日本語』『人物表現辞典』（筑摩書房）、『日本語レトリックの体系』『日本語文体論』『笑いのセンス』『文の彩り』『吾輩はユーモアである』『語感トレーニング』『日本語のニュアンス練習帳』『日本の一文 30 選』『日本語 語感の辞典』『日本の作家 名表現辞典』『日本語 笑いの技法辞典』『ユーモアの極意』（岩波書店）、『文体論の展開』『文章プロのための日本語表現活用辞典』『小津の魔法つかい』『日本語の美』『日本語の芸』（明治書院）、『文章をみがく』（日本放送出版協会）『文学の名表現を味わう』（NHK 出版）、『文章力をつける』（日本経済新聞社）、『センスある日本語表現のために』（中央公論社）『日本語のコツ』（中央公論新社）、『名文・名表現考える力読む力』『文章作法事典』（講談社）、『漢字を正しく使い分ける辞典』（集英社）、『新明解類語辞典』『類語ニュアンス辞典』（三省堂）、『日本語表現に自信がつく本』『日本語の「語感」練習帖』（PHP 研究所）『名文作法』『文体トレーニング』（PHP エディターズ・グループ）、『現代日本語必携』（學燈社）、『感情表現新辞典』『分類たとえことば表現辞典』『日本語の文体・レトリック辞典』『センスをみがく文章上達事典』『日本語描写の辞典』『音の表現辞典』『文章表現のための辞典活用法』『文章を彩る表現技法の辞典』『類語分類感覚表現辞典』（東京堂出版）、『日本語のおかしみ』『美しい日本語』『日本語の作法』『五感にひびく日本語』『日本語の勘』『日本語名言紀行』（青土社）など。共著に『中学生の漢字習得に関する研究』（秀英出版）、『企業の中の敬語』（三省堂）。共編著に『講座 日本語の表現』全六巻（筑摩書房）、『テキスト 日本語表現』『表現と文体』（明治書院）、『三省堂類語新辞典』（三省堂）。

『角川国語辞典』『集英社国語辞典』編集委員。『日本語 文章・文体・表現事典』（朝倉書店編集主幹。

日本文体論学会代表理事（現在は顧問）、表現学会常任理事。高校国語教科書（明治書院）統括委員。一橋文芸教育振興会評議員。鶴岡総合研究所の研究顧問などを歴任。

# 日本語人生百景
## エッセイの名言

2023年6月20日　第1刷印刷
2023年6月30日　第1刷発行

著者　中村 明

発行者　清水一人
発行所　青土社
東京都千代田区神田神保町1-29　市瀬ビル　〒101-0051
電話　03-3291-9831（編集）　03-3294-7829（営業）
振替　00190-7-192955

組版　フレックスアート
印刷・製本所　双文社印刷

装幀　重実生哉
装画　安野光雅「鏡川（高知県高知市）」
ⓒ空想工房　提供 安野光雅美術館

Printed in Japan
ISBN 978-4-7917-7557-6